À PROP

C'est à l'occasion d'un voyage en Europe, où elle visita des châteaux forts, que Margo Maguire s'est découvert une passion pour le Moyen Âge. Elle a écrit depuis plusieurs récits situés en Angleterre médiévale, mais sa grande curiosité la pousse à explorer également d'autres époques car, affirme-t-elle plaisamment, « l'Histoire est le plus passionnant des romans… ».

Seigneur et maître

MARGO MAGUIRE

Seigneur et maître

Traduction française de
ENID BURNS

Les Historiques

HARLEQUIN

Collection : LES HISTORIQUES

Titre original :
BRIDE OF THE ISLE

Ce roman a déjà été publié en 2007.

HARPERCOLLINS FRANCE
83-85, boulevard Vincent-Auriol, 75646 PARIS CEDEX 13
Service Lectrices — Tél. : 01 45 82 47 47

www.harlequin.fr

ISBN 978-2-2804-3284-9 — ISSN 1159-5981

Prologue

Ile de Désespérance, en mer du Nord, automne 1299

— Non, Penyngton, déclara Adam Sutton alors qu'il marchait de long en large dans la salle située tout en haut de son donjon. Je vous le dis sans ambages : je ne me remarierai jamais et je n'épouserai surtout pas une Ecossaise.

— Vous plaisantez, milord ! s'écria sir Charles Penyngton.

Il exerçait les fonctions de sénéchal sur l'île depuis si longtemps qu'il avait acquis le droit de parler à son seigneur de cette manière franche et directe. Il poursuivit :

— Vous restez un homme jeune. Pensez donc : à peine une et trente années ! Et vous n'avez pas d'héritiers. En tant que comte de Désespérance, il est de votre devoir de…

Adam Sutton n'écoutait plus. Arrêté devant une haute fenêtre en ogive, il contemplait la mer. Désespérance était une île désolée, où il ne faisait pas bon vivre. Selon la légende, cette terre minuscule, jetée au milieu de la mer, avait été appelée « Désespérance » par un ancêtre d'Adam, après que sa femme y avait trouvé la mort.

Sortant de sa rêverie, Adam entendit ceci :

— Il y a pourtant une Ecossaise qui serait parfaite pour vous, reprit sir Charles. Je vous parle de Christiane de Saint-Oln, vous vous en doutez. Elle est accoutumée aux rudes climats tels que le nôtre. On dit même que c'est une femme très courageuse.

— Pas comme Rosemonde, alors, dit Adam.

Il savait bien ce que pensait sir Charles, et tous les autres ; qu'il pleurait toujours sa femme décédée, Rosemonde. C'était vrai... jusqu'à un certain point.

Ce qu'ils ne comprenaient pas, c'était qu'il n'avait jamais aimé Rosemonde comme il aurait dû, et qu'elle ne lui manquait pas. Vrai, il l'avait pleurée quand elle était morte, mais pleurée comme n'importe qui de sa maison ; pas plus, pas moins.

La vérité était que Rosemonde n'avait jamais pris de place dans son cœur, et qu'Adam n'avait même pas envie de se demander en quoi sa vie aurait été changée, s'il avait aimé sa femme.

Il n'arrivait toujours pas à comprendre pourquoi le père de Rosemonde la lui avait donnée en mariage. Cet homme connaissait Désespérance, son isolement, ses terribles hivers... sa rude beauté. Rosemonde, jeune fille délicate, aurait dû épouser un seigneur du Sud. Elle se serait mieux accordée avec un homme ayant des relations à Londres, un homme plein d'ambitions et désireux de faire son chemin à la cour.

Au lieu de cela, elle avait dû se retirer sur cette île oubliée de Dieu. Ici elle s'était languie pendant cinq longues années. Elle avait haï la vie qu'elle était obligée de mener.

— Milord..., reprit sir Charles.

Son apostrophe se noya dans une quinte de toux. Comme Adam le regardait d'un air inquiet, le sénéchal agita la main pour dire qu'il n'avait besoin de rien. Ayant repris son souffle, il continua :

— D'autres points sont à prendre en considération. Votre fille, milord, a besoin de...

Adam fronça les sourcils, il enveloppa, de son regard gris comme l'acier, le sénéchal qui hésita un moment avant de reprendre, d'un ton moins assuré :

— Je veux dire que Margaret... Elle a besoin... Ce qu'il me semble, milord, c'est que lady Margaret me paraît... dépérir.

Ce n'était que trop vrai. Bien que les causes de la mort de Rosemonde eussent été tenues secrètes, Margaret avait très mal supporté la perte de sa mère.

Cette enfant fragile, qui, ne tenant rien de son père et tout de sa mère, avait toujours été mince et chétive, avait pris l'apparence d'un fantôme. Depuis la mort de Rosemonde, elle se repliait sur elle-même. Elle ne parlait plus et montrait de moins en moins d'intérêt pour les jeux de son âge.

Si Adam ne tentait rien pour la sortir de son apathie, elle ne passerait pas l'année.

Mais épouser une Ecossaise ?

— Parlez-moi encore de cette… Christiane de Saint-Oln, soupira Adam, d'un air las.

Il avait récemment essuyé plusieurs pertes cruelles, à cause des Ecossais, justement. Pour cette raison, il se voyait mal en amener une sur son île. Il poursuivit :

— C'est juste pour parler. N'imaginez tout de même pas que je suis enclin à accepter votre proposition.

Chapitre 1

Village de Saint-Oln, en Ecosse, 1300

Christiane, fille de Domhnall, la fille à demi anglaise de Domhnall Mac Dhiubh, assise sur un promontoire rocheux, observait la danse des sombres vagues de la mer du Nord. Le vent avait soudain pris de la force et les nuages noircissaient. Christiane s'attendait à une forte averse dans peu de temps.

Sans importance. Non loin de là se trouvait une caverne où elle pourrait se réfugier en cas de besoin. Christiane n'était pas pressée de retourner au village de Saint-Oln, où elle était tout juste tolérée depuis la mort de ses parents.

Elle tendit un bras derrière elle et ouvrit la main qu'elle laissa reposer sur le rocher. Très vite, deux mouettes approchèrent, l'une plus timide que l'autre. L'effrontée observa Christiane un petit moment, puis s'approcha en sautillant pour regarder ce qu'elle avait dans la main et, quand elle vit qu'il s'agissait d'un morceau de pain, elle remua la tête dans tous les sens pour l'observer de toutes les façons possibles.

Christiane souriait avec mélancolie. Ce jeu, elle le pratiquait depuis des années avec les guillemots, les cormorans et les macareux qui nichaient dans les alentours. Les oiseaux n'avaient pas peur d'elle. Ils se montraient prudents, bien sûr. Elle n'en attendait pas moins d'eux.

Bientôt, elle ne les verrait plus, parce que sa mère, Elisabeth, avait décidé de l'envoyer dans le duché d'York, en Angleterre, pour vivre désormais dans le château de son oncle. Selon elle, Christiane n'avait pas d'avenir à Saint-Oln ; et quand le père de la jeune fille, Domhnall Mac Dhiubh, avait péri dans un affrontement contre quelques guerriers d'un clan ennemi, Elisabeth s'était mise à chercher activement une nouvelle maison, un refuge pour Christiane.

Celle-ci se demandait parfois si elle trouverait un mari, dans le duché d'York. Personne, à Saint-Oln, ne voudrait d'elle, surtout depuis que son père n'était plus là. Aucun Ecossais digne de ce nom ne prendrait une demi-Anglaise pour épouse.

Sans importance ! Aucun des hommes de Saint-Oln n'intéressait Christiane, bien qu'elle éprouvât grand désir d'avoir un mari et une famille à elle. A l'âge de deux et vingt ans, toutes les filles du village étaient mariées, certaines même avaient déjà un ou plusieurs petits enfants jouant à leurs pieds. Christiane souffrait de savoir qu'elle ne connaîtrait sans doute jamais ce bonheur.

Elle se savait différente des autres jeunes filles. En plus d'être à demi anglaise, elle avait été éduquée à l'écart des autres enfants du village. Son père lui avait appris le latin. Elle savait lire. Et, comme elle jouissait d'une grande liberté, elle avait passé de nombreuses heures à explorer les falaises pour apprendre comment vivaient les oiseaux qui y nichaient.

Comment s'étonner qu'aucun homme de Saint-Oln ne voulût d'elle ?

La mouette audacieuse s'approcha encore, et avec son long bec pointu, elle s'empara très vite du morceau de pain qui reposait dans la paume de Christiane. Puis elle s'éloigna pour picorer son trésor et le défendre contre la mouette timide qui maintenant en exigeait sa part.

Christiane referma la main. Elle ramena ses genoux sous son menton et enlaça ses jambes.

Elle savait qu'elle n'avait plus qu'un jour ou deux à vivre à Saint-Oln avant l'arrivée des hommes qui devaient l'emmener à York. Le plus cher désir de sa mère était qu'elle quittât ce pays pauvre et désolé où elle-même avait été exilée par son père, tant d'années auparavant, et où elle venait de rendre l'âme. Christiane respecterait ses dernières volontés.

Elle tiendrait cette promesse douce-amère. Elle n'éprouvait aucun regret à quitter le village de Saint-Oln, mais, en prenant le chemin du sud, elle perdrait la compagnie réconfortante de ses amis les oiseaux qui habitaient dans les falaises et auxquels elle ne se lassait pas de rendre visite.

Au demeurant, elle n'avait pas le choix. Sa mère anglaise, femme de Domhnall Mac Dhiubh, ne pouvait être acceptée que tant que le pays vivait dans la paix et que le *laird* était en vie. Mais la terre de Saint-Oln, autrefois si prospère, connaissait depuis quelque temps une rapide déchéance. Les guerres contre les Anglais et contre les clans voisins avaient rendu les habitants méfiants à l'égard des étrangers ; pour eux, lady Elisabeth et même Christiane, fille de Domhnall Mac Dhiubh étaient désormais des étrangères.

Christiane savait depuis toujours qu'elle avait, avec l'Angleterre, des liens qu'elle s'apprêtait à renouer avec une curiosité mêlée de crainte. Son oncle, frère aîné de sa mère, était le comte de Learick, vassal du duc d'York ; sa mère, sur son lit de mort, lui avait fait jurer de se réfugier chez lui, et pour cela, de suivre les hommes du comte de Désespérance quand ils viendraient la chercher.

Christiane savait peu de chose sur sa famille anglaise, sa mère n'ayant jamais été très prolixe sur ce sujet, sauf un peu à la fin de sa vie, trop tard. Elle n'avait aucune idée de ce que pouvaient être les liens entre sa mère et ce comte de Désespérance, elle ignorait tout autant pourquoi les hommes de celui-ci recevraient la mission de l'escorter, et non pas ceux de son oncle. Quand elle s'était décidée à poser ces questions, sa mère devenue trop faible n'était plus en état de lui répondre. La question demeurait donc en suspens : pourquoi les hommes de son oncle ne venaient-ils pas la chercher pour l'emmener directement à York ?

Christiane soupira alors que les premières gouttes de pluie s'écrasaient sur sa tête. C'était le printemps, il faisait beau, mais la pluie restait froide et mordante. La jeune fille souleva donc ses jupes pour courir vers la grotte où elle cachait ses petits trésors. Elle les savait en sûreté car personne ne venait jamais dans ces parages, personne ne s'aventurait à escalader le promontoire.

Quelle idée étrange, songeait Adam. Pourquoi fallait-il que la fille de Domhnall Mac Dhiubh dût s'accoutumer à la vie sur l'île de Désespérance avant de pouvoir l'épouser ? Malgré ses réticences, il avait permis à sir Charles d'écrire à Elisabeth Mac Dhiubh pour lui dire qu'on accédait au désir de celle-ci. Tout bien considéré, cet arrangement convenait à Adam. Ainsi ne serait-il pas obligé d'épouser la donzelle si elle se montrait par trop insatisfaite de son séjour préliminaire.

Il pouvait même considérer comme une chance cette exigence d'Elisabeth. Lui aussi avait envie de s'accoutumer à la fiancée qu'on lui proposait. Lui aussi avait envie de ne pas l'épouser si elle ne lui plaisait pas.

Il doutait qu'elle lui plût. Il doutait qu'elle fût pour lui une épouse convenable. Elle était peut-être à demi anglaise, mais elle avait été élevée sur les basses terres d'Ecosse, parmi un peuple barbare qui vouait aux Anglais une haine sans merci. Le clan Mac Dhiubh était soupçonné d'incursions et de pillages de l'autre côté de la frontière.

Adam n'éprouvait pas le besoin d'épouser une Ecossaise assoiffée de sang et de violence.

Le village de Saint-Oln était bien pauvre, songea-t-il alors qu'il descendait de son cheval, devant une église en pierres certes, mais tout en ruines. Sa jambe, horriblement abîmée lors de la bataille de Falkirk, lui faisait très mal, comme chaque fois qu'il restait longtemps en selle. La pluie glaciale n'avait pas amélioré son état, il se sentait perclus de partout. Alors il resta debout un moment, entre ses deux chevaliers, avant de monter, en boitant, les marches conduisant à l'église, non sans se retourner encore une fois pour jeter un dernier coup d'œil sur le village, qui lui paraissait si pauvre.

Ici vivaient les vraies victimes des guerres, songea-t-il en entrant ; ceux qui survivaient aux batailles, amoindris par leurs blessures, ayant perdu toutes leurs illusions. En voyant arriver les trois cavaliers en armes, les villageois avaient attroupé leurs enfants pour se cacher avec eux dans leurs pauvres masures.

— Vous êtes sans doute le seigneur que nous attendons, dit une voix grave et rauque, la porte à peine ouverte.

Les yeux d'Adam cherchèrent dans l'ombre de l'édifice, il aperçut un vieux prêtre tout chenu qu'il salua d'un hochement de la tête.

— Vous n'êtes pas en avance, reprit le vieillard, d'une voix rogue.

Content d'entrer dans un édifice où la température était un peu moins froide, Adam ne se formalisa pas. Il répondit :

— Si vous voulez bien indiquer à mes chevaliers où ils pourront trouver lady Elisabeth, ils iront la chercher et ils la ramèneront ici, ainsi que sa fille.

En venant, ils étaient passés devant un castel de bois et de pierre, si délabré lui aussi qu'il ne semblait plus en état d'abriter qui que ce fût, même des Ecossais. Il fallait donc croire que lady Elisabeth habitait dans un des taudis dispersés de part et d'autre du chemin. Adam espéra qu'elle était prête à partir, parce qu'il n'avait pas envie de s'attarder dans ce lieu de désolation.

— Pas besoin de vous inquiéter, répondit le prêtre. Tout le monde à Saint-Oln vous a vus arriver. La fille ne tardera pas à paraître.

— Et sa mère ? demanda Adam.

— Elle est morte, voici une quinzaine de jours. Dieu ait son âme.

Le prêtre se signa largement et ajouta :

— La fille est seule, maintenant ; vraiment seule.

Ces paroles jetèrent un froid dans l'esprit d'Adam. Et maintenant ? se demanda-t-il. Il devait emmener lady Elisabeth et sa fille à Désespérance, où elles passeraient l'été. Ensuite, si les circonstances se révélaient favorables, la jeune fille deviendrait sa femme. Dans le cas contraire, il fournirait une escorte aux deux femmes qui s'en retourneraient dans le duché d'York.

Puisque la fille restait seule, fallait-il l'emmener quand même à Désespérance ? L'accord tenait-il toujours ?

— Venez, dit le prêtre qui repartait vers l'intérieur de l'église, en zigzaguant pour éviter les gouttes d'eau qui tombaient du toit percé en maints endroits. Venez donc vous réchauffer un peu.

Il conduisit les trois hommes derrière l'autel, où se trouvait un brasero au-dessus duquel il tendit ses mains. Adam et les deux chevaliers l'imitèrent. Le prêtre reprit :

— Christiane ne peut pas rester plus longtemps à Saint-Oln. Maintenant que son père et sa mère sont morts tous les deux, il va lui arriver un mauvais coup. Ce n'est qu'une question de temps. Alors, j'ai promis à sa mère de veiller à ce que son vœu soit exaucé. Emmenez-la, seigneur. Emmenez-la sur votre île !

Silencieux, Adam médita l'exhortation du vieillard. Il se demanda ce qu'étaient ces mauvais coups qui risquaient d'arriver à la jeune fille si elle s'attardait à Saint-Oln ; de petits malheurs, sans doute, parce qu'elle avait été élevée ici et qu'elle ne pouvait avoir d'ennemis. En outre, son père n'avait-il pas été chef du clan ? Certes elle était à demi anglaise, mais ce trait serait très vite oublié, maintenant que sa mère était morte.

Des cris, venant du dehors, tirèrent Adam de ses méditations. Toujours boitant, il se dirigea vers la porte pour voir ce qu'il se passait. La pluie avait cessé mais l'air restait humide, il y flottait une sorte de brume. Les gens du village, pour la plupart des femmes, étaient sortis de leurs masures et ils s'en prenaient rageusement à un homme et une fille qui venaient vers l'église, en guenilles, l'homme tirant la fille par le bras.

— Ah ! voici Christiane, annonça le prêtre.

Adam fronça les sourcils. La jeune fille portait une sorte de robe courte, minable, que même une paysanne dans la misère devait refuser de porter. Un petit sac à la main, elle marchait vite entre les deux rangs de villageois hostiles. Ils criaient contre elle dans leur rude langue d'Ecosse, et, si Adam ne comprenait pas ce qu'ils disaient, il ne pouvait se méprendre sur la teneur de ces paroles hargneusement jetées.

Apparemment, on n'avait pas oublié, ici, que la jeune fille était à demi anglaise.

Dans cette épreuve, lady Christiane gardait la tête haute. Elle se tenait très droite, marchait d'un pas assuré en portant au loin le regard de ses yeux brillants. Elle portait comme une couronne la masse splendide de ses cheveux blond-roux et tout bouclés. Elle avait le teint pâle comme la lune d'hiver, mais sur chacune de ses joues s'épanouissait une tache rose. Aucun de ses traits, pris individuellement, ne sembla remarquable à Adam ; pourtant, Christiane Mac Dhiubh était d'une stupéfiante beauté.

Elle ne ressemblait pas du tout à tout ce qu'il avait imaginé. Il ne s'était pas attendu à se trouver si… sensible à la beauté de cette jeune fille, sensible aussi à sa détresse.

— Pourquoi sont-ils tous en colère contre elle ? demanda-t-il, en luttant contre l'envie qui le prenait de se jeter dans la foule pour protéger la jeune fille.

Le prêtre manifesta son ignorance par un haussement d'épaules et répondit :

— Qui pourrait le dire ? Parce qu'elle est à demi anglaise ? Ou parce qu'elle est la fille d'un laird qui n'a pas su protéger le village contre les attaques du clan Armstrong ?

Quelqu'un jeta quelque chose, une pierre peut-être, qui atteignit Christiane. Une tache rouge apparut sur sa joue, elle chancela et poursuivit son chemin, sans daigner poser sa main sur sa blessure, comme s'il ne s'était rien passé.

Adam jugea qu'il ne pouvait pas rester plus longtemps inactif. Frémissant d'indignation, il descendit les marches de l'église, avec une agilité qu'il ne s'était plus connue depuis plusieurs mois. Il bouscula les manants, s'ouvrit avec brutalité un passage parmi eux, arriva près de la jeune fille sur le bras de laquelle il posa une main protectrice.

Les cris cessèrent. Intimidée, la foule recula. Un grand vide se dessina devant Adam. Il jeta un bref coup d'œil à la jeune fille et aperçut une larme accrochée à ses longs cils ; et son menton tremblait imperceptiblement. Pourtant, il décela en elle une incroyable fierté, et il comprit qu'elle ne s'autoriserait pas plus que cette toute petite expression de son désarroi.

Attirant la jeune fille tout contre lui, il l'entraîna dans son retour vers l'église.

En d'autres circonstances, les genoux de Christiane se fussent dérobés sous elle à la vue du formidable chevalier qui était accouru pour la secourir, devant la ferme de Morag le Borgne. Il avait ensuite suffi qu'il posât sa main nue sur elle pour qu'elle tressaillît d'une crainte mêlée d'admiration. Mais elle prit sur elle pour ne rien laisser paraître des sentiments qui la troublaient tant, parce qu'elle refusait de montrer sa faiblesse devant tous ces gens qui la haïssaient.

En vérité, elle ne pouvait les blâmer vraiment pour leur méchanceté, parce que des guerriers anglais avaient tant ravagé le village que le clan s'était affaibli et était devenu si vulnérable que ceux du clan Armstrong, jusque-là tenus en respect, avaient osé rouvrir les hostilités et avaient tué beaucoup d'hommes, y compris son père. Le peuple de Saint-Oln n'avait aucune raison d'aimer Christiane.

Christiane souffrait de cette situation, elle rêvait souvent de la voir s'améliorer, tout en sachant que c'était impossible. Fille d'une Anglaise, elle ne serait jamais acceptée par les gens de Saint-Oln. Pour se consoler, elle se dit qu'il était déjà bien beau qu'elle eût la liberté de partir à son gré.

Montant les marches de l'église, elle s'aperçut, à ce moment seulement, que le chevalier boitait. Elle lui jeta un regard discret et comprit, en le voyant serrer les dents, qu'il souffrait et tâchait de ne pas le montrer.

— Christiane ! s'écria le père Walter en lui prenant les mains dès qu'ils eurent franchi la porte de l'église. Tu n'es pas blessée, au moins ?

— Non, mon père, répondit-elle placidement, en portant deux doigts à l'endroit où la pierre avait touché sa joue. Je m'en tire avec une simple égratignure.

Le chevalier — car il s'agissait bien d'un chevalier, il ne pouvait en être autrement — s'approcha avec un linge. Avec une délicatesse qu'elle n'eût pas attendue d'un homme aussi rude d'aspect, il tamponna la blessure pour éponger le sang qui s'en écoulait.

Immobile et toute droite, le corps raide, Christiane chercha le regard de cet homme. Il avait les yeux gris sombre, gris comme le ciel au-dessus de la mer à l'approche d'une tempête. Ses sourcils bruns apparaissaient plus foncés parce qu'il les fronçait et ainsi les rapprochait l'un de l'autre, tandis qu'il s'absorbait dans la tâche délicate qu'il s'était imposée. Son nez était grand et droit, ses lèvres pleines et bien dessinées. Portant son regard sur une balafre longue et profonde qui labourait la joue droite de la tempe au menton, Christiane se demanda quelle bataille terrible avait provoqué cette blessure qui causait un dommage irréparable à un visage autrement parfait.

Si son oncle, du duché d'York, se mettait dans l'idée de lui trouver un mari, elle aimerait que ce fût un homme semblable à celui qu'elle avait devant elle en ce moment, très grand, avec de larges épaules, des mains puissantes mais pas brutales, des yeux fascinants. Elle s'était souvent dessiné le portrait du mari idéal, au cours de ses interminables rêveries au bord de la mer. Elle rêvait d'un homme capable de la protéger contre les tracas de la vie. Jamais elle n'avait imaginé, encore moins espéré, que son rêve pût devenir réalité.

Et voilà que le miracle se produisait.

— Milady, reprit le père Walter, d'un ton un peu plus cérémonieux, ces chevaliers sont venus pour vous escorter jusqu'à Désespérance, selon le vœu de votre défunte mère.

— Certainement, mon père, répondit-elle, ennuyée par la tournure étrange qu'avaient prise ses pensées. C'est ce que j'avais cru comprendre.

Le vieux prêtre reprit.

— Milord Adam, vous êtes en présence de Christiane Mac Dhiubh.

Elle ne put s'empêcher de tressaillir. Quoi ? Cet homme, pour qui elle éprouvait une attirance étrange, n'était pas un simple chevalier, mais un grand seigneur ? Elle grimaça pour essayer de faire descendre la boule qui subitement s'était formée dans sa gorge.

Ayant mis un peu d'ordre dans les pensées affolantes qui tourbillonnaient dans sa tête, elle se demanda si elle devait se flatter ou s'inquiéter de ce que le seigneur anglais fût venu en personne la cueillir. Jamais elle n'avait eu, jusqu'à ce jour, l'occasion de rencontrer un noble de haut rang. Les Ecossais qu'elle fréquentait n'avaient pas plus de pouvoir ou d'influence que son père Domhnall Mac Dhiubh, chef d'un tout petit clan, en vérité clerc plus que chef, chef puisqu'il en portait le nom mais pas guerrier du tout, bien qu'il eût fait de son mieux pour la défendre et défendre son clan.

Christiane tressaillit de nouveau en prenant conscience du pitoyable tableau qu'elle offrait au seigneur anglais. Elle portait ses cheveux défaits et rien sur ses cheveux. Elle marchait pieds nus et sa robe n'était guère autre chose qu'un simple morceau de tissu, une grossière fabrication villageoise enroulée autour de sa taille.

Elle se rappelait encore les beaux vêtements que sa mère avait portés autrefois, il y avait très longtemps, alors qu'elle, Christiane, était encore une enfant, toute petite. Elle se rappelait aussi certains dits de sa mère, à propos de la maison qu'elle avait habitée dans le duché d'York, à propos aussi de la seule visite qu'elle avait faite à la cour d'Angleterre.

Christiane sut qu'elle ne ressemblait en rien à la lady que le seigneur anglais s'était attendu à trouver. S'il était surpris, il n'en montra rien. Il ne manifesta aucun dédain, pas le moindre mépris. Sans doute n'en pensait-il pas moins. Recroquevillant ses orteils comme si cela suffisait à celer le fait qu'elle était pieds nus, elle redressa la tête parce qu'il ne servait à rien de s'humilier davantage.

— Lady Christiane, dit le seigneur de Désespérance, nous quitterons Saint-Oln dans une heure. Je vous prie de vous rendre prête à partir.

— Certainement, milord, répondit-elle d'une voix décidée. Je suis prête.

Elle se représenta que la surprise de l'Anglais serait plus grande encore quand il s'apercevrait que la lady aux pieds nus faisait tenir toutes ses possessions dans un petit sac, mais elle ne s'en chagrina pas. Tout ce qu'il lui importait, c'était de faire ses adieux aux chères falaises qu'elle ne reverrait plus.

Bien des questions la hantaient et elle brûlait de les poser, mais elle n'osa pas, jugeant que le moment n'était pas opportun pour attirer sur elle l'attention plus que nécessaire.

— Quels sont vos projets, milord ? demanda le père Walter.

— Nous devrions traverser la Tweed avant la tombée de la nuit, et ensuite, nous établirons notre camp.

— Il est sage de vous porter aussi vite que possible sur le sol anglais, reprit le vieux prêtre en hochant la tête. Mais comment lady Christiane voyagera-t-elle ? Il ne vous a pas échappé que nous n'avons pas de chevaux, ici, à Saint-Oln ?

Chapitre 2

Il avait pensé, un temps, s'y résigner, mais, tout bien considéré, non, il ne pouvait prendre pour épouse cette Ecossaise mal dégrossie. Sa façon de se peigner — ou de ne pas se peigner —, de s'habiller — si on pouvait appeler cela ainsi — et de parler… non ! Il n'avait d'autre choix que de se trouver une épouse anglaise, plus convenable.

Pourtant, Adam n'était pas enclin à laisser lady Christiane partir avec l'un ou l'autre de ses hommes. Donc il lui avait ménagé une place sur son destrier, devant lui. A chaque incident de parcours, elle sursautait, se heurtait et se raccrochait à lui.

Ils chevauchèrent pendant longtemps de cette façon, le long de la côte tant que c'était possible, mais la configuration du terrain les obligeait souvent à filer vers l'intérieur des terres.

Après quelques heures, Christiane commença à fatiguer et à glisser sur l'encolure du cheval. Pour s'en empêcher, elle se pencha en arrière et s'appuya plus contre Adam et lui, pour la retenir, il l'enlaça de plus près. Elle se serra davantage contre lui et ne tarda pas à s'endormir.

Elle était douce et chaude, elle dégageait un parfum qui rappelait les vastes landes où elle avait dû courir, petite sauvageonne, tout son soûl. Son nez et ses joues étaient parsemés de taches de rousseur, ce qui ne constituait pas un défaut car sa peau en paraissait plus blanche, plus lumineuse. Les veines bleutées qui palpitaient à son cou fascinèrent Adam, beaucoup plus que de raison, et au bout d'un long moment il s'arracha à leur contemplation, au prix d'un grand effort de volonté.

Elle dormait à bouche entrouverte, ses lèvres généreuses frémissaient à chaque respiration. Ses cheveux indociles voletaient et chatouillaient le visage d'Adam, les mèches le provoquaient et l'agaçaient mais il ne les repoussait pas. Il se demanda pourquoi et c'est ainsi qu'il s'aperçut qu'il désirait la jeune fille.

Impossible ! décida-t-il tout aussitôt. Elle ne faisait pas plus une épouse acceptable qu'une infidèle barbare de l'Est. Christiane Mac Dhiubh ne ressemblait pas, même de loin, à une noble dame anglaise, bien qu'elle fût de noble extraction. Adam l'escorterait donc jusqu'à Désespérance, il veillerait à ce qu'elle fût correctement vêtue pendant son séjour sur l'île, et au bout d'un laps de temps convenable, il la renverrait chez son oncle, dans le duché d'York.

Quel dommage qu'elle fût tellement écossaise, parce qu'il aurait pu envisager de l'épouser ; mais ses cheveux presque rouges et sa peau semée de taches de son n'étaient que les aspects les plus apparents de son identité d'Ecossaise. Certes elle employait un langage moins rude et plus châtié que les rustres entrevus à Saint-Oln, mais elle s'habillait comme une sauvage et elle allait pieds nus, comme la plus pauvre d'entre les pauvres.

En outre, elle n'était pas le genre de femme confite en dévotion et douce comme une agnelle. Adam admirait sans réserve le courage et la détermination dont elle avait fait preuve devant la foule hostile de Saint-Oln… Cela dit, ces qualités n'étaient pas nécessaires et encore moins désirables chez une épouse. Avec l'éducation spéciale qu'elle avait reçue, elle ne devait rien connaître de tout ce qu'une femme doit savoir pour diriger son ménage et élever ses enfants. Dans ces conditions, quelle mère serait-elle pour la petite Margaret ? Quel exemple lui donnerait-elle ? Pas le meilleur, il fallait le supposer, le craindre.

Il fallait lui reconnaître ce mérite : elle ne semblait ni sotte ni ignorante. Elle parlait bien et avait autant de prestance que la plus noble des dames anglaises. Ses yeux bleus brillaient d'intelligence et se portaient avec intérêt sur toutes choses, même quand ils s'assombrissaient de tristesse, en quittant le village de Saint-Oln, par exemple ; tristesse qui pouvait aussi provenir du fait qu'elle avait récemment perdu son père et sa mère.

Christiane murmura dans son sommeil. Adam pencha le regard sur elle, qui parlait doucement et se passait la langue sur les lèvres. Adam ne comprenait pas ce qu'elle disait, mais il lui sembla bien entendre ces mots : *in vacuo.*

Elle parle donc le latin ? se dit-il.

Une fois encore il secoua la tête pour en chasser cette idée saugrenue. Une Ecossaise à demi civilisée ne parlait sûrement pas latin dans son sommeil. Il avait mal compris, sans doute.

Il se donna pourtant la peine de traduire les deux mots entendus et cela donnait : « seul » ou plutôt : « seule ». Lady Christiane se sentait peut-être perdue, et comment s'en étonner ? Orpheline, arrachée à son village, confiée à de parfaits étrangers, elle pouvait légitimement se tourmenter.

— Nous arrivons à la rivière, milord.

Sir Elwin, qui chevauchait en avant-garde, s'était retourné sur sa selle et il avait mis son cheval au pas pour permettre à Adam de le rattraper. Il demanda :

— Traverserons-nous maintenant ou attendrons-nous demain matin ?

Adam s'arrêta et considéra la Tweed qui coulait au fond d'un vallon peu profond. C'était le crépuscule et il éprouvait le désir de poser le pied sur le sol anglais le plus rapidement possible. D'un côté comme de l'autre, aucun village ne se trouvait aux alentours ; on pouvait donc considérer qu'on jouirait d'assez de sécurité en se dissimulant dans une forêt pour passer la nuit.

— Nous traversons, déclara-t-il.

Aussitôt, sir Elwin pressa les flancs de sa monture et s'éloigna en compagnie de sir Raynauld, laissant Adam seul avec Christiane qui somnolait toujours.

Il la berça un moment, puis il eut l'idée de prendre une liberté étonnante, celle de mesurer, avec ses deux mains, le tour de taille de la jeune fille.

Elle poussa un faible gémissement, un peu rauque, qui évoqua, pour Adam, ceux de certaines femmes dans les plaisirs de l'amour. Il tressaillit et éprouva aussitôt un désir qu'il ne pourrait pas apaiser avec celle-ci. Alors il éperonna sa monture et fila vers la rivière, comme s'il fuyait.

Christiane se demanda si elle n'avait pas rêvé. Bien sûr que si, elle avait rêvé ! Elle n'avait pas pu sentir, en vrai, les mains de lord Adam lui prendre la taille et la caresser comme s'il avait sur elle les droits et les prérogatives d'un époux. Voilà ce qui arrivait quand on s'adonnait à certaines rêveries immodestes, comme celle qu'elle avait cultivée aussitôt après avoir découvert le seigneur, à Saint-Oln. N'avait-elle pas été jusqu'à se demander ce que ce serait que d'être possédée par un homme comme lui ?

Depuis qu'ils avaient traversé la rivière, lord Adam ne s'était montré rien moins que respectueux et attentionné pour elle, s'inquiétant de son confort, s'enquérant de ses désirs, aidant même ses deux chevaliers à monter une tente dont elle aurait l'usage exclusif. Mais ensuite, il s'était constamment tenu à distance et ne lui adressait plus la parole. Il l'ignorait. La raison était facile à comprendre : elle ne possédait aucune des qualités qu'il recherchait chez une jeune fille. Elle n'était pas de noble extraction.

Elle ne pouvait le blâmer de ce mépris si ostensible, elle-même se sentant plus paysanne que demoiselle, et plus pauvre que bien des paysannes. A Saint-Oln, la plupart avaient de quoi se chausser, ne fussent que des sabots, ce qui n'était pas son cas.

Il faut dire que sa vie avait dramatiquement changé après la mort de son père. Certes il ne menait pas le train de vie fastueux de certains chefs de clans, mais il était à l'aise, sa femme et sa fille avaient une existence confortable qui les aidait à supporter l'ostracisme manifesté par la population du village.

Il n'était pas étonnant qu'Elisabeth se fût laissée mourir

après avoir perdu la protection de Domhnall Mac Dhiubh, son mari.

Christiane regarda autour d'elle. Elle regrettait d'avoir dormi pendant la plus grande partie du trajet et se promit d'être un peu plus fringante le lendemain. A quoi servait-il de voyager les yeux fermés ? Ce chemin, elle ne le prendrait sans doute plus jamais, elle devait donc s'attacher à observer les pays qu'elle traversait. Une fois qu'elle aurait atteint le duché d'York, elle entrerait dans la maison de son oncle et il était peu probable que celui-ci lui rendît sa liberté de sitôt.

Pendant que les chevaliers s'en allaient pêcher pour fournir au dîner, Christiane descendit, elle aussi, au bord de la rivière pour se débarbouiller et se rafraîchir. Puis elle trouva un coin tranquille où s'asseoir pour méditer en observant les jeux de la lumière et de l'eau, tandis que le soleil déclinait. Elle vit plusieurs oiseaux qu'elle était capable de nommer, petits pingouins qui se promenaient en bombant le torse, quelques guillemots et plusieurs mouettes qui criaillaient de façon assourdissante.

Les oiseaux qui l'intéressèrent le plus, cependant, appartenaient à une espèce qu'elle ne connaissait pas. Très gros, presque énormes, ils arboraient un cou long et gracieusement courbé. Elle en vit deux, adultes, qui nageaient avec élégance, conduisant toute une lignée de petits ; une famille, jugea-t-elle, il ne pouvait en être autrement. Le roi et la reine de la rivière, suivis de leurs rejetons... Oubliant pour un temps les incertitudes de son avenir, Christiane s'absorba donc dans la contemplation des oiseaux majestueux qui descendaient lentement le cours de la rivière.

— Lady Christiane ! dit lord Adam, brusquement surgi derrière elle et l'arrachant à sa rêverie, lady Christiane, il ne faut pas vous éloigner ainsi du campement.

Ayant retiré sa cotte de mailles, il apparaissait en tunique bleu pâle sans ornements, et haut-de-chausses noir. Même vêtu avec simplicité, il n'en restait pas moins très attrayant, intimidant aussi mais cela parce qu'il venait de hausser le ton.

Christiane tira sur le bas de sa robe pour essayer de cacher ses pieds et, pour ne pas révéler son trouble, elle reporta son regard sur les gros oiseaux blancs.

— Certainement, milord, dit-elle d'une voix contrite. Je ne recommencerai pas, si cela vous agace.

— Ce n'est pas que cela m'agace, bougonna-t-il ; mais vous courez grand danger en vous isolant. Sir Raynauld et sir Elwin sont revenus. Ils s'occupent de cuire la truite qu'ils ont réussi à attraper.

— Dans ce cas, murmura Christiane en essayant de se lever sans trop montrer ses pieds nus, je ferais bien de retourner là-bas avec vous.

Lord Adam lui tendit la main pour l'aider. Elle prit cette main et ressentit un coup de chaleur ; ou plus exactement, une sorte de choc. Elle réussit à se contrôler, à ne pas sursauter, puis elle essaya de se convaincre que cette impression étrange n'était que le produit de son imagination, et pour détourner le cours de sa pensée, elle demanda, en tendant vers la rivière sa main qu'elle venait de retirer précipitamment :

— Milord, pourriez-vous me dire comment s'appellent ces beaux oiseaux ?

Il tourna les yeux dans la direction qu'elle lui indiquait, pendant un moment, et, quand il reporta son regard sur elle, il avait la même expression que le père de Christiane quand elle avait proféré une sottise.

— Eh bien, ce sont des cygnes, fit-il d'un ton qui désignait une évidence. Vous voyez là deux parents et leurs petits.

— Des parents, vraiment ? reprit Christiane émerveillée, alors que tous deux commençaient à marcher dans le bois, en direction du camp. Ces oiseaux élèvent donc leurs petits ? ensemble ?

— C'est ce qu'on dit, marmonna lord Adam en haussant les épaules. Je vous avouerai que je n'ai jamais réfléchi à cette question.

— Ah..., murmura Christiane qui se retourna en marchant, afin d'apercevoir, encore une fois, les merveilleuses créatures.

Elle répéta mentalement leur nom, afin de le graver dans sa mémoire, et elle se promit d'en apprendre plus à leur sujet car ils ne lui paraissaient pas communs.

Elle prit conscience de la faim qui la tenaillait au moment où son nez capta le délicieux fumet de la truite rôtie que lui apportait la brise du soir. Elle pressa le pas, mais aussitôt buta sur une pierre et perdit son équilibre. Lord Adam l'empêcha de tomber en la prenant par la taille.

— Pas de mal ? demanda-t-il de sa belle voix grave.

— Pas de mal, assura-t-elle, le souffle un peu court.

Elle s'arracha à l'enlacement et reprit sa course sur le chemin étroit.

Adam ne pouvait le croire : cette fille n'avait jamais vu de cygnes, n'en avait même jamais entendu parler ? Sa vie avait donc dû être bien plus retirée qu'il ne l'avait présumé ; ce qui expliquait les indigentes nippes et les pieds nus, le manque de soin accordé aux cheveux si beaux, mais tellement emmêlés.

Il observa Christiane qui mangeait avec ses doigts, qui prélevait délicatement la chair sur les arêtes de la truite, la portait à sa bouche puis chaque fois se léchait les doigts avec gourmandise. Quand elle buvait, lentement, les muscles de sa gorge jouaient tandis que descendait le liquide. Adam trouva ce spectacle si évocateur qu'il en tira un émoi suspect, auquel son corps réagit si vivement qu'il dut se concentrer sur son propre repas en essayant de trouver un dérivatif à ses pensées.

Il songea qu'il devrait se discipliner et donner un coup d'arrêt à ces manifestations intempestives. Le voyage vers Désespérance devait durer deux jours encore, il faudrait donc bien côtoyer de près la jeune fille, la côtoyer de très près. Adam se remémora la promesse solennelle qu'il avait faite à la mère : ou il épousait Christiane ou il la confiait à son oncle dans le duché d'York. Ayant déjà décidé que le mariage serait impossible, il ne devait pas donner libre cours à sa sensualité.

Quand il reporta de nouveau son regard sur Christiane Mac Dhiubh, il s'aperçut qu'elle s'était levée, qu'elle avait pris les assiettes en étain de Raynauld et d'Elwin, et qu'elle s'avançait vers lui.

Le mouvement de ses jambes et la façon dont elles soulevaient la robe grossière ravivèrent son désir mal contenu. Il se le reprocha, se rappela qu'il se troublait pour une toute jeune fille, inexpérimentée, vierge bien sûr. Il comprenait certes le réveil inopiné de ses appétits charnels, mais il serait ignoble s'il demandait à Christiane Mac Dhiubh de les satisfaire. Jolie certes, elle n'était pas du tout le genre d'épouse dont il avait besoin. Elle n'était pas non plus une fille qu'on ramasse pour passer la nuit.

Il reviendrait à sir Charles Penyngton de lui trouver une femme convenable, une dame anglaise. Dès son arrivée à Désespérance, Adam confierait à son sénéchal cette mission de la plus haute importance.

— Votre assiette, milord ? demanda Christiane, d'une voix tranquille. Je la rincerai avec les autres dans la rivière.

Le soleil se couchait dans le dos d'Adam et illuminait les yeux de la jeune fille. Elle avait de longs cils, noirs à la racine et décolorés par le soleil à l'extrémité. Son regard était franc et direct, et timide en même temps, comme si elle se doutait de l'examen impitoyable auquel il la soumettait, tandis qu'elle attendait sa réponse.

Il se leva et lui tendit son assiette, puis retourna dans la forêt, d'une démarche lourde, d'un pas embarrassé. Il devait se consacrer à des sujets de réflexion autrement plus sérieux que la longueur des cils ou la complexion des lèvres de Christiane Mac Dhiubh. Il gagnerait sans doute en sérénité s'il s'éloignait un moment. Voire…

Sir Charles Penyngton l'avait dit et redit au cours des dernières semaines : il fallait une châtelaine à Désespérance, il fallait une mère à la petite Margaret. Adam avait la conviction que personne ne pourrait remplacer son épouse décédée, qui pourtant avait été une châtelaine évanescente et une mère peu attentive.

Cela dit, son bon sens lui disait que Margaret avait besoin de quelqu'un qui pût s'occuper d'elle à la manière d'une mère, pour l'aider, avec patience et tolérance, à se corriger des fautes de l'enfance. En attendant d'avoir trouvé cette personne, Adam se promit de consacrer plus de temps à sa petite fille, de devenir pour elle un père plus attentif.

La vie même de Margaret dépendait des soins qu'il lui consacrerait.

Elle semblait se dématérialiser depuis la mort de sa mère, et sur le monde elle jetait un regard vide de ses yeux qui paraissaient s'agrandir à mesure qu'elle maigrissait. Mathilde, sa gouvernante, ne savait pas comment la tirer du chagrin qui l'enfermait comme une carapace. La petite Margaret quittait sa chambre de plus en plus rarement, et toujours pour se réfugier dans la chapelle du château où elle passait de longues heures, abîmée dans la prière.

Il n'était pas besoin d'en savoir long sur les enfants pour comprendre que ce comportement n'était pas celui d'une petite fille de cinq ans. Adam renouvela le serment qu'il venait de prendre avec lui-même : dès son retour à Désespérance, il comblerait Margaret de ses attentions.

Préoccupé, il retourna vers le camp, en traînant un peu la jambe. Ses hommes étendaient leur couverture près du feu.

— Lady Christiane est-elle revenue de la rivière ? leur demanda-t-il.

— Non, milord, pas encore, répondit sir Raynauld. J'étais justement en train de me dire qu'il faudrait peut-être aller y voir.

— J'y vais, dit Adam.

La tête toute pleine des pensées innocentes que lui inspirait sa fille et des pensées plus troubles qui lui venaient à cause de lady Christiane, Adam reprit le chemin étroit qui conduisait à la rivière.

Quand il aperçut lady Christiane, il s'arrêta.

Debout face au soleil, immobile, elle semblait changée en statue. La main gauche enfouie dans ses cheveux, elle tendait sa main droite.

Devant elle se trouvait une biche immobile comme elle.

La biche avait posé son museau dans la main de lady Christiane.

Chapitre 3

Adam ne bougeait pas.

Stupéfié par la scène qui se déroulait devant lui, à quelques pas seulement, il vit la biche renifler la main de Christiane avant de se mettre à la lécher. Christiane parlait mais Adam ne pouvait comprendre ses paroles, et soudain elle retourna sa main pour donner une gentille caresse sous le menton de l'animal, qui à ce moment leva la tête et aperçut Adam. Aussitôt ses yeux s'emplirent de panique et il partit d'un trait, disparut dans la forêt.

Adam laissa filer l'air qui emplissait ses poumons. Il ne s'était pas rendu compte qu'il bloquait sa respiration.

— Ah, milord, dit Christiane qui scrutait les alentours pour découvrir ce qui avait effrayé la biche. J'allais justement…

— Lady Christiane, répondit Adam encore troublé, c'était une biche qui était près de vous… tout près… Elle touchait votre…

— Mais oui, répondit la jeune fille en s'accroupissant pour se rincer les mains dans la rivière. Une toute jeune biche, peut-être pas assez méfiante, mais très jolie en tout cas.

Adam n'en croyait pas ses yeux. Pas assez méfiante, la biche avait tout de même pris la fuite quand elle l'avait aperçu ! D'autre part, il n'avait jamais entendu parler d'un animal sauvage, jeune ou vieux, s'approchant d'un être humain de cette manière. Comment Christiane avait-elle réussi ce tour ? Quel don étrange cela supposait-il ?

— Milady…, commença-t-il.

Elle se leva et porta sur lui le regard si vif de ses yeux bleus. Alors il oublia ce qu'il allait dire ou demander, et il s'éloigna.

Il était bien agréable d'être escortée vers le campement par un homme tel que celui-ci, noble personnage et fort bien de sa personne !

Les deux chevaliers avaient monté pour Christiane une tente, trop spacieuse pour elle toute seule, mais lord Adam lui expliqua qu'il avait été prévu de l'escorter en compagnie de sa mère, à Désespérance d'abord puis vers le duché d'York.

Voilà pourquoi Christiane passa une nuit agréable du point de vue du confort, mais triste parce qu'elle songea à sa mère, nostalgique aussi parce qu'elle se remémora des temps qui avaient été meilleurs.

Le lendemain matin, l'aube éclatante annonça une magnifique journée. Le voyage reprit dans les mêmes conditions que la veille, Christiane assise en écuyère devant lord Adam. Elle était certaine que, chaque fois qu'il lui accordait un regard, c'était pour s'offusquer de ses pieds nus qui se balançaient sous sa robe de rien. Au moins étaient-ils propres, se disait-elle, sans y puiser autant de réconfort qu'elle l'eût souhaité. Avec de bonnes et belles chaussures, elle se serait sentie plus à l'aise avec ce grand seigneur.

Des chaussures, elle en avait eu, mais elles lui avaient été retirées à Saint-Oln, de même que toutes ses modestes possessions. Elle n'en aurait pas trop souffert si maintenant elle n'était pas obligée d'arriver à Désespérance sous les apparences de la plus pauvre des vilaines. Sans être bouffie d'orgueil, ce manque de chaussures la chagrinait au-delà de toute mesure et elle souffrait plus encore de savoir qu'elle ne pouvait rien pour remédier à sa déplorable situation.

La journée se passa sans incident notable, sauf que la pluie menaça davantage les voyageurs à mesure qu'ils progressaient vers le sud. Ils chevauchèrent la plus grande partie du temps sur les hautes falaises qui dominaient la mer. Parfois, le chemin leur imposait une incursion à l'intérieur des terres, dans des forêts où Christiane avisait des essences qu'elle ne connaissait pas, ainsi que de petits animaux à peine entrevus parce qu'ils fuyaient du plus loin qu'ils apercevaient les cavaliers.

A l'approche du crépuscule, elle commença à se demander si on s'arrêterait bientôt pour établir le campement, parce qu'elle était fatiguée et qu'il se mettait à tomber une pluie fine et pénétrante. Elle avait mal au dos et aux jambes d'être restée assise si longtemps sans pouvoir bouger.

Elle en était là de ses méditations quand elle aperçut un village ou plutôt, corrigea-t-elle aussitôt, une auberge entourée de quelques petites fermes. Elle conçut l'espoir que lord Adam avait l'intention d'y passer la nuit, ce qui semblait être le cas puisque les trois cavaliers entrèrent dans la cour où beaucoup de chevaux se trouvaient déjà à l'attache. De l'intérieur de l'auberge provenaient les échos d'une conversation bruyante, celle d'une foule échauffée.

Lord Adam descendit de cheval et tendit sa main à Christiane.

— Dois-je m'enquérir s'il y a des chambres disponibles, milord ? demanda sir Elwin qui attachait sa monture à un anneau fixé dans le mur.

Lord Adam approuva d'un hochement de tête et dit à Christiane :

— Restez toujours près de moi. Nous sommes encore tout près de la frontière, ce qui ne va pas sans risques, surtout pour vous, pour nous aussi par voie de conséquence.

Christiane ne pouvait qu'approuver. Les hostilités ne cessaient jamais le long de la frontière entre l'Angleterre et l'Ecosse, les étrangers étaient l'objet de suspicion pour ne pas dire d'animosité. Or, elle se trouvait sur le sol anglais, elle était donc une étrangère. Tout bien considéré, elle eût préféré une halte dans la campagne et une nuit plus tranquille sous sa tente.

Résignée à séjourner dans cette auberge puisque lord Adam en avait décidé ainsi, elle se rapprocha de lui en essayant de comprendre pourquoi les gens, dans la salle d'auberge, criaient si fort. Il fallait attendre le retour de sir Elwin.

L'air du soir rafraîchissait rapidement. Christiane ne put s'empêcher de frissonner plusieurs fois. Puis elle eut la surprise de sentir sur ses épaules le bras de lord Adam, qui l'attirait plus près de lui. La cotte de mailles aurait dû lui paraître froide, mais ce ne fut pas le cas ; au contraire, elle se sentit pénétrer par la chaleur du corps contre lequel elle se pressait.

Il y avait bien longtemps qu'elle ne s'était pas sentie aussi bien protégée. Depuis la mort de son père, personne n'avait cherché à la défendre contre les duretés de la vie. Elle se sentait si seule depuis la maladie de sa mère, bien plus seule encore depuis sa disparition… Elle cilla pour chasser les larmes qui lui montaient aux yeux.

— Milord, dit sir Elwin, c'est une rude bande qui se trouve à l'intérieur. Je ne sais pas s'il serait sage d'y faire entrer lady Christiane.

— Y a-t-il des chambres ? demanda lord Adam, après un rapide regard à Christiane qui frissonnait sous la pluie persistante.

— Une seulement, soupira le chevalier. J'ai demandé à l'aubergiste de nous la réserver.

— Possible d'entrer par l'arrière ?

— Par la cuisine, milord, nous aurions quelque chance de faire passer lady Christiane sans qu'elle soit aperçue de quiconque.

Christiane sentit dans le bas de son dos la pression du bras de lord Adam qui l'incitait ainsi à suivre sir Elwin. Il la suivit de tout près, tandis que sir Raynauld restait en arrière pour s'occuper des chevaux.

La cuisine était envahie par une épaisse fumée aux odeurs de bois brûlé, de nourritures et de bière. Au tintamarre venu de la salle commune, Christiane crut comprendre qu'une bande de routiers, rassemblée autour des tables, s'esbaudissait fort à propos d'une expédition guerrière en projet.

— Milord, nous devrons emprunter un escalier qui monte le long du mur de la salle commune, chuchota sir Elwin. Lady Christiane risque d'être aperçue, mais c'est le seul moyen de parvenir à l'étage.

— Nous la serrerons de près, dit lord Adam. Milady, je vous demanderai de franchir le plus vite possible ce passage délicat.

Il la dissimula aux regards d'en bas grâce à son ample manteau, mais hélas un homme leva les yeux à ce moment et aussitôt hurla pour signaler qu'une femme se trouvait dans l'escalier. Christiane tressaillit de peur tandis que, d'une poussée énergique, lord Adam la catapultait en haut de l'escalier. Puis il se retourna, sir Elwin aussi, et tous deux tirèrent leur longue épée.

Quatre hommes, déjà, gravissaient les marches à toute allure, les armes à la main. Lord Adam planta son pied botté dans la poitrine du premier et le repoussa brutalement ; l'homme roula dans l'escalier, entraînant deux compères dans sa chute.

D'autres montaient. La bataille s'engagea. Les épées commencèrent à cliqueter. Les routiers hurlaient et juraient. Le sang coula.

Paralysée par l'effroi, Christiane voyait de nouveau l'affrontement dans lequel son père avait perdu la vie. Elle se sentait faible et malade. La tête lui tournait. L'intense bourdonnement de ses oreilles l'assourdissait, l'empêchant d'entendre le bruit de la scène affreuse qui se déroulait sous ses yeux.

Hébétée, elle avait l'impression de revivre le passé.

Comme aujourd'hui, elle s'était dissimulée dans un recoin obscur du donjon, en haut d'un escalier, d'où elle avait vu son père lutter avec courage contre le guerrier du clan Armstrong qui voulait la prendre. Elle avait vu la lance lui transpercer la poitrine, elle l'avait vu perdre son sang qui se répandait sur les marches de pierre. Elle avait vu avec horreur la tache rouge s'agrandir…

— Christiane !

Son père avait cependant réussi à blesser le guerrier, qui s'en était allé. Tremblant de peur, Christiane s'était faite toute petite dans le refuge ombreux où elle avait attendu longtemps la fin de la bataille. Elle croyait sentir encore les fumées âcres qui avaient manqué de la faire périr ; car le clan Armstrong avait mis le feu aux bâtiments. Elle était si terrorisée qu'elle n'avait pas osé s'approcher de son père qui agonisait quelques marches plus bas. Quand il était mort...

— Christiane !

La voix impérieuse de lord Adam, enfin, l'atteignit dans ses souvenirs. Elle sursauta, secoua la tête, cilla. Confuse, elle fixa son regard sur les courageux chevaliers qui la défendaient contre la meute des assaillants, en se disant qu'elle devait faire preuve de bravoure. Hélas, elle restait paralysée comme lors de l'assaut qui avait provoqué la mort de son père. Elle n'eût pas été plus empêchée de bouger si elle avait été ligotée. Elle devait écouter ce que lui disait lord Adam, obéir aux sages instructions qu'il lui donnerait, puisqu'il n'agissait que pour son bien... Comme elle n'entendait pas bien, dans le fracas de la bataille, elle voulut se rapprocher de lui et constata que ses jambes refusaient de lui obéir.

— Christiane ! hurla lord Adam. Ne restez pas là ! Il doit y avoir une chambre... Ouch !

Un des routiers venait de lui rentrer dedans, tête baissée. Il accusa le coup mais réagit aussitôt. Du plat de son épée il frappa son adversaire et d'une rude poussée s'en débarrassa.

Heureusement, sir Raynauld arrivait à la rescousse. Il détourna pendant un moment l'attention des assaillants, ce qui permit à lord Adam de se dégager, de monter les marches quatre à quatre pour prendre Christiane dans ses bras. Sans aucun effort apparent, il l'enlaça et la jeta sur son épaule, il s'enfila dans le corridor étroit et entra dans une chambre dont il referma la porte d'un coup de pied.

Dans cette chambre se trouvait une cheminée et dans cette cheminée brûlait un petit feu grâce auquel lord Adam put se déplacer sans accident. Il déposa Christiane sur le lit au fond de la pièce dans un coin, et il lui demanda :

— Comment vous sentez-vous ?

Comme la jeune fille ne lui répondait pas, Adam s'agenouilla devant elle et lui prit les mains, qu'elle avait glacées et qui tremblaient beaucoup. Cette réaction l'étonnait, de la part d'une Ecossaise. N'était-elle pas aussi insensible, aussi sauvage que tous les Ecossais qu'il lui avait été donné de rencontrer ? Certes elle était à demi anglaise, mais elle n'avait pas reçu l'éducation d'une Anglaise.

Rendu perplexe par le silence de Christiane qu'il ne s'expliquait pas, il lui frictionna les mains pour tenter de les réchauffer, tout en restant attentif aux bruits de la bataille qui ne cessait pas dans l'escalier. Aucun des assaillants n'avait perdu la vie, même si le sang avait coulé. Voilà qui expliquait, peut-être, la réaction d'horreur de Christiane. En lui voyant le teint blême, les yeux agrandis et le regard fixe, Adam se conforta dans son opinion.

Par la croix du Seigneur ! songea-t-il. Quelle idée avait-il eue de vouloir passer la nuit dans cette auberge, alors qu'il connaissait parfaitement l'état d'esprit qui régnait de part et d'autre de la frontière ? Ils n'auraient pas souffert de passer une autre nuit à la belle étoile, Christiane aussi confortablement installée que possible sous sa tente. Il pleuvait et alors ? Elle aurait été à l'abri. Quant à Adam et à ses chevaliers, ils avaient enduré bien pire.

— C'est fini, Christiane, dit-il avec autant de douceur que possible. Vous êtes en sécurité.

— Oui, répondit-elle en posant sur lui le regard fixe de ses yeux encore agrandis par la peur. Je sais...

Le croyait-elle ?

— Vous dormirez ici. Mes hommes et moi monterons la garde toute la nuit.

— C'est bien, murmura-t-elle.

— Voulez-vous... Euh... vos vêtements sont mouillés. Il faudrait les faire sécher. Je peux sortir un moment pendant que vous...

Adam se leva, mais Christiane le retint par les mains.

— Ne partez pas, implora-t-elle, d'une voix pressante, avec un fort accent écossais qu'Adam n'avait jamais noté jusqu'à ce moment.

Se passant la main dans ses cheveux humides, il se demanda comment il pourrait la rassurer.

— Je reste, finit-il par dire. Mais je vais là-bas, près de

la cheminée, et je vous tournerai le dos pendant que vous vous déshabillerez.

Non sans mal, il s'arracha à l'étreinte des mains crispées sur les siennes, tandis qu'elle déglutissait avec difficulté.

Il ne savait pas ce qu'elle avait enduré, mais il avait de ses yeux vu les ravages causés au village de Saint-Oln par une toute récente bataille. A en juger par la réaction de la jeune fille, il pouvait penser qu'elle y avait assisté, que sans doute elle avait été témoin des horreurs qui se produisent inévitablement dans ce genre d'engagement. Il fallait croire que, pour mi-Ecossaise qu'elle fût, elle en avait été durement et durablement affectée.

Debout devant la cheminée, le regard fixé sur les flammes, Adam prêta l'oreille aux bruits feutrés du déshabillage qui avait lieu derrière lui. Comptant les vêtements mouillés qui tombaient sur le plancher, il s'aperçut que sa virilité réagissait d'une manière ardente, ce qui le choqua. Il ne s'était plus senti aussi concupiscent depuis… En fait, il ne s'en souvenait pas.

Il se demanda de nouveau si son idée de passer la nuit à l'auberge était si judicieuse qu'il l'avait cru d'abord.

— Milord ? murmura la jeune fille. Vous pouvez vous retourner, maintenant.

Dans le lit, sous une épaisse couche de couvertures, elle lui apparut toute petite et vulnérable. Adam pensa qu'elle n'avait rien d'une Ecossaise et qu'elle ne ressemblait en rien à celle qu'il avait vue fendre fièrement la foule des villageois hostiles, à Saint-Oln.

Elle n'était plus qu'une femme, une toute jeune fille intimidée et transie de froid.

Adam connut l'envie déraisonnable, extravagante, de prendre Christiane dans ses bras pour la réchauffer, la rassurer et la réconforter.

Sagement, il s'éloigna du lit. Il ramassa les vêtements épars et les disposa devant le feu, pour leur permettre de sécher plus vite. Les routiers ne lâchaient pas prise, s'il fallait en croire les cris et le cliquetis des armes. Ne se décourageraient-ils pas bientôt pour se consacrer à l'expédition qu'ils préparaient quelques instants plus tôt. C'était à espérer. Adam formula une prière dans ce sens.

Repensant à Christiane enfouie sous les couvertures, derrière lui, il songea que lady Elisabeth d'York n'avait pas menti en affirmant que sa fille ne manquait pas de courage. Celle-ci avait perdu son père puis sa mère, en très peu de temps. Les gens de Saint-Oln ne lui avaient manifesté que de l'hostilité, voire de la haine, quand elle avait quitté le village, pour partir en compagnie de trois hommes inconnus qui l'emmenaient loin de tout ce qu'elle connaissait. Il y avait de quoi accabler le cœur le mieux trempé. Et pourtant, lady Christiane tenait bon. Elle ne geignait pas. Elle endurait ses épreuves avec un sang-froid digne d'admiration.

Quittant la cheminée, Adam alla s'asseoir sur le plancher, le dos à la porte. Il étendit les jambes, posa son épée nue à côté de lui. La tête contre le bois rêche, il ferma les yeux et essaya de se détendre.

La fréquentation de lady Christiane le mettait à rude épreuve. Ils voyageaient sur le même cheval. Il devait la tenir dans ses bras pour l'empêcher de tomber. Il respirait les délicats parfums de femme qu'elle dégageait. Son visage recevait les caresses des longs cheveux qui volaient au vent... Adam ne pouvait imaginer situation plus pénible.

Reportant son regard sur les vêtements qui fumaient devant la cheminée, il formula cette évidence : à part les couvertures, lady Christiane n'avait plus rien sur elle. Aussitôt il regretta de n'avoir pas su brider son esprit. Physiquement et moralement, il souffrait assez sans avoir besoin d'imaginer la jeune fille toute nue.

Tard dans la nuit, peut-être sur le matin, Christiane perçut un coup léger donné à la porte. Sir Raynauld venait informer lord Adam que le calme régnait désormais. Elle ne sut pas si les routiers avaient quitté l'auberge où s'ils dormaient dans la grande salle, trop ivres pour se lancer dans l'expédition qu'ils avaient projetée.

Lord Adam avait sans doute veillé toute la nuit, eut-elle

encore le temps de songer en le voyant prendre sa couverture de selle pour l'étendre devant l'âtre.

Il ajouta quelques morceaux de bois dans le feu, se redressa et alors dénoua les liens de cuir de sa cotte de mailles, qu'il fit passer par-dessus sa tête et déposa sur le plancher. En chemise, il s'allongea, ramena la couverture sur lui et chercha la meilleure position pour dormir.

Il semblait épuisé. Il avait de bonnes raisons pour cela. Il avait monté la garde une bonne partie de la nuit, assis contre la porte, avant de juger que, tout danger écarté, il pouvait enfin prendre un peu de repos. Il avait les cheveux emmêlés, la barbe naissante noircissait son menton et ses joues. Pourtant, même négligé, il paraissait aux yeux de Christiane comme le plus bel homme qu'il lui fût jamais donné de rencontrer.

En se remémorant les événements de la soirée, elle sentit son cœur s'affoler de nouveau. Complètement sans défense, anéantie par les souvenirs de la mort de son père qui l'assaillaient bien mal à propos, elle eût été à la merci des routiers, elle se fût rendue à eux sans résistance si lord Adam ne l'avait pas chargée sur son épaule pour l'enfermer dans la relative sécurité de cette chambre. Ensuite, il avait monté une garde vigilante afin qu'elle pût dormir en paix.

Non seulement il avait montré toute la bravoure d'un vrai chevalier, mais il s'était révélé comme un homme d'honneur. En effet, il eût pu prendre avantage de la jeune fille confiée à sa garde et exciper du service insigne qu'il venait de lui rendre pour profiter d'elle. Loin de lui cette pensée. Au contraire, il l'avait réconfortée alors qu'elle se sentait si mal parce que le passé inopportunément resurgi la tourmentait, et quand elle avait dû se dévêtir il avait fort galamment tourné le dos. Quel homme aurait autant fait pour elle ?

Elle connaissait si peu les hommes ; son père l'avait toujours tenue éloignée des guerriers, et comme les gens de Saint-Oln ne l'aimaient pas, elle les avait très peu fréquentés. Elle devinait, en revanche, elle savait avec une quasi-certitude que peu nombreux sur cette terre étaient ceux qui pouvaient montrer autant de patience et de délicatesse à son égard. Combien n'eussent pas préféré l'enfermer dans sa chambre pour s'esbaudir à la bataille avant de revenir à elle, peut-être couverts d'ecchymoses et de plaies, pour réclamer ce qu'ils auraient alors estimé qu'elle leur devait ?

Christiane préférait les façons d'Adam… de lord Adam.

Il lui était de plus en plus difficile de le désigner selon les convenances. Son titre si solennel, si intimidant ne rendait pas compte de l'homme qu'il était, au fond. Bien sûr qu'il était un seigneur considérable, un valeureux chevalier, un guerrier intrépide. Loin de Christiane l'idée de lui nier ces qualités. Mais pour elle, désormais, il serait Adam, celui qui avait su la consoler dans l'adversité. Sans doute s'offusquerait-il, si elle s'avisait de l'interpeller ainsi ; à juste titre. Elle s'en abstiendrait donc. En société il resterait pour elle lord Adam, mais, au fond de son cœur, et pour toujours, il était devenu Adam.

Chapitre 4

A en juger par le chant des oiseaux, le jour ne devait plus tarder à se lever. Toutefois, Adam ne pensa pas qu'il avait été réveillé, non par le chant des oiseaux, mais par des murmures venant de la chambre. Il était trop fatigué pour bouger, sa jambe raide lui infligeait de rudes souffrances. Il réussit quand même à ouvrir un œil et il entrevit Christiane Mac Dhiubh.

Sa bouche sécha.

Elle avait rassemblé ses vêtements et elle s'habillait, pas assez loin pour empêcher Adam de distinguer les courbes et les rondeurs de son corps.

Elle était adorable. Ses cheveux bouclés et emmêlés descendaient en cascade sur ses épaules nues et dissimulaient imparfaitement ses seins, dont Adam put apprécier le délicieux dessin. Elle avait des jambes solides et bien formées, et, au-dessus de l'endroit où elles se joignaient, se dessinait un triangle de soie rousse qui attirait le regard et tentait la main.

Adam savait que cette contemplation clandestine causerait son malheur parce qu'il ne pourrait plus jamais oublier quels trésors admirables se cachaient sous les pauvres oripeaux bruns.

Sous son regard, Christiane passa une sorte de chemise en lambeaux qui ne descendait pas plus bas que son nombril, et encore les lacets en étaient-ils lâches, si bien que sa poitrine restait encore à demi découverte.

Envoûté mais accablé, Adam laissa échapper un sourd gémissement, au son duquel la jeune fille sursauta et se couvrit aussitôt de ses deux mains. Lentement, soulagé mais tout de même à regret, il s'arracha à sa douloureuse fascination, il leva les yeux pour croiser le regard de Christiane qui, embarrassée et muette, protégeait tant bien que mal sa pudeur avec ses deux mains aux doigts écartés.

— Je vous demande pardon, milady, fit-il en se levant, avec une difficulté dont sa jambe blessée n'était pas la cause principale. Je vous laisse pour que vous puissiez vous préparer.

Muette, plantée dans le plancher, Christiane le regarda partir. La porte se referma. Alors elle enfila ses vêtements, à la hâte, en se jurant qu'elle ne se laisserait plus jamais surprendre de cette façon.

Et pourtant… pourtant, en s'affairant sur ses lacets, elle dut reconnaître qu'il ne lui avait pas déplu, le regard d'Adam sur son corps à demi nu. Gênée, oui, elle l'avait été ; mais pas fâchée. Si elle voulait être tout à fait honnête avec elle-même, elle devait reconnaître qu'elle avait aimé la façon dont il l'avait dévorée du regard. Il n'en restait pas moins que ce genre de situation était terriblement embarrassant et qu'il valait mieux qu'il ne se reproduisît plus.

Christiane se demanda ensuite si elle eût été moins confuse dans le cas où Adam, lui aussi, eût été presque nu. Et lui, aurait-il été gêné, bien bâti comme il l'était, avec ses larges épaules, ses hanches étroites, ses jambes puissantes de cavalier ? Quelle impression cela faisait-il de se trouver nue en la compagnie d'un homme nu ? En se passant la langue sur ses lèvres sèches, elle conjectura que cette intimité devait être un des plaisirs partagés par les maris avec leur femme et les femmes avec leur mari. Mais elle était si ignorante de ce sujet ! Ses parents s'étaient toujours montrés très respectueux l'un envers l'autre, et même distants. Ils ne l'avaient jamais rendue témoin de la moindre scène de tendresse, ne lui avaient donc pas donné à supposer qu'ils prenaient plaisir à se retrouver dans l'intimité de leur chambre.

Des voix, dans la cour de l'auberge, arrachèrent Christiane à ses réflexions. Elle se dépêcha de terminer le laçage de sa robe. Puis elle roula la couverture d'Adam, ramassa la sacoche de selle, et ouvrit la porte de la chambre.

Elle sursauta en constatant, dans l'escalier, les effets de la bataille qui s'y était déroulée la veille au soir. Tout danger était-il écarté ? se demanda-t-elle. Etait-il prudent de descendre ? Peu désireuse de causer un nouvel affrontement, elle rentra dans sa chambre en reculant, referma la porte et se laissa tomber assise sur le lit. Elle attendrait le retour d'Adam. Elle sursauta de nouveau en entendant un bruit de pas précipités, dans l'escalier.

— Lady Christiane !

— Oui, sir Raynauld, répondit-elle, ayant reconnu avec bonheur une voix amie.

Se demandant où était passé Adam, elle ouvrit la porte au fidèle chevalier qui tendit les mains pour prendre le paquetage dont elle était chargée.

— La femme de l'aubergiste nous a préparé un solide petit déjeuner, lui dit-il. Si vous êtes prête, vous n'avez qu'à descendre et vous faire servir.

— Je vous remercie.

Ils descendirent l'escalier pour aller dans la grande salle où l'aubergiste disposait des bols de bois sur une table. Christiane regarda tout autour d'elle et nulle part elle ne vit Adam. Soupirant de déconvenue, elle prit place et picora dans un morceau de pain.

Adam retournait à l'auberge, satisfait de ses achats, très content de lui. Les villageois s'étaient empressés pour recevoir les espèces sonnantes et trébuchantes qu'il pouvait leur distribuer en échange des biens qu'il lui fallait. Il avait acheté des choses nouvelles pour Margaret. Il avait même trouvé une femme disposée à lui céder ses brodequins car elle avait la chance d'avoir un mari tanneur et cordonnier qui pourrait très facilement lui en fabriquer une autre paire.

Ces brodequins, il avait l'intention de les donner tout de

suite à Christiane afin qu'elle pût terminer le voyage dans de meilleures conditions. Il avait mesuré la honte qu'elle ressentait à aller pieds nus et, l'occasion se présentant de pouvoir la chausser, il n'avait pas hésité une seconde.

Il n'avait pensé qu'à elle depuis son départ précipité de la chambre, avec la conviction qu'il devrait à tout prix éviter la répétition de la scène qui venait de s'y dérouler, scène qui lui avait démontré — s'il en était besoin — à quel point il était sensible aux charmes de la jeune fille. S'il avait une once de sagesse en lui, il veillerait à ne pas cultiver la forte attirance qu'ils éprouvaient l'un pour l'autre.

Lady Christiane n'avait pas été insensible au charme étrange de ce moment ; loin de là. Adam avait lu la confusion dans ses yeux, il avait été le témoin de son embarras. Mais il avait, en même temps, perçu la subtile et trouble ardeur qu'elle ressentait. Comprenant qu'elle était la proie d'un désir non moins égal au sien, il avait laissé échapper le gémissement qui avait mis fin à la scène.

Pour ces raisons, Adam avait pensé qu'il ne pourrait plus chevaucher avec la jeune fille devant lui, pressée contre lui. Voilà pourquoi il avait convaincu l'aubergiste de lui céder une vieille mule qui ne valait pas tout l'argent qu'il avait consenti à débourser pour cette transaction. Lady Christiane ne terminerait pas le voyage dans ses bras et cela valait mieux ainsi.

Adam entra dans la cour de l'auberge.

— Bonjour, milord, lui lança sir Elwin.

— Lady Christiane a-t-elle déjeuné ?

— Oui, répondit le chevalier, tout en continuant de seller son cheval. Elle se trouve encore à l'intérieur.

Adam entra et, effectivement, il trouva Christiane dans la grande salle.

Dans la clarté du matin qui l'auréolait et illuminait ses cheveux, elle avait l'air d'un ange. Elle venait juste de se lever de table et serrait contre sa poitrine le sac étrangement fait qui ne la quittait pas. Elle leva les yeux sur Adam, ses lèvres s'entrouvrirent et ses narines se dilatèrent un peu.

Adam et Christiane restèrent l'un en face de l'autre, immobiles.

Puis Christiane rougit.

Elle se souvient, songea Adam. Elle se souvient de ce matin…

Elle était toujours aussi mal habillée — comment eût-il pu en être autrement ? — mais, dans une sorte d'hallucination, il sembla à Adam qu'il la voyait telle que le matin même, c'est-à-dire nue, magnifiquement nue, comme si ses yeux avaient gagné le pouvoir magique de voir au travers des vêtements.

Gêné, il toussota et détourna le regard, et s'avisa que, dans sa contemplation matutinale de la jeune fille nue, il ne s'était pas du tout rappelé qu'elle avait du sang écossais et que cette caractéristique devait le rebuter.

Il s'éclaircit la gorge de nouveau et se déchargea sur la table.

— J'ai trouvé ceci pour vous, annonça-t-il.

Christiane posa les yeux sur le sac de grosse toile puis tourna vers Adam un regard interrogateur.

— C'est simplement…, commença-t-il.

Il s'arrêta, proposa ensuite :

— Vous pouvez ouvrir.

Christiane hésita un moment. Elle se mordillait la lèvre inférieure. Puis elle se décida. Elle dénoua la ficelle qui fermait le sac.

— Des brodequins, murmura-t-elle, d'une voix extatique.

Elle les regarda longtemps, un peu penchée au-dessus d'eux, puis elle leva vers Adam ses yeux devenus très, trop brillants. Elle battit des paupières, sans pouvoir les assécher.

Aucune larme ne coula sur sa joue, non. Voyant Christiane si humble et pourtant si fière encore, Adam sentit ses entrailles se nouer. Il lui parut qu'il se souviendrait, jusqu'à la fin de ses jours, de l'émotion suave qui le poignit à ce moment. Il s'empressa d'expliquer :

— Au village, il y a un tanneur qui est aussi plus ou moins cordonnier.

Christiane prit un brodequin dans ses mains pour le porter à la hauteur de ses yeux.

— J'avais…, murmura-t-elle. J'avais des brodequins, autrefois.

Elle parlait tout bas, d'une voix toute douce presque

entièrement dénuée de tout accent écossais. Elle soupira puis reprit :

— Gylys le Chauve me les a pris le jour même que ma mère mourut. Il a dit que sa femme en avait plus besoin que moi et…

Stupéfait, Adam se demanda quel était ce village où un manant pouvait se permettre de confisquer les biens appartenant à la fille d'un laird. Il lui semblait prendre toute la mesure, enfin, de la solitude et des brimades endurées par Christiane à Saint-Oln.

Dans le secret de son âme, il formula un vœu : tant qu'elle serait sous sa protection, plus jamais elle n'aurait à souffrir de tels abus, de telles humiliations.

Christiane s'assit sur le banc. Elle voulait essayer, bien sûr. Sur une impulsion, Adam s'agenouilla devant elle, il lui prit le brodequin qu'elle avait en main, en même temps qu'il s'emparait de son pied, et il le souleva pour le chausser, avec la plus grande délicatesse possible.

— Cela me va bien, dit-elle, la voix chargée d'émotion.

N'osant plus la regarder dans les yeux, il entreprit de lacer, avant de prendre l'autre brodequin pour le lui passer de la même façon.

Ses deux pieds chaussés, Christiane prit appui sur une épaule d'Adam pour se pencher vers lui. Il leva les yeux vers elle et eut l'intuition de ce qu'elle avait en tête : un baiser, pour le remercier. Il s'attendit à l'effleurement des lèvres de la jeune fille sur les siennes. Il imagina le baiser, il en savoura d'avance la douceur, il pressentit le douloureux bonheur qu'il en retirerait. Subjugué, il fixa son regard sur les lèvres qui s'approchaient pour lui donner un baiser dont il garderait le souvenir jusqu'à la fin de ses jours.

Las ! Au moment de la conjonction, Christiane tourna la tête de côté. Le baiser, Adam le reçut sur la joue.

Incapable de réagir, il vit la jeune fille se lever et sortir en courant.

*
* *

— Ainsi voyagerez-vous de façon plus confortable, déclara sir Elwin après avoir annoncé que la mule était destinée à Christiane.

Il précisa :

— Lord Adam l'a acquise pour vous, ce matin même.

Les entrailles de Christiane se nouèrent. Jamais de sa vie elle n'avait monté, en dehors bien sûr des heures passées sur le destrier de lord Adam, mais celui-ci la tenait solidement pour l'empêcher de tomber.

Et maintenant, il voulait la voir se hisser sur le dos de cette mule colossale, plus haute que les montures des trois chevaliers ? Il voulait qu'elle se rendît ainsi à Désespérance ?

Elle savait bien qu'il était sage, qu'il devenait urgent de mettre quelque distance entre elle et lui, mais elle n'était pas sûre de pouvoir manœuvrer la mule, elle était presque certaine de tomber tous les trois pas.

Avec l'aide de sir Elwin, elle monta. Adam n'était pas dans les parages, mais les deux chevaliers avaient dû penser qu'ils n'avaient pas besoin de l'attendre. Ils sortirent de la cour de l'auberge, entraînant Christiane avec eux.

Elle avait peur de tomber, elle ne se sentait pas rassurée, toute seule, perchée tout en haut de la bête extraordinaire, et pourtant elle ne pouvait s'empêcher, à tout moment, de se pencher un peu pour admirer les bons brodequins achetés pour elle par Adam.

Toute la journée, Adam chevaucha en avant, le plus loin possible en avant. Il avait besoin de méditer.

Il avait parcouru ces chemins deux ans plus tôt, mais cette fois à l'arrière d'un chariot, gravement blessé, grelottant de fièvre. De ce voyage, il n'avait pas beaucoup de souvenirs.

Arrivé sur son île, il avait appris la mort de Rosemonde, quelques jours auparavant. Il avait alors encore la fièvre, il souffrait la male mort, mais cette nouvelle lui avait causé un choc terrible qui s'était gravé dans sa mémoire pour toujours.

Depuis ce jour, il ne cessait de se demander s'il eût pu empêcher le suicide de Rosemonde en restant chez lui au lieu de répondre à l'appel du roi Edouard qui lui avait demandé de combattre avec lui en Ecosse. Une autre question le tourmentait à l'infini : Rosemonde avait-elle cherché un refuge dans la mort parce qu'elle ne voulait plus le revoir ?

Leur union était boiteuse, ils n'étaient pas faits l'un pour l'autre. Cela, Adam l'avait su dès avant la cérémonie du mariage. En outre, Rosemonde ne s'était jamais habituée à la vie qu'on menait à Désespérance. Sur cette île, tout était trop dur, trop rude pour elle. Après la naissance de Margaret, la jeune femme s'était laissé emporter par la mélancolie.

Pendant la première année de sa vie, la petite Margaret avait adoré sa mère, s'inquiétant vivement chaque fois que celle-ci manifestait le malaise qui l'oppressait, ce qui arrivait très souvent, et l'implorant de la laisser jouer dans sa chambre. Il semblait à Adam que ce n'était pas une façon saine d'élever une enfant, encore qu'il ne s'estimât pas expert en la matière.

Un profond sentiment de tristesse s'emparait de lui chaque fois que ses pensées le ramenaient à Rosemonde, son épouse si fragile, si loin de lui en esprit. Il n'avait jamais vraiment su comment se conduire avec elle, quel comportement adopter, et cela dès le premier jour de leur mariage. Il ne s'était uni avec elle que pour obéir à la volonté de leurs parents respectifs, en sachant d'avance qu'ils n'étaient pas faits l'un pour l'autre et que, partant, leur vie commune ne leur apporterait pas le bonheur.

Adam pensait que son père avait voulu le marier le plus vite possible et qu'il avait jeté son dévolu sur la première jeune fille noble venue, ne demandant à celle-ci que d'être capable d'engendrer une descendance. On ne pouvait se tromper plus, mais le vieux lord de Désespérance ne s'en était pas rendu compte, parce qu'il était mort peu de temps après la célébration du mariage ; il n'avait pas été le témoin de la lente déchéance de sa bru.

En rentrant de la guerre, Adam avait trouvé la vie bien changée à Désespérance. Rosemonde étant morte et enterrée, Mathilde, la sévère nourrice arrivée sur l'île avec elle, avait pris en main l'éducation de la petite Margaret. Gérard, un oncle d'Adam, avait obtenu de lui le gouvernement de l'île, exerçait ses pouvoirs temporaires d'une manière maladroite et souvent brutale. Fort heureusement, Penyngton était là, qui veillait à ce que les erreurs du régent ne tirassent pas trop à conséquence.

Par malheur, beaucoup d'hommes de Désespérance s'en étaient allés en guerre avec Adam et n'étaient pas revenus. Trop de champs, désormais, retournaient en friche parce qu'il ne se trouvait plus personne pour les labourer. Ils n'étaient plus assez nombreux non plus, les pêcheurs qui s'en allaient jeter leurs filets dans la mer.

En rentrant de guerre après la bataille de Falkirk, un véritable carnage, Adam blessé et épuisé avait eu beaucoup de mal à reprendre possession de son domaine et de sa fille. Il se rendit compte très vite qu'il s'était absenté trop longtemps. La régence de Gérard n'avait que trop duré, et la petite Margaret ne reconnaissait plus comme son père l'homme qui se présentait devant elle en boitant, le visage marqué par une longue cicatrice.

Il le savait bien. Pour sa fille, il était une sorte de monstre. Il en souffrait. Quant à son île, elle était pratiquement à reconquérir.

Il y avait réussi, sans trop de mal, grâce au précieux concours de son fidèle sénéchal sir Charles Penyngton. Celui-ci l'avait aidé à reprendre son titre et son rang, en persuadant l'oncle Gérard de retourner à ses passe-temps favoris qui consistaient à s'enivrer avec la bière du château et à parcourir l'île en tous sens. Parfois, Gérard ne reparaissait plus pendant plusieurs jours et personne ne savait où il se trouvait ; dans l'une ou l'autre de ses cachettes secrètes ; le bruit courait qu'il en avait beaucoup, partout.

Le sénéchal était aussi parvenu à persuader Adam qu'il avait besoin d'une nouvelle épouse, qu'il fallait une nouvelle dame à Désespérance.

Adam trouverait une nouvelle épouse ; bientôt…

Il trouvait malheureux que Christiane Mac Dhiubh ne pût lui convenir, parce que le sang écossais, dans ses veines, se mélangeait trop au bon sang anglais. Dommage, mais il ne céderait pas à ses penchants. Son second mariage ne serait pas une nouvelle erreur. La jeune fille éveillait en lui des sentiments qu'il avait pensé ne plus jamais connaître, mais elle n'était pas faite pour l'île et l'île n'était pas faite pour elle. Pour Désespérance comme pour Adam, il fallait une Anglaise.

Cela dit, il ne refuserait pas ses responsabilités envers lady Christiane. A Désespérance, il veillerait à ce qu'elle reçût des vêtements convenables, puis il lui assignerait une escorte chargée de la raccompagner à York. Deux ou trois de ses chevaliers suffiraient à la tâche et pour ceux-ci la mission ne serait ni trop longue ni trop difficile. Le printemps arrivant, ils trouveraient même agréable de voyager.

Deux ou trois chevaliers… Adam savait sir Elwin et sir Raynauld fort capables de tenir compagnie à lady Christiane et de la protéger en cas de besoin. Voilà pourquoi il n'avait aucun scrupule à prendre ses distances avec eux. Ils n'avaient pas besoin de lui et lui, il avait besoin de réfléchir. Quel dommage qu'il ne pût tenir son esprit aussi éloigné de la jeune fille que ne l'était son corps…

Il l'avait éprouvé : il ne lui servait à rien d'essayer de se concentrer sur Désespérance. Lady Christiane l'obsédait parce qu'elle possédait une beauté un peu sauvage qui l'avait captivé, et aussi parce qu'elle souffrait à l'évidence d'une vulnérabilité presque effrayante. Adam ne voulait pas d'une nouvelle épouse accablée par sa sensibilité, et encore moins si elle était écossaise.

C'était une belle journée ensoleillée, d'autant plus agréable que Christiane s'était accoutumée au trot de sa mule et qu'elle n'avait presque plus peur de tomber.

La petite troupe allait à un train tranquille sur les étroits chemins, droit vers le sud. Christiane savait la mer en permanence à sa gauche ; si elle ne la voyait pas toujours, elle en respirait constamment les toniques effluves. Suivant des yeux la course du soleil, elle se demandait si, la nuit venue, elle camperait au bord d'une jolie rivière, comme le premier soir.

Elle se demandait, surtout, si elle aurait l'occasion de revoir Adam avant le coucher du soleil.

Sir Raynauld et sir Elwin lui étaient de bonne compagnie, mais elle regrettait de ne pas avoir Adam près d'elle. Une vision lui revenait sans cesse à la mémoire : celle de la grande et forte main qui s'était emparée de ses pieds pour les chausser. Chaque fois qu'elle y pensait, elle ne pouvait retenir un soupir. Jamais, jusqu'à ce jour, elle n'avait attaché la moindre importance à des mains d'homme. Celles d'Adam avaient retenu son attention.

Elles étaient grandes mais très belles. Les ongles propres et coupés court indiquaient un homme soigné. Christiane se sentirait en sécurité si jamais ces mains devaient se poser sur elle.

Adam se hasarderait-il à la toucher de nouveau ? Rien n'était moins sûr.

Dans ses yeux, Christiane avait vu, le matin, tandis qu'elle s'habillait, une lueur qui maintenant, quand elle y repensait, lui faisait monter le rouge aux joues. Elle avait cru… Elle avait pensé… Hélas, aussitôt après lui avoir mis les brodequins, Adam était sorti avec une précipitation inhabituelle chez cet homme pondéré. Depuis, il se tenait éloigné d'elle, comme s'il regrettait tout ce qui s'était passé le matin, dans la chambre ; comme s'il avait honte !

Pourquoi avoir honte ? Il n'avait pas ressenti, comme elle, du désir. Elle croyait en avoir la certitude. Ce qu'il avait connu, plutôt, c'était de la gêne.

Mais à quoi bon revenir sur le passé ? A quoi bon ruminer les événements pour essayer de les expliquer puisqu'ils n'auraient pas de suite. Il fallait s'en persuader : Adam n'éprouvait aucun intérêt pour elle. Dans ces conditions, il ne la retiendrait pas longtemps à Désespérance ; une quinzaine de jours, peut-être moins. Ensuite il la renverrait chez son oncle, et se trouverait bien content de se débarrasser d'elle.

Elle décida qu'elle devait se trouver bienheureuse d'avoir une bonne paire de brodequins aux pieds — ainsi aurait-elle moins l'air d'une pauvresse quand elle arriverait chez son oncle, dans le duché d'York — mais l'état de ses vêtements ne laissait de la tourmenter. Elle était véritablement une pauvresse, ne possédant rien d'autre que les deux livres précieux qu'elle avait cachés dans sa grotte, au bord de la mer. Pourrait-elle s'en séparer, les vendre dans le but de s'acheter quelque robe convenable ? Surtout pas ! Elle aimait d'autant plus ses deux livres qu'ils avaient appartenu à son père et qu'ils étaient tout ce qui lui restait de lui.

Il fallait s'y résigner : elle aurait l'air d'une pauvresse, à Désespérance d'abord, chez son oncle ensuite.

— Nous n'avons plus beaucoup de chemin à parcourir, milady, lui dit sir Elwin. Nous retrouverons lord Adam derrière cette colline, là-bas.

Revoir Adam ? Aussitôt, Christiane sentit que son cœur se mettait à battre plus vite. Elle se demanda pourquoi il s'était tenu éloigné d'elle toute la journée… et pourquoi se le demander ? Elle ne le savait que trop, hélas.

— Nous ne l'avons pas vu de la journée, remarqua sir Raynauld.

— Oui, pourquoi ? demanda Christiane.

— Pour votre sécurité, répondit sir Elwin. Après notre accrochage avec les routiers, la nuit dernière, lord Adam ne voulait pas tomber dans un nouveau guet-apens. Voilà pourquoi il est parti en éclaireur.

Christiane n'avait pas envisagé cette éventualité, mais elle jugea Adam fort avisé d'y avoir songé. L'idée de se trouver de nouveau confrontée avec les marauds de l'auberge ou leurs semblables suffisait à lui glacer les sangs. Elle n'avait pas non plus envie de montrer encore une fois à quel point elle se trouvait démunie dans l'adversité, incapable de bouger même pour se mettre à l'abri. Le souvenir du spectacle qu'elle avait donné d'elle-même lui mettait encore le rouge aux joues. Elle avait pensé à son père, qui avait trouvé la mort dans un engagement semblable ; mais était-ce une excuse ?

Jusqu'à cette affaire, Christiane avait souvent revu la scène affreuse, mais seulement dans ses cauchemars, jamais quand elle était en état de veille.

— Nous sommes allés bon train, dit sir Elwin, tirant ainsi

Christiane de ses méditations chagrines. Nous atteindrons donc l'île de Désespérance demain avant la tombée de la nuit.

— L'île ?

— Certainement, répondit sir Raynauld. Désespérance est une île dans la mer du Nord.

— Oh ! s'étonna Christiane. Personne ne m'avait avertie de ce fait.

L'idée de se trouver sur une terre exiguë, environnée d'eau de toutes parts, l'enchantait. Quelle merveille ! Elle verrait des oiseaux, de nombreux oiseaux, et puis, peut-être, les énormes créatures qui vivaient dans la mer...

— Le château de lord Adam, lui dit le chevalier, se trouve au sommet d'une haute falaise. On le voit de loin.

— Un bien beau château, renchérit sir Elwin.

Puis il fronça les sourcils et reprit la parole pour corriger ses paroles.

— Il faut reconnaître que les hivers y sont rudes. Le climat qui règne à Désespérance ne convient pas aux natures faibles.

Christiane eut l'impression que sir Elwin désirait en dire plus, mais qu'il s'interrompait sur une injonction muette de son compagnon. D'ailleurs, sir Raynauld s'empressait d'enchaîner :

— Disons aussi que nous avons de merveilleux étés. Nous réussissons toujours à accumuler de bonnes provisions pour l'hiver, même quand les récoltes ne sont pas d'une extrême abondance.

— Oui. Et puis, nos pêcheurs sont les meilleurs de toute l'Angleterre.

— Nous pouvons festoyer toute l'année avec tout le poisson que nous retirons de la mer.

— A Saint-Oln aussi, dit Christiane, nous pêchons en mer.

Elle n'ajouta pas que beaucoup de pêcheurs avaient récemment péri sur les champs de bataille, comme aussi beaucoup de manants. La nourriture devenait rare depuis quelque temps. On souffrait de la disette. C'était une des raisons pour lesquelles sa présence était devenue indésirable au village.

Reportant son regard sur la colline qu'il fallait gravir, Christiane se demanda quand aurait lieu la rencontre avec

Adam et surtout quand on s'arrêterait enfin. Déjà le soleil était bas sur l'horizon. Bientôt la nuit tomberait.

Christiane avait hâte d'en finir. Cette journée sur le dos de la mule l'avait épuisée. Il lui semblait qu'aussitôt la halte décrétée, elle se laisserait tomber dans l'herbe où elle se sentait capable de dormir jusqu'au matin.

Arrivée au sommet de la colline, elle découvrit une vaste plaine et, sur sa droite, assez loin, la mer aux eaux colorées de rouge par le soleil couchant.

— Lord Adam nous attend au bord de la rivière, annonça sir Elwin ; juste en bas.

Ils s'engagèrent sur la pente descendante et bientôt atteignirent cette *rivière* qui, pour Christiane, était tout au plus un ruisselet, tout juste un filet d'eau courant entre les herbes. Elle se garda toutefois de contredire ses compagnons de voyage et se demanda si elle serait capable de descendre de sa monture ou si elle devrait se laisser tomber sur le sol. Elle avait les jambes toutes raides, le dos brisé.

Il fallut progresser encore, le long du ruisseau. Christiane commençait à s'impatienter quand elle capta une agréable odeur de fumée à laquelle se mêlaient les arômes d'une viande rôtie. Ainsi connut-elle qu'elle touchait enfin au but. Le ruisseau décrivait une courbe au bout de laquelle se trouvait le campement.

Adam marchait dans l'eau. Il n'avait pas de chemise.

Christiane se demanda si elle avait le droit de le regarder. Jamais elle n'avait vu un homme aussi peu vêtu. A Saint-Oln, on gardait ses vêtements, au moins ceux du dessous, même quand il s'agissait d'accomplir des tâches qui échauffaient les sangs.

Fascinée, Christiane ne put détourner ses yeux de l'homme qui pataugeait dans le ruisseau, consciente que c'était une faute que de le fixer ainsi. Elle lui trouva la poitrine ample, les bras solides, le ventre… difficile à dire, ce qu'elle ressentait en voyant les muscles de son ventre. Cela lui causait, à l'intérieur d'elle-même, un mouvement qu'elle ne s'expliquait pas.

Adam avait la poitrine couverte d'une toison épaisse, bouclée, qui allait en s'amincissant sur le ventre et disparaissait dans les chausses roulées sur les hanches. Toutes mouillées, les chausses collaient sur les jambes dont les muscles apparaissaient avec autant de netteté que s'ils eussent été nus. Christiane les observa avec grand intérêt et se demanda pourquoi Adam boitait. Elle n'en discernait pas la raison.

Pourquoi ? se demanda-t-elle ; à cause de quelle blessure ? Blessure de guerre ?

Elle s'avisa soudain qu'elle se trouvait toujours assise sur sa mule qu'elle avait immobilisée sans même s'en rendre compte, alors que sir Raynauld et sir Elwin avaient continué leur chemin sans elle. Oublieuse de tout, elle ne s'occupait plus que de sa contemplation d'Adam. Il lui apparut aussi qu'elle avait la bouche grande ouverte, ce qui n'était pas très élégant. Elle rougit. Que penserait Adam s'il la surprenait à bayer ainsi ?

Chapitre 5

Adam remit très vite sa tunique du dessous. La morsure de l'eau glacée n'avait plus aucun effet sur lui, maintenant ; elle n'atténuerait pas la fièvre qui s'était emparée de lui à l'instant où il avait surpris Christiane portant le regard sur lui alors qu'il était à demi nu.

Ce menu fait s'ajoutait au souvenir du baiser que la jeune fille avait posé sur sa joue, le matin, après qu'il lui avait mis et lacé les brodequins. Il gardait aussi à la mémoire son parfum légèrement musqué.

Pour toutes ces raisons, lady Christiane l'intriguait, maintenant.

D'abord, il n'avait jamais connu de noble dame qui montrât autant d'intérêt pour le corps d'un homme. Rosemonde était pour le moins détachée de ce genre de considération, Adam pouvait même dire qu'il lui inspirait une sorte de peur diffuse parce qu'il était beaucoup plus grand et beaucoup plus fort qu'elle. Durant les quatre années de leur mariage, elle n'avait jamais montré qu'elle fût à l'aise avec lui. Elle avait multiplié les prétextes pour ne pas partager son lit, et les rares fois qu'elle s'était donnée à lui, elle n'avait certainement pas connu le plaisir.

Adam considérait même comme un miracle qu'ils eussent engendré Margaret.

— On dirait que le temps va rester au beau, milord, déclara sir Raynauld en descendant de cheval. Une nuit idéale pour dormir à la belle étoile.

Adam opina du chef et se dirigea vers le feu de camp près duquel il avait déposé sa cotte de mailles. Il pensait… enfin, il espérait que sir Elwin avait aidé lady Christiane à descendre de sa mule et qu'il allait lui dire quelques mots à ce sujet… Mais sir Elwin, tirant son destrier par les rênes, lui demanda simplement :

— Vous avez passé une bonne journée, milord ?

— Oui, je n'ai pas…

A ce moment, Adam tourna la tête et son regard tomba sur Christiane qui essayait de descendre de sa mule, mais n'osait pas parce que la distance était trop grande entre ses pieds et le sol. Sir Raynauld ne se trouvait pas dans les parages et sir Elwin tournait le dos puisqu'il se dirigeait dans le sens opposé.

Oubliant sa réponse, Adam se frotta le menton avec la paume de sa main. Se porter à l'aide de la jeune fille ? Pour la toucher une fois de plus ? Surtout pas ! Il avait pris une décision en ce qui concernait lady Christiane, une sage décision et il s'y tiendrait. Elle ne ferait jamais une épouse convenable parce qu'elle n'était pas assez anglaise, mais elle était très capable de le troubler. S'il s'approchait d'elle, son corps le trahirait, il risquait de perdre la tête. Alors, non.

Elle devait bien être capable de descendre toute seule, se dit-il. Robuste comme elle était, courageuse aussi. Mais non, elle n'avait pas besoin d'aide.

Pourtant, en dépit de toutes les excellentes raisons qu'il venait d'énoncer, Adam se vit marcher vers lady Christiane, de plus en plus vite à mesure qu'il approchait d'elle.

— Permettez, dit-il en lui tendant la main.

Elle la prit sans hésiter et glissa le long du flanc de la mule. Adam la saisit par la taille pour la retenir. Elle se plaqua contre lui. Il serra les dents et refusa de prendre en compte la vague de chaleur qui l'enveloppait, tout en notant que la jeune fille semblait émue, elle aussi. D'ailleurs, les jambes lui manquèrent quand elle toucha le sol, elle manqua de tomber alors qu'elle esquissait le premier pas pour s'éloigner de lui.

Adam se sentit donc obligé de la soutenir. Il lui reprit la taille pour la conduire vers un arbre déraciné sur lequel il l'assit, ce qui lui permit de prendre conscience de l'état lamentable des vêtements qu'elle portait, si usés qu'ils se réduisaient à presque rien. La tenir par la taille n'en était que plus troublant.

— Merci, milord, déclara-t-elle après s'être assise. Je suis certaine que je me sentirai mieux, dans un petit moment.

Elle n'avait pas l'habitude de chevaucher puisqu'il n'y avait pas de chevaux à Saint-Oln. Adam se reprocha de n'avoir pas prévu l'épreuve que ce serait pour elle de passer toute une journée à dos de mule.

Serait-elle capable de recommencer le lendemain, pour une demi-journée seulement ? C'était tout le temps qu'il restait à consacrer à ce voyage, si tout allait bien. Adam tenait à être rendu à Désespérance le plus vite possible. Il n'aimait pas s'éloigner trop longtemps de son château, à cause de Margaret qui avait besoin de lui, à cause aussi de l'oncle Gérard qui guettait toutes les occasions de jouer au régent.

La faute à Penyngton, songea Adam. Si le sénéchal avait pu savoir à quel point Christiane, toute lady qu'elle fût, ne convenait pas comme épouse et comme châtelaine, Adam se serait évité un voyage inutile.

En boitant car sa jambe lui infligeait soudain des souffrances accrues, Adam retourna près du feu et ramassa une outre, qu'il tendit à la jeune fille.

— Le dîner sera bientôt prêt, lui annonça-t-il alors qu'elle se mettait à boire avidement, un filet d'eau lui coulant sur le menton pour entrer dans l'échancrure de ses vêtements et probablement s'insinuer entre ses seins.

Adam soupira et leva les yeux vers le ciel avant de reprendre :

— Il fera bientôt nuit. Si vous avez besoin… Je veux dire, si vous avez besoin de vous rafraîchir, vous trouverez un endroit tranquille là-bas, après le coude que décrit la rivière.

Il n'avait jamais eu l'occasion d'évoquer, avec Rosemonde, des sujets aussi intimes. C'était drôle… Il toussota et demanda :

— Croyez-vous que vous pourrez marcher ?

— Certainement, répondit-elle en lui rendant l'outre.

Tandis qu'elle se tamponnait le menton puis repoussait ses cheveux en arrière, Adam remarqua, pour la première fois, la finesse de ses poignets et de ses mains. Sans être aussi menue que Rosemonde, elle avait toute la distinction qu'on attend d'une femme.

Elle s'éloigna pour aller le long de la rivière, d'une démarche encore incertaine. Adam se vit sur le point de la suivre pour la soutenir encore, mais sagement il se retint. Décidé à ne plus l'approcher, il se dit que, si elle trébuchait, un de ses chevaliers n'avait qu'à se trouver dans les parages pour lui prêter main-forte.

Christiane réussit à ne pas tomber, non sans difficulté. Ce n'était pas qu'elle eût mal aux jambes, mais elle n'avait plus de forces. Le résultat était le même. Elle chancelait à chaque pas, tandis qu'elle suivait le méandre du ruisseau pour trouver le coin tranquille dont Adam lui avait parlé.

L'attitude de celui-ci ne laissait pas de l'étonner. Elle y pensa tout le temps qu'elle passa, à genoux au bord de l'eau, à se débarbouiller le visage. Elle se demandait pourquoi elle contrariait Adam, c'était visible, même s'il s'évertuait à se montrer gentil et prévenant avec elle. Tout cela n'avait pas de sens.

Mettant de côté cette question sans réponse apparente, elle essaya d'imaginer l'île vers laquelle il lui faudrait s'embarquer. Sans avoir jamais dépassé les limites du territoire de Saint-Oln, elle avait entendu parler des îles qui se trouvaient dans la mer du Nord et savait qu'une multitude d'oiseaux et d'animaux sauvages y vivaient. Elle se demanda si c'était le cas à Désespérance.

Il restait une demi-journée de chevauchée pour y parvenir, une demi-journée seulement, mais une demi-journée pouvait paraître très longue dans certains cas. Christiane n'était pas certaine de pouvoir tenir tout ce temps sur le dos de la mule. Elle regrettait de ne plus pouvoir s'asseoir sur le destrier d'Adam.

A cause des bras. Elle avait envie de se lover, une fois encore, une dernière fois dans les bras d'Adam, pour connaître de nouveau l'extraordinaire réaction que cette situation avait suscitée au plus profond d'elle-même. Elle rêvait de se frotter à lui. C'était si inhabituel. Elle espérait aussi revoir Adam presque nu, comme dans le ruisseau, tout en sachant que c'était sans doute péché que cet attrait pour la chair d'un homme.

Troublée par ses étranges désirs, ses bizarres pensées, elle essuya son visage dans le tissu de sa robe et s'en retourna vers le campement pour rejoindre les chevaliers. De très loin elle entendit le bruit de leur conversation. Quand elle arriva près d'eux, sir Elwin faisait tourner les lièvres embrochés au-dessus du feu, tandis que sir Raynauld et Adam discutaient avec animation, penchés tous les deux sur des étoffes colorées.

— Cela sera très joli dans les cheveux de Margaret, déclara Adam.

— Certainement, milord, répondit sir Raynauld en prenant ce qui apparut comme étant des rubans. Je ne doute pas qu'elle les apprécie beaucoup.

Margaret.

Christiane répéta mentalement, plus d'un millier de fois, ce prénom, tandis qu'elle cherchait le sommeil, et encore un bon millier le lendemain, perchée sur la mule pour accomplir le chemin qui restait jusqu'à Désespérance.

Comme la veille, Adam chevauchait loin en avant, hors de vue.

Pourquoi ne s'était-elle pas doutée qu'il avait une épouse ? Telle était la raison pour laquelle il se tenait éloigné d'elle. Il fallait être sotte pour n'y avoir pas songé plus tôt ! Bien sûr qu'ils avaient éprouvé une forte attirance l'un pour l'autre, mais Adam — lord Adam — avait mis bon ordre à cette situation équivoque en évitant le plus possible les occasions de la favoriser.

Christiane ressentait les affres d'une profonde déception. Sur les marches de l'escalier, dans l'auberge, lord Adam le Magnifique avait été son héros, son sauveur. Ensuite, avec gentillesse, il avait pris soin d'elle et il l'avait protégée pendant toute la nuit. Etait-il si étonnant qu'elle éprouvât de l'attirance pour lui ? Fallait-il trouver étrange qu'elle eût désiré croire qu'il n'obéissait pas seulement à ses vœux de chevalier en l'entourant de tant d'égards ?

Christiane soupira. Elle n'était qu'une pauvre fille sans expérience, qui avait passé toute sa vie dans un petit village d'Ecosse, perdu si loin de nulle part. Cela dit, elle était assez intelligente pour tirer la leçon de sa mésaventure et ne plus s'illusionner à tout propos. Ce n'était pas parce qu'un homme se montrait gentil envers elle qu'il avait envie de se marier avec elle.

Pourtant, il lui était dur d'admettre qu'elle n'était rien d'autre, pour Adam, qu'une voyageuse sur laquelle il devait veiller. Elle devait croire qu'il avait quelque dette envers son père ou peut-être envers son oncle qui vivait dans le duché d'York, dette dont il s'acquittait en accompagnant de Saint-Oln à Désespérance, puis de Désespérance à York, une jeune fille qu'il oublierait très vite ensuite.

Il était cruel, pour Christiane, de penser qu'elle n'était qu'un moyen de payer une dette ; une monnaie d'échange.

Fort heureusement, le paysage changea et procura un divertissement bienvenu. Chevauchant tout près de la mer, tantôt au sommet de hautes falaises, tantôt sur d'immenses plages, elle regardait de tous côtés, émerveillée d'apercevoir ses chers guillemots, et puis encore des fulmars, et des macareux, et des pingouins, tous en grand nombre. Elle observa ceux qui décrivaient de larges cercles au-dessus de la mer avant de plonger en poussant un cri strident pour disparaître sous la surface des eaux presque noires et reparaître bientôt, un poisson frétillant dans le bec.

— Y a-t-il beaucoup d'oiseaux sur l'île ? demanda-t-elle.

— Certainement, répondit sir Elwin ; surtout dans les falaises au sud du château.

— Et est-ce que… lady Margaret se promène sur ces falaises ?

— Oh ! s'étonna le chevalier. Vous connaissez donc lady Margaret, milady ?

Christiane opina du chef.

— En fait, non, lady Margaret ne se promène pas sur

les falaises. Milord ne le permet pas, parce qu'elle pourrait glisser et tomber.

Christiane avait souvent couru le long des falaises de Saint-Oln et pensait que le danger n'était pas bien grand, mais elle eût aimé voir un homme s'inquiéter pour sa sécurité, au besoin en lui interdisant de prendre certains risques. Il fallait croire que lord Adam avait beaucoup de considération pour sa dame.

Christiane chassa ces pensées qui la rendaient morose. Elle devrait parcourir encore beaucoup de miles avant d'arriver chez son oncle, et il était inutile d'aggraver les difficultés du voyage en se tourmentant à propos de ce qui aurait pu être et qui ne serait jamais.

— Regardez ! s'écria sir Raynauld en tendant le bras et en pointant son doigt. Désespérance !

Christiane aperçut une masse sombre qui semblait flotter sur la surface brillante de la mer. De si loin, il lui était encore difficile sinon impossible d'en discerner le moindre détail, mais elle trouva réconfortant de savoir qu'elle touchait enfin au but.

Les seigneurs de Désespérance tenaient un petit village sur les côtes de l'Angleterre, avec un port d'où ils pouvaient s'élancer vers leur île.

Adam attacha son cheval devant l'auberge. Il entra et s'installa à une table pour attendre lady Christiane et ses deux chevaliers.

Le temps restant au beau fixe, la traversée n'occasionnerait aucune difficulté. Les embarras commenceraient après qu'on aurait débarqué sur l'île. Adam se demandait comment, là-bas, il pourrait éviter Christiane ; il n'avait pas encore trouvé de solution.

Dans le vaste château, les appartements de sa famille n'occupaient qu'une petite partie, et pour loger la jeune fille, Adam ne voyait qu'une chambre disponible, située juste à côté de la sienne. Celle de Margaret se trouvant de l'autre côté. Comme à l'accoutumée, les repas seraient servis dans la grande salle et, le maître des lieux ne pouvant se soustraire à cette obligation sociale, il devrait festoyer en compagnie de Christiane.

Adam avait envisagé de la confier à son oncle Gérard, pour abandonner très vite cette mauvaise idée parce que les rapports entre les deux hommes, qui n'avaient jamais été très chaleureux, se dégradaient encore depuis quelque temps. Gérard, d'une dizaine d'années plus âgé qu'Adam, trouvait injuste de n'être pas seigneur de Désespérance. Ses actes récents prouvaient que la rancœur le rongeait encore.

Gérard Sutton avait passé la plus grande partie de sa vie de chevalier à servir le roi Edouard et n'était revenu à Désespérance qu'à la mort du père d'Adam. Il espérait recueillir l'héritage, avec l'appui du roi d'Angleterre qu'il avait sans doute instamment sollicité. Malheureusement pour lui, Edouard n'était pas assez sot pour ignorer les règles qui régissaient la transmission des titres et des domaines ; ce précédent fâcheux eût instauré le chaos dans tout le royaume.

En conséquence, Adam était le seigneur de Désespérance, il le resterait jusqu'à l'heure de sa mort et transmettrait le titre à son fils.

Si, toutefois, il en avait un.

— Il risque de pleuvoir, milord, lui dit l'aubergiste en lui tirant une pinte de bière.

— C'est possible, répondit Adam, mais pas dans l'immédiat. Nous avons quelques heures devant nous.

— Vous avez sans doute raison, concéda l'homme en déposant le pichet sur la table.

— Que puis-je vous servir, milord ? demanda la femme de l'aubergiste qui s'approchait, en s'essuyant les mains dans son tablier.

— Donnez-moi ce que vous avez, dit Adam.

Il lui sembla que c'était la première fois qu'il voyait cette femme. Elle avait les cheveux blond-roux, tout comme Christiane, mais ternes, beaucoup moins beaux. Ses traits communs, assez lourds, n'avaient pas la délicatesse de ceux de Christiane et ses yeux, bleus aussi, semblaient éteints.

Ah ! et puis elle n'avait pas de belles lèvres pleines comme Christiane...

Agacé de constater le cours que prenaient ses pensées, Adam marcha vers la porte, son pichet à la main. De toute la journée il avait réussi à ne presque pas penser à la jeune fille, et maintenant il retombait dans l'ornière.

— Quand mes hommes arriveront, dit-il en se retournant vers l'aubergiste, nous ne nous attarderons pas. Je veux traverser avant l'arrivée de la pluie.

Il avait hâte d'arriver pour mettre Christiane dans la chambre qu'il lui attribuerait, refermer la porte sur elle et l'oublier... essayer de l'oublier. Ses nombreuses obligations l'y aideraient. Il devrait conférer avec sir Charles Penyngton et voir avec lui les termes de la lettre qu'il fallait envoyer à tous les seigneurs du royaume. Plusieurs d'entre eux devaient avoir une fille à marier. Il suffirait de choisir. Contrat de mariage, cérémonie... Adam serait bientôt pourvu d'une épouse digne de ce nom, une Anglaise.

Ensuite, la vie continuerait.

— Vous avez bien raison, milord, lui dit l'aubergiste empressé. Pour votre repas, nous pouvons vous donner nos restes de mouton froid.

— Va pour le mouton, fit Adam qui avait l'esprit ailleurs.

L'aubergiste et sa femme s'en allèrent préparer le repas promis, le laissant à ses pensées. Lui s'en retourna à la table, il s'assit lourdement et but à petites gorgées.

Il connaissait son embarras, qui n'avait rien à voir avec Christiane Mac Dhiubh. Toute femme accorte, n'importe laquelle pourrait l'aider à sortir de cette mauvaise passe. C'est pourquoi il se demanda s'il n'enverrait pas Christiane à Désespérance, accompagnée de Raynauld et d'Elwin bien sûr, tandis que lui rebrousserait chemin pour aller à Watersby où se trouvait une auberge fort agréable, avec des femmes aptes à satisfaire tous les besoins d'un homme. En chevauchant sans ménager sa peine ni celle de son destrier, il pourrait l'atteindre avant la nuit. Il y passerait une journée ou deux, se débarrasserait de ses obsessions et s'en retournerait ensuite à Désespérance, frais et dispos, plus du tout sensible aux charmes de la petite Christiane.

Convaincu d'avoir pris une sage décision, il était prêt à prendre la route de Watersby quand il se rappela qu'il n'avait plus vu sa petite fille depuis une grande semaine. Si jeune et si fragile, elle avait besoin de lui. Il ne pouvait différer leurs retrouvailles sous un prétexte aussi trivial que celui qu'il venait d'élaborer. Non, il ne serait pas dit qu'il était à ce point dépravé.

Il rentrerait donc à Désespérance.

Un coup de vent s'engouffra dans la salle d'auberge et les volets claquèrent. Adam reporta son attention sur le temps. La tempête n'arriverait-elle pas plus vite qu'il ne l'avait escompté ? Possible et même probable. Pour se forger une opinion, il sortit sur le pas de la porte afin d'examiner la mer puis le ciel.

Les nuages étaient encore loin, mais Adam espéra que ses chevaliers ne tarderaient plus à arriver. Ils auraient tout juste le temps de prendre un repas sur le pouce avant de se jeter dans le bateau, s'ils voulaient arriver sur l'île sans avoir reçu une seule goutte de pluie. A en juger par la violence des coups de vent, la tempête ne serait pas une plaisanterie.

Impatient, Adam se mit à arpenter la cour de l'auberge, le regard rivé sur la route par où devaient arriver ses chevaliers et Christiane. Quand, enfin, il les aperçut, encore à bonne distance, il se sentit soulagé, mais en même temps l'énervement le reprenait.

La nouvelle de son arrivée s'était répandue et plusieurs manants arrivaient pour le saluer. Certains entrèrent même avec lui dans la salle d'auberge où il se rassit pour finir de boire sa bière, en écoutant les nouvelles qu'ils avaient à lui donner. Il apprit ainsi qui était décédé au cours des précédentes semaines et quels enfants étaient nés, de quelles femmes.

Toujours hostiles aux Ecossais après les pertes sévères subies à la bataille de Falkirk, ces braves gens se plaignaient de n'avoir plus assez d'hommes pour cultiver les champs et s'occuper des troupeaux. Adam promit d'envoyer ses serviteurs pour aider aux récoltes, ainsi qu'il l'avait déjà fait l'année d'avant. Il savait que le peuple du village ne suffisait plus à la tâche et qu'il faudrait des années avant que ne fussent remplacés tous ceux qui étaient morts pour avoir répondu à l'appel du roi Edouard. En attendant, la patience serait de mise.

Enfin sir Raynauld entra dans l'auberge ; Christiane et sir Elwin suivaient. Très vite, le bon peuple, toujours si bavard, se renferma dans le silence à la vue de la jeune fille si étrange qui venait d'apparaître. On reconnaissait les deux chevaliers, mais qui était cette personne aux cheveux si roux qu'ils semblaient flamber sur sa tête ?

Christiane gardait les yeux baissés et se tint constamment derrière les larges épaules de sir Raynauld qui se frayait un passage vers la table occupée par Adam. Elle s'assit sur le banc, à côté de lui, sans oser le regarder.

Les manants n'osaient pas questionner leur seigneur sur l'inconnue qui lui tenait compagnie, mais leurs regards luisaient d'animosité. Ils avaient reconnu en elle une Ecossaise assez audacieuse pour fouler le sol anglais.

La femme de l'aubergiste apporta un grand plat de viande et une miche qu'elle posa sur la table. Les trois chevaliers se mettant aussitôt à dévorer, les villageois comprirent qu'il était temps, pour eux, de se retirer.

— Il est toujours bon de rentrer à la maison, milord, fit sir Elwin en se coupant une large tranche de viande qu'il déposa sur son pain.

— Et comment ! renchérit sir Raynauld. Mais nous ferions bien de nous dépêcher si nous ne voulons pas naviguer sous la tempête.

— Elle ne tardera pas à se déclencher, d'ailleurs.

— Mais non ! coupa Adam. Nous ne risquons rien. Nous avons encore tout le temps.

— Comment nous rendrons-nous sur l'île ? demanda Christiane.

Adam lui délivra les explications nécessaires.

— Une barque à huit rameurs nous emmènera. La traversée prend un quart d'heure, rarement plus.

Christiane hocha la tête et sir Raynauld lui demanda :

— Etes-vous déjà allée en mer, milady ?

Adam, qui l'observait en train de se mordiller la lèvre inférieure, sut d'avance ce qu'elle allait répondre.

— Non, avoua-t-elle en effet. Je ne suis jamais montée sur un bateau.

Elle avait retrouvé un solide accent écossais, indice certain d'une grande nervosité.

Adam voulut la rassurer.

— Vous verrez que c'est un voyage de tout repos, milady ; sans aucun danger.

— C'est vrai, ajouta sir Elwin. Vous n'avez rien à craindre.

La jeune fille esquissa un haussement d'épaules qui lui fit effleurer le bras d'Adam, et lui, il tressaillit comme sous l'effet d'une brûlure. Elle soupira :

— Je sais que ce n'est pas dangereux. Je n'ai pas peur du tout.

Sir Elwin éclata de rire.

— Cela, milady, vous nous le direz quand vos joues auront retrouvé leurs belles couleurs.

Elle baissa les yeux et ses joues retrouvèrent leurs couleurs, parce qu'elle rougissait. Cette fois elle se tint coite. Adam en voulut à son chevalier de l'avoir mise dans l'embarras. Pour détourner la conversation, il demanda :

— Avez-vous envoyé les chevaux à la barque ?

— Oui, milord, répondit sir Elwin. Tout sera prêt quand nous arriverons au port.

— Les rameurs ?

— Ils seront là aussi, les huit.

Christiane ne mangea presque pas. Adam n'eut pas le cœur de lui en faire la remarque, sachant combien il serait imprudent de l'obliger à absorber une nourriture qu'elle risquait de rendre si la mer devenait mauvaise. Il se rappelait le malaise éprouvé par Rosemonde à chaque traversée : ce n'était pas qu'elle devînt vraiment malade, mais elle y prenait un teint cireux et ses lèvres se décoloraient. Après avoir débarqué, il lui fallait une heure ou deux pour se remettre.

Le vent soufflait fort sur le chemin qui conduisait au port. Christiane gardait une main plaquée sur sa robe pour l'empêcher de remonter jusqu'à ses genoux, tandis que dans l'autre elle tenait ses cheveux rassemblés.

Adam s'efforçait de ne pas garder les yeux fixés sur la gracile silhouette.

Les chevaux et la mule de Christiane ayant été embarqués sur une barge, les trois voyageurs disposeraient d'un bateau légèrement chargé, la traversée n'en serait que plus facile et plus rapide. Ils prirent place sur les bancs, sir Elwin et sir Raynauld consentirent à conjuguer leurs forces avec celles des huit rameurs. Il n'était pas question d'utiliser la voile parce que le vent se déchaînait.

Pour la première fois depuis plusieurs jours, Adam se sentit le cœur léger et l'esprit rasséréné. Bientôt il rentrerait chez lui, le seul endroit sur terre où il était vraiment à sa place. Sa promesse à la mère de Christiane avait été tenue, au moins partiellement, et maintenant il était libre d'assumer à Désespérance les responsabilités qu'il avait trop longtemps négligées.

Les rameurs sortirent la barque du port et la jetèrent dans la mer fort agitée. Tout de suite, la proue se mit à monter à la verticale pour escalader les hautes vagues et retomber avec bruit dans de grandes gerbes d'écume. Adam se porta à l'avant, près du maître d'équipage. Il voulait voir. La férocité des éléments le remplissait d'allégresse. La respiration coupée à cause du vent, les vêtements et les cheveux voltigeant autour de lui, il encourageait, de la voix et du geste, les rameurs qui peinaient à maintenir le bateau en direction de l'île ; elle se découpait sur le ciel à l'horizon, on la voyait bien mais elle semblait reculer à mesure qu'on avançait.

— C'est une Ecossaise que vous avez avec vous, n'est-ce pas ? lui hurla, à l'oreille, le maître d'équipage.

Surpris, Adam haussa le sourcil mais ne chercha pas à tromper cet homme loyal qui le servait depuis tant d'années. Il dit simplement :

— Ecossaise, oui, elle l'est.

L'homme fit une moue et réfléchit un instant avant de reprendre :

— Vous pensez que les habitants de l'île l'accepteront, milord ?

— Elle ne restera pas longtemps, dit Adam. Elle passera quelques jours au château puis repartira. Je ne crois pas que mes gens auront à se plaindre d'elle et, d'abord, ils n'auront même pas le temps de s'apercevoir de sa présence.

Le maître d'équipage s'étant retourné pour hurler quelques ordres aux rameurs, Adam reporta son attention sur la mer houleuse puis sur le ciel noir que parcouraient de grands stercoraires bruns, insensibles à la tempête, qui plongeaient dans les hautes vagues pour attraper des poissons. Il observa leur manège en se demandant ce que faisait Christiane, à l'arrière. Sans doute se cramponnait-elle à son banc, blanche comme un linge…

Il ne voulait pas se retourner pour vérifier, mais une exclamation aiguillonna sa curiosité. Il découvrit Christiane debout à tribord, qui montrait du doigt les grands oiseaux et s'émerveillait. Elle riait en les regardant qui dansaient sous les nuages. Ses joues ne manquaient pas de couleurs. Le vent continuait à jouer avec sa robe, il la remontait au-dessus de ses chevilles et elle la maintenait en place avec une main, mais ce souci était passé au second plan. Les oiseaux la captivaient.

Ce qui captivait Adam, c'était ce que la robe lui découvrait en se soulevant et qu'il ne pouvait pas s'empêcher de regarder, en espérant que le vent ne deviendrait pas plus fort car alors il serait obligé de jeter par-dessus bord les hommes qui auraient vu la jeune fille ainsi découverte.

Sur une impulsion, il se porta vers elle, la prit par le bras et la secoua plus rudement qu'il n'en avait eu l'intention, en lui disant :

— La mer est agitée, milady. Il est dangereux de rester debout. Rasseyez-vous, je vous prie.

— Oui, mais…

— Milord a raison, cria le maître d'équipage qui arrivait. Asseyez-vous, milady. Cela vaudra mieux pour vous et pour nous.

Christiane obtempéra. Elle reprit sa place sur son banc,

entre les rameurs qui souquaient ferme. Adam s'assit à côté d'elle, en ruminant l'espèce de gêne qu'il ressentait. Il aurait dû être heureux de ne pas la voir pliée par-dessus bord pour vomir tant et plus ; mais non ! C'était tout le contraire, comme s'il eût été anormal qu'une jeune fille ne souffrît pas du mal de mer. Il n'avait jamais connu de femme à l'aise avec les éléments déchaînés ; peut-être son sentiment venait-il de là ?

— C'est merveilleux, n'est-ce pas, milord ? s'exclama Christiane.

— Quoi donc ? La tempête ?

Elle éclata de rire.

— Oui ! Et regardez ces magnifiques stercoraires ! Je n'en ai jamais vu d'aussi grands. Ces oiseaux sont vraiment les rois du ciel, et les autres, plus petits, ne peuvent rivaliser avec eux. Regardez ! Ils leur prennent même les poissons qu'ils ont pêchés ! Des rois, je vous dis !

Adam sourit. La comparaison était des plus justes et il pouvait en témoigner, lui qui connaissait les rois.

— Je suis contente que la traversée soit si animée, reprit Christiane en mettant ses bras en croix pour les soumettre à la pression du vent. Sans cette tempête, je crois que je me serais ennuyée.

Adam éprouva de l'agacement mêlé d'admiration. Cette jeune écervelée ne comprenait-elle pas qu'une tempête n'était pas un jeu d'enfants, que le danger menaçait, et que, si les éléments se déchaînaient pour de bon, si les éclairs se mettaient à déchirer le ciel tandis que la pluie se déverserait à torrents, elle risquait d'avoir vraiment peur, cette fois ?

Au fait, aurait-elle peur ?

Si elle était aussi inconsciente des dangers qui la menaçaient, il faudrait garder l'œil sur elle, tout le temps qu'elle séjournerait à Désespérance.

Chapitre 6

Le village était construit au point le plus méridional de l'île, au bord de la baie où avait été aménagé le port naturel.

Les Sutton jouissaient d'une grande popularité parmi la population, car, grâce à eux, Désespérance était une petite seigneurie prospère qui vivait en paix depuis de nombreux lustres. Adam lui-même était véritablement aimé depuis qu'il était rentré d'Ecosse, en héros grièvement blessé, pour apprendre qu'il venait de perdre sa jeune épouse.

La petite lady Margaret était devenue l'enfant de tous les manants. De l'église du village s'élevaient beaucoup de prières pour elle, et pour son père, des prières qui appelaient aussi la colère du ciel sur les Ecossais responsables de tous les maux dont souffraient le seigneur de Désespérance et sa fille.

Christiane tomba amoureuse de l'île dès le moment où la barque entra dans le port. Guère plus grand que Saint-Oln, le village lui paraissait beaucoup plus joli et tellement plus accueillant. Il s'étageait sur les pentes des collines qui bordaient la mer, et toutes les petites rues conduisaient au port dans lequel dansait une multitude de barques et de bateaux à voile.

De proche en proche, l'attention de la jeune fille se porta sur les falaises au sommet desquelles poussaient quelques arbres malmenés par le vent, puis sur les collines escarpées dont les sommets disparaissaient dans la brume, et enfin sur la plus haute de ces collines, couronnée de créneaux, hérissée de tours rondes et carrées. C'était le château des Sutton, tout blanc, à la vue duquel le cœur de Christiane se mit à battre d'émotion. Elle n'avait jamais rien vu d'aussi imposant, d'aussi magnifique.

Les gens du village sortaient de leurs chaumières en dépit du mauvais temps, pour saluer lord Adam et ses chevaliers, pour lui souhaiter la bienvenue. En très peu de temps, presque toute la population se trouva rassemblée dans le petit port, manifestant avec exubérance son attachement à son seigneur et sans retenue sa curiosité pour l'inconnue qu'il amenait avec lui.

Embarrassée par la perspective de se mêler à cette foule inconnue, Christiane resta dans le bateau avec sir Elwin et sir Raynauld jusqu'à ce qu'ils fussent prêts à débarquer. Craignant d'être reconnue comme Ecossaise par les gens de l'île, ce qui ne leur serait pas difficile à cause de ses cheveux roux, elle savait d'avance qu'elle serait regardée avec mépris, sinon avec malveillance, et s'il n'avait tenu qu'à elle, elle eût volontiers rebroussé chemin.

Elle croisa les bras sur sa poitrine et, se frictionnant vigoureusement pour se prémunir contre le froid qui l'avait saisie, elle retrouva son courage en se disant que ce débarquement en pays hostile ne serait pas la première épreuve qu'elle aurait à affronter, qu'elle en avait connu beaucoup depuis la mort de son père, la dernière ayant été la haine ouvertement exprimée par les gens de Saint-Oln.

Elle surmonterait donc cette nouvelle épreuve comme toutes les autres, et elle en sortirait plus forte qu'avant.

Elle trouva du réconfort dans l'idée qu'elle n'aurait pas à s'attarder très longtemps à Désespérance ; une semaine, une quinzaine de jours tout au plus, puis elle traverserait le bras de mer dans l'autre sens, abandonnant pour toujours cette île dont la beauté l'avait séduite au premier abord. Elle se promit de mettre à profit le peu de temps qu'elle y passerait pour en explorer chaque recoin, surtout les falaises qui lui paraissaient très prometteuses en matière de vie animale. Elle voulait observer les oiseaux qui nichaient dans les anfractuosités des hautes parois qui dominaient la mer.

Un coup de vent ayant éparpillé ses cheveux, elle les rassembla dans son poing, et reportant alors son attention sur ce qu'il se passait à terre, elle aperçut Adam qui se dirigeait vers un auvent sous lequel les chevaux et la mule étaient attachés. Il ne pensait plus à elle, peut-être l'avait-il même complètement oubliée.

Elle ressentit un coup au cœur qui ressemblait fort à un accès de terreur, qu'elle trouva aussitôt très ridicule. Adam... lord Adam savait ce qu'il avait à faire, et s'il estimait devoir s'occuper des chevaux avant de l'accueillir sur le sol de son île, c'était qu'il avait de bonnes raisons pour cela.

— Venez, milady, lui dit sir Elwin qui s'était retourné vers elle et semblait s'étonner de la voir encore dans la barque. Nous ferions bien de nous hâter si nous ne voulons pas prendre sur la tête toute la pluie du ciel. Regardez ces gros nuages noirs au-dessus de nous, ils vont crever d'un instant à l'autre.

Elle courut pour rattraper les deux chevaliers qui se dirigeaient vers l'abri des chevaux, et se trouva bien contente de pouvoir se placer entre eux pour marcher parce qu'ils la protégeaient des forts coups de vent. Portant son regard sur Adam qui parlait avec quelques manants rassemblés autour de lui et qui semblaient boire ses paroles, elle se dit qu'elle eût aimé recevoir de lui autant d'attention et autant de paroles. Il avait du mal à desserrer les dents quand il se trouvait en sa présence ! Puis elle se reprocha ces pensées outrecuidantes. Lord Adam n'avait pas à lui accorder d'attentions particulières et elle ne devait pas en espérer de lui, sachant qu'il était pourvu d'une épouse qui l'attendait.

Pour se changer les idées, elle tourna son attention vers la colline au sommet de laquelle s'élevait le château, et, s'effrayant de la barrière escarpée qui semblait le protéger, elle s'inquiéta :

— Faudra-t-il que nous escaladions ces rochers ?

— Non, lui répondit sir Raynauld. Il y a un chemin praticable, que vous ne voyez pas d'ici. On peut même passer à dos de cheval.

— Ne serait-il pas plus sage d'attendre, au village, que la tempête cesse ? demanda-t-elle.

Sir Elwin et sir Raynauld échangèrent un regard, puis sir Raynauld répondit :

— Non.

— Cependant, il faudrait partir vite, ajouta sir Elwin, les yeux levés vers le ciel de plus en plus noir. Nous ne pouvons plus nous permettre de nous attarder.

Il saisit alors Christiane par le bras pour l'entraîner. La foule s'ouvrit devant eux et le silence se fit, menaçant, comme dans la taverne avant l'attaque des routiers. Christiane regretta de ne pas avoir un châle au moyen duquel elle eût couvert ses cheveux pour en dissimuler l'éclatante couleur. Elle se sentait exposée aux regards qu'elle devinait malveillants. Elle était l'Ecossaise, l'étrangère, l'ennemie.

Autour d'elle, les murmures avaient repris, ils enflaient et devenaient venimeux. Elle entendit des mots qui lui firent mal parce qu'ils étaient injustes. Elle n'était en rien responsable de la mort des hommes de cette île, ce n'était pas à cause d'elle que leur seigneur avait été blessé. Elle n'avait pas franchi la frontière pour guerroyer, elle n'avait pas provoqué la terrible bataille de Falkirk.

Elle n'était qu'une jeune fille comme celles qu'elle voyait autour d'elle. Comme elles, mais à Saint-Oln, elle avait regardé partir en guerre les chevaliers et les manants dont certains ne reviendraient jamais. En Ecosse, cependant, beaucoup avaient choisi de rester pour assurer la défense du territoire contre les Anglais ; et parmi eux, le père de Christiane. Il avait trouvé la mort en la défendant contre l'ennemi.

Perdue dans ses réflexions, elle ne vit pas la main qui la tira par les cheveux et lui fit perdre l'équilibre. Elle trébucha. Quelqu'un la poussa. Les murmures s'étaient changés en vociférations. Christiane tomba à genoux.

— Arrêtez !

Passé un bref moment de surprise, Adam sentait monter en lui une rage qu'il ne chercha pas à réprimer. Jamais il n'avait vu ses gens se conduire de façon aussi cruelle et, s'il n'intervenait pas, la situation de la pauvre Christiane empirerait. Bousculant les uns et les autres avec une brutalité voulue, il força son passage dans la foule et parvint à l'endroit où ses deux chevaliers avaient déjà aidé la jeune fille à se relever, tandis que les huées montaient de plus en plus ouvertement autour d'eux.

Evidemment, se dit Adam ; un seul coup d'œil sur Christiane avait suffi aux gens de Désespérance pour comprendre qu'elle était écossaise, et comme elle n'était pas vêtue mieux qu'eux, ils devaient la prendre pour une roturière. Comment s'en étonner ? Comment auraient-ils pu deviner qu'elle était la petite-fille d'un comte anglais et aussi la fille du laird de son clan ?

Adam regretta de n'avoir pas eu l'idée de lui procurer un accoutrement plus conforme à son rang. Eût-elle été parée de riches atours que ses gens n'auraient pas osé l'outrager, écossaise ou non.

Il prit de Christiane la main toute tremblante, il la plaça dans le creux de son bras, et, se redressant de toute sa hauteur, il toisa les manants redevenus silencieux avant de les apostropher avec rudesse.

— Lady Christiane est mon hôte. Il est bien vrai que le sang écossais coule dans ses veines, mais elle n'a pas moins souffert de la guerre que vous tous.

Soumis mais pas convaincu, dompté mais néanmoins hostile, le peuple de Désespérance suivit en murmurant son seigneur qui conduisait l'Ecossaise vers les chevaux. Sir Elwin et sir Raynauld suivaient, ils se tenaient prêts à toute éventualité.

Le vent devenait de plus en plus agressif. Adam se fût volontiers attardé au village jusqu'à l'accalmie, mais il ne voulut pas imposer cette épreuve à Christiane. Il savait que ses mots n'avaient pas anéanti le ressentiment de ses gens. Jetant un rapide coup d'œil vers le ciel noir et tourmenté, il jugea qu'en se hâtant, il était possible d'atteindre le château avant le déchaînement des éléments, mais de justesse, avec beaucoup de chance.

Le chemin était étroit et difficultueux. Ne voulant pas perdre un temps précieux en guidant la mule de Christiane, Adam plaça la jeune fille sur son destrier puis se mit en selle derrière elle. Ils finiraient donc le voyage comme ils l'avaient commencé, sur la même monture.

— Milord ? murmura Christiane qui semblait éprouver quelque difficulté à respirer.

Adam sentit bien qu'elle tremblait comme une feuille, mais il se garda de lui poser la moindre question. Il pressa les flancs de son cheval et ils sortirent de l'abri.

Le chemin était si étroit qu'il fallait cheminer à la queue leu leu, en prenant garde de ne pas tomber dans le précipice qu'on frôlait souvent. C'était un trajet si dangereux qu'Adam se sentit obligé d'enlacer Christiane pour la plaquer contre lui, de crainte qu'elle ne glissât et roulât dans l'abîme. Elle s'abandonna aux bras refermés sur elle, appuya sa tête contre l'épaule d'Adam, de la manière la plus naturelle, comme si elle retrouvait là une place familière. Et lui, après un moment, resserra encore son étreinte sur elle. Il l'entendit pousser un petit soupir. Il se sentait ému, virilement ému.

Il ne devait pas, pour autant, oublier de surveiller son chemin. Il le savait. Un seul faux pas suffirait à précipiter la bête et ses deux cavaliers dans le précipice sans espoir d'en réchapper. Il le savait et pourtant, malgré le danger reconnu, malgré le vent qui fouettait et la pluie qui menaçait, Adam ne se préoccupait que du désir de plus en plus vif qui l'avait pris, il avait envie de se pencher pour poser un baiser sur la nuque de la jeune fille dont le sommet du crâne lui chatouillait le menton. Il se demandait ce que cela serait que de remonter ses mains pour les placer sur les seins dont le ballottement l'obsédait.

Sir Elwin, qui marchait en avant, se retourna pour apostropher Christiane.

— Vous devriez fermer les yeux, milady. Le chemin devient vraiment très dangereux. Nous arrivons au sommet d'une crête et…

— Fermer les yeux ? s'exclama-t-elle. Voulez-vous m'empêcher d'admirer le paysage ?

Sir Elwin éclata de rire et s'en tint là.

Adam s'étonna que la jeune fille eût envie d'admirer le paysage ? Que trouvait-elle de si merveilleux à Désespérance ?

Elle en rabattrait sans doute après quelques jours passés sur l'île minuscule, et si elle connaissait une féroce tempête comme il en arrivait fréquemment, elle n'aurait plus qu'une hâte : fuir, partir au plus vite.

Il avait entendu dire que sa propre mère s'absentait le plus souvent possible de Désespérance ; quoi d'étonnant ? Elle n'avait jamais eu la force de supporter la solitude et les rigueurs du climat. Adam connaissait aussi la légende — une histoire vraie ? — qui racontait comment l'épouse d'un lord Adam, dans des temps très anciens, s'était donné la mort, seul moyen qu'elle avait trouvé pour quitter l'île où elle ne se plaisait pas.

Et Rosemonde… la pauvre Rosemonde qui, elle aussi, avait préféré la mort à toute une vie sur Désespérance, avec lui, Adam…

En quoi Christiane Mac Dhiubh serait-elle différente de ces femmes, de toutes les femmes ?

Raison de plus pour ne pas s'abandonner aux sentiments qui l'inclinaient vers elle, songea Adam. Pour commencer, il ferait bien de surveiller le chemin, faute de quoi l'accident allait arriver. Pour s'occuper l'esprit, il pouvait s'interroger sérieusement sur les moyens à mettre en œuvre pour tirer la petite Margaret de son marasme. Il devait songer à la tournée d'inspection de l'île et du domaine en Angleterre, projetée depuis longtemps et sans cesse repoussée à cause des événements…

Hélas, l'esprit d'Adam, rebelle à tous ces excellents sujets de réflexion, le ramenait sans cesse à Christiane. Il se remit à penser à l'incident sur le port. Il ressentit de nouveau les alarmes qui l'avaient pris quand il l'avait vue malmenée par la foule. Il ne se rappelait pas s'être senti aussi malheureux que lorsque, poussée par une main perfide, elle était tombée à genoux. Il souffrait encore de n'avoir pu accourir assez vite à son secours.

Un coup de vent lui envoya dans le visage les cheveux de Christiane. Il se grisa de leur parfum. Ses sens, de plus belle, s'enflammèrent. Ses mains fiévreuses brûlèrent de s'adonner à d'autres tâches que de simplement retenir la jeune fille pour l'empêcher de tomber.

Il s'adjura de ne pas succomber, et s'il ne renonçait pas pour lui, qu'il le fît au moins pour Christiane. La réaction de ses gens, sur le port, lui avait amplement démontré que la jeune fille ne serait jamais acceptée sur l'île. N'étant pas faite pour Désespérance, elle n'était pas pour lui non plus, et le devoir d'Adam devrait consister à la protéger le temps qu'elle séjournerait dans les parages, puis de la faire conduire chez son oncle et veiller à ce qu'elle y arrivât saine et sauve.

Christiane tâchait de s'absorber dans la contemplation du paysage, mais elle ne pouvait penser qu'au chevalier contre lequel elle s'adossait et dont elle recevait une chaleur bienfaisante. Elle se lovait contre lui avec délectation.

Non sans remords aussi. Christiane ne l'ignorait pas, c'était péché que de s'adonner à de tels sentiments avec un homme pourvu d'une femme légitime. Elle se déconsidérerait à ses propres yeux si elle se laissait aller trop loin. Peut-être même était-elle déjà allée trop loin. Aussi se redressa-t-elle soudain. Elle essaya de mettre un peu de distance entre son dos et la poitrine d'Adam. Elle se persuada qu'un mari l'attendait dans le duché d'York et que pour lui, elle se devait d'avoir une conduite irréprochable.

— Arrêtez de vous agiter, Christiane, grommela Adam.

Plus qu'à l'injonction, elle prit garde à la voix grave qu'elle trouva caressante malgré l'agacement qu'elle exprimait ; et aussi au souffle chaud dont elle s'enflamma et se délecta avant de se rappeler ses excellentes résolutions aussitôt oubliées que prises.

— Désolée, milord, balbutia-t-elle. Est-ce que... Est-ce que vous avez souvent ce genre de temps ?

Voulant se tourner légèrement pour poser sa question, elle heurta, avec le sommet de son crâne, le menton d'Adam. Elle sursauta. Il sursauta et, au lieu de répondre, se contenta de hocher la tête.

— Ces tempêtes occasionnent-elles beaucoup de dégâts ?

interrogea Christiane, consciencieusement concentrée sur son étude du temps à Désespérance. Arbres abattus ? Toits arrachés ?

— Occasionnellement, marmonna Adam.

Surtout au printemps, songea-t-il en levant les yeux vers le ciel de plus en plus noir. Il ajouta :

— Il faut s'habituer à la rudesse du climat, quand on vit à Désespérance.

Sans répondre, Christiane jeta un coup d'œil sur les vagues qu'elle voyait battre les rochers, tout en bas. Elle songea que les falaises devaient abriter des quantités d'oiseaux, et elle espéra qu'elle aurait le temps de les explorer avant de repartir.

Enfin on arriva aux abords du château, formidable forteresse de pierre blanche, dont les murailles barraient tout l'horizon et dont les tours semblaient s'élancer à la conquête du ciel.

Le pont-levis s'abaissa dans les grincements insupportables de ses chaînes. La petite troupe entra dans une cour herbeuse et se dirigea vers le donjon, dont la porte s'ouvrait au-dessus des hautes marches d'un escalier de pierre.

Les serviteurs, tous vêtus de rouge et de blanc, accouraient pour se mettre aux ordres de leur seigneur. Ils prirent les rênes des chevaux, se chargèrent des bagages.

Adam sauta à terre, tendit les mains à Christiane pour l'aider à descendre, puis la pria de le suivre vers l'entrée du donjon.

Dans la grande salle d'autres serviteurs s'affairaient aussi. Ils allumaient les flambeaux accrochés aux murs, les cierges sur les longues tables, ainsi que les dizaines de chandelles d'un immense lustre qu'ils avaient descendu de la voûte. La lumière permit à Christiane de prendre peu à peu la mesure des lieux. Elle n'en avait jamais vu d'aussi immense ni aussi bellement aménagé.

Une cheminée gigantesque occupait une extrémité de la salle, et dans l'âtre le feu dévorait en ronflant un tronc d'arbre tout entier. Devant se trouvaient, l'une en face de l'autre, deux chaises dont les hauts dossiers étaient ornés d'écussons identiques. Christiane pensa qu'elles étaient réservées au seigneur et à sa dame, qu'ils s'installaient là, le soir, pour s'amuser du spectacle des jongleurs ou tout simplement pour deviser.

Deux grands chiens, allongés devant l'âtre, s'étaient levés dès l'entrée d'Adam, ils étaient accourus vers lui et depuis lui faisaient fête en sautant autour de lui, en jappant et en remuant la queue.

— Couché, maintenant, s'exclama le seigneur après les avoir caressés et flattés. Couché, j'ai dit, Ren ! Et toi aussi, Gray… Oui, tu es une brave bête.

Un peu plus calmes, les chiens s'approchèrent de Christiane dont ils flairèrent les vêtements. Elle leur donna ses mains, qu'ils léchèrent. Adam déclara :

— Ils sont très gentils, très pacifiques. Sans cela, ils ne courraient pas en liberté dans tout le château. J'aurais trop peur pour Margaret.

— Je comprends, dit Christiane.

Elle n'avait jamais vu d'homme aussi attentif à son épouse, aussi préoccupé d'elle. Ce n'était pas ainsi, en effet, que se comportaient les hommes à Saint-Oln. Même son père, qui passait pour un homme bon, ne s'était jamais vraiment soucié de sa mère, et pourtant il l'aimait ; cela ne faisait aucun doute.

Un serviteur entra dans la salle, portant la selle d'Adam et le maigre bagage de Christiane. Il dit à son seigneur :

— Une chambre a été préparée dans la tour orientale, milord. Si vous voulez bien me suivre…

Christiane, encore occupée à caresser les chiens, tourna le regard vers Adam qui, d'un hochement de la tête, lui montra qu'il fallait aller avec lui. Elle emboîta donc le pas au serviteur, et Adam suivit, qui demanda :

— Où se trouve lady Margaret, Stephan ?

— Dans la chambre des enfants, milord, répondit le serviteur, sans se retourner. Avec Mathilde, je pense.

Christiane trébucha et faillit tomber, non à cause d'une irrégularité dans le pavage, mais parce que les mots qu'elle venait d'entendre l'avaient étonnée. Une épouse et une enfant ?

se dit-elle. Alors, elle serait damnée pour convoiter un homme marié, qui, en plus, avait charge de famille.

Les souffrances de l'enfer, elle les connaissait déjà. Son cœur s'était définitivement brisé.

Ils avaient gravi l'escalier menant au deuxième étage et ils circulaient dans une galerie qui courait le long de la muraille, quand la pluie se mit à tomber avec une violence inouïe. Le tonnerre craqua avec une telle force que Christiane sentit le sol trembler sous ses pas.

Au bout de la galerie se trouvait une porte donnant accès à un autre escalier, en colimaçon celui-là, fort étroit, qui se déroulait dans une tour sans autres ouvertures que d'étroites meurtrières. Heureusement Stephan, le serviteur, tenait un flambeau et Adam, derrière Christiane, avait songé à en prendre un au passage.

Christiane s'était un moment demandé pourquoi lady Margaret n'était pas venue accueillir son mari, elle s'en était étonnée et presque offusquée, mais maintenant, elle préférait avoir ce délai qui lui permettrait de se recomposer son attitude et son visage ; pour lors, elle montrerait trop l'ampleur de sa déconvenue, de son chagrin.

Elle regretta aussi de ne pas avoir sur elle des vêtements plus convenables pour paraître devant la dame du château.

Une porte s'ouvrit au sommet de l'escalier. Il fallut entrer dans un nouveau corridor, tout aussi sombre, avec une multitude de portes de chaque côté. Christiane se demanda si elle serait capable de retrouver son chemin vers la grande salle, si elle devait y retourner depuis là, sans escorte.

— Par ici, milady, lui dit Stephan en se retournant.

Il avait ouvert une porte qui donnait accès — Christiane s'en rendit compte dès le seuil — à une vaste chambre.

Deux fenêtres donnaient un jour parcimonieux. Pendant que Stephan allumait les cierges d'un candélabre posé sur une table, Christiane ouvrit une des fenêtres, elle reçut une gifle de vent et offrit son visage à la pluie battante. Elle riait. Quand elle se retourna, elle vit Adam et Stephan qui la regardaient avec une sorte d'inquiétude. Vite, elle referma la fenêtre. Gênée de s'être donnée en spectacle, elle s'essuya les mains sur sa robe, dans son dos.

— Il est heureux que nous soyons arrivés à temps pour échapper à cette tempête, n'est-ce pas, milord ? dit-elle pour rompre le pesant silence.

Il était vrai qu'elle aimait les tempêtes et les orages ; qu'elle ne répugnait pas à se promener sous la pluie. Elle ne craignait ni les éclairs ni les coups de tonnerre. Mais elle savait, depuis longtemps, que ses goûts singuliers n'étaient pas partagés par grand monde, et elle regretta de les avoir ainsi manifestés.

Stephan sortit de la chambre, Adam s'attarda. Il semblait avoir quelque chose à dire. Après un moment, il commença :

— Certainement, c'est une chance de vous avoir, milady.

Il s'interrompit. Christiane attendit la suite avec curiosité, et Adam lui posa cette question surprenante :

— Avez-vous quelques dons pour les travaux d'aiguille ?

— Oui, milord, répondit-elle sans parvenir à celer son étonnement.

— Je suis sûr que mon épouse a laissé quelque part des robes qui pourraient vous aller, après quelques aménagements, il va sans dire. C'est pour cela que je vous demandais… Il faudrait, bien sûr, les trouver, ces robes… Puisque vous me dites que vous savez coudre…

La déclaration se perdit dans un coup de tonnerre.

— Coudre ? reprit Christiane.

La lumière vacillante de son flambeau accentuait les traits du visage d'Adam et rendait ses yeux brillants, presque inquiétants. Pourquoi ne s'expliquait-il pas ? Christiane se demandait où il voulait en venir, mais n'osait pas le presser de questions.

— Oui, soupira-t-il après un long moment de silence. Vous avez grand besoin de robes, parce que vous ne pouvez pas vous rendre à York dans cet accoutrement. Nous avons, au village, une femme qui pourra vous aider dans vos travaux de couture, si vous le désirez. Les robes de mon épouse, comme je vous le disais…

— Milord, votre épouse consentira-t-elle à m'abandonner ces robes que vous me donnez avec tant de libéralité ?

Adam serra les dents et tout son visage se crispa. Christiane en eut la certitude, malgré la lumière parcimonieuse.

— Mon épouse, dit-il d'une voix sourde, est morte depuis deux ans. Je doute qu'elle ait encore l'usage de ses biens terrestres.

Chapitre 7

Christiane le savait : ce n'était pas bien. Elle n'avait pas à ressentir cette sorte de soulagement joyeux qui gonflait son cœur et lui donnait envie de chanter. Hélas ! l'épouse d'un homme était morte, et ce décès lui donnait du bonheur.

Le rouge de la honte au front, elle tourna sur elle-même pour examiner la chambre où elle vivrait pendant quelques jours, bien plus belle que toutes celles qui lui avaient déjà été attribuées, même celle qu'elle avait occupée dans le château de son père.

Un lit immense, surmonté d'un baldaquin d'où pendaient de lourdes tentures, occupait le mur en face de la fenêtre. Au pied de ce lit se trouvait un coffre vide, couvercle soulevé ; à sa tête, une petite table sur laquelle une bougie brûlait. Devant la cheminée, trois chaises s'alignaient.

Pensive, Christiane s'assit dans une de ces chaises, en se demandant qui était lady Margaret.

Sur le chemin de la chambre des enfants, Adam passa par sa propre chambre où il voulait s'arrêter un moment. Il avait besoin de faire le point, de réfléchir.

Il ne voulait pas arrêter ses pensées sur Christiane, sur le regard malheureux qu'elle avait jeté sur lui tandis qu'il se détournait d'elle pour la quitter. Il ne s'était pas laissé émouvoir, ce qui était déjà bien. Mais, Seigneur ! — il serra les poings — il avait passé avec elle plus de temps qu'il n'était prudent de lui en accorder, il ne l'avait déjà que trop pressée contre lui sous le prétexte de lui offrir sa protection. Cela ne se reproduirait plus. Il ne devait pas y songer.

Non, non et non ! Il ne s'abandonnerait plus à ces attouchements. Il ne s'approcherait même plus de la jeune fille. S'il était sage, il ne s'aventurerait plus dans ce regard bleu profond comme un lac, et ses yeux ne s'attarderaient plus à parcourir les courbes de ce corps pulpeux qui ne lui était pas destiné.

Le meilleur moyen de ne pas succomber à la tentation n'était-il pas de la fuir ?

Margaret avait besoin de toute son attention ; comme aussi Désespérance. Il devait leur consacrer tous ses soins.

Il leur consacrerait tous ses soins.

Ayant pris ces excellentes résolutions, Adam ressortit de sa chambre et fila vers celle des enfants où il trouva sa petite fille agenouillée sur le dallage, devant le grand crucifix accroché au mur. Elle avait fermé ses grands yeux gris et ses lèvres remuaient doucement. Elle priait. Ses beaux cheveux, blonds comme ceux d'un ange, étaient recouverts par une guimpe toute simple, toute blanche, qui lui cachait également les oreilles et la nuque, qui lui montait jusqu'au menton.

Elle était l'image, le double de sa gouvernante, Mathilde qui, agenouillée près d'elle, s'était, elle aussi, abîmée dans une fervente prière. En les voyant ainsi, Adam se rappela avoir vu très souvent Rosemonde dans cette posture, confite dans ses dévotions.

— Milord ! s'exclama Mathilde qui venait de découvrir sa présence.

Margaret tourna la tête vers lui. Elle ne dit rien, se contenta de le regarder avec timidité, au travers du voile de ses longs cils.

Adam s'approcha à pas comptés. Sa petite fille lui paraissait plus fragile, plus délicate que jamais. Il ne voulait pas l'effrayer par un mouvement brusque ou une parole trop vive. Il ne fallait pas…

C'était ce que Mathilde lui répétait. La vieille gouvernante connaissait la petite fille mieux que quiconque. Toutefois, le doute avait commencé à s'installer dans l'esprit d'Adam, depuis quelque temps. Il se demandait parfois si cette vieille femme, austère et froide, était celle qu'il fallait à Margaret.

Margaret pleurait toujours sa mère, elle priait pour le repos de son âme. Depuis son retour de la bataille de Falkirk, Adam ne l'avait pas entendue une seule fois prononcer une parole à voix haute. Inutile de préciser qu'il ne l'avait jamais entendue rire non plus. Mathilde prétendait qu'il n'était pas anormal qu'une enfant manifestât son chagrin pendant si longtemps. Elle ajoutait que les choses finiraient par s'arranger d'elles-mêmes.

Adam se demandait si *les choses* n'allaient pas bientôt s'arranger. Il commençait à trouver le temps long.

— Comment va Margaret ? demanda-t-il.

— Elle va bien, répondit la gouvernante, d'une voix assurée, en venant à sa rencontre ; toujours aussi dévote, comme vous pouvez le constater.

Adam hocha la tête en regardant Margaret qui, tête basse de nouveau, avait déjà repris le fil de sa prière. Il pensa qu'elle passait trop de temps à genoux. Il se dit que ce n'était pas normal. Mais que savait-il des enfants ? Pas grand-chose, convint-il. Les garçons, encore… mais sur les filles, il ne savait rien de rien.

Obstinée, toujours aussi violente, la pluie continuait de battre la fenêtre.

Christiane avait allumé le feu dans sa cheminée. Elle ouvrit son sac et en sortit les deux livres, ses biens les plus précieux, ses seuls biens en vérité, en dehors de quelques jolis coquillages et d'une belle pierre aux couleurs étranges, ramassée au cours de ses longues promenades sur la plage. Elle plaça tout cela dans le coffre, en veillant à ne pas abîmer la fine couverture en cuir de ses livres.

Elle prit son peigne. Elle démêla ses cheveux. Elle les natta et les enroula.

Puis elle s'assit.

Elle attendit.

Sûrement une servante viendrait avec un bassin et une cruche pleine d'eau. Il suffisait de patienter… Ou au moins, quelqu'un entrerait dans la chambre pour s'enquérir auprès d'elle si elle n'avait besoin de rien, si elle n'avait pas quelque désir à exprimer…

Ayant attendu plus d'une grande heure, Christiane se leva et commença à marcher de long en large. Plusieurs fois, elle tisonna le feu. Elle ouvrit la fenêtre, sans se soucier de la pluie.

Combien de fois l'orage ne l'avait-il pas surprise sur la plage ? Elle courait alors vers sa grotte de prédilection et y attendait l'accalmie. Jamais elle n'avait eu peur des éclairs et du tonnerre. Au contraire, elle aimait à admirer le déchaînement des éléments, les violentes démonstrations de la nature. En ce moment, elle regrettait de ne pouvoir sortir du château pour courir vers le rivage pour voir les vagues s'attaquer aux falaises, pour entendre le vent hurler.

Fébrile et impatiente, et affamée depuis un moment, Christiane estima qu'elle avait assez rongé son frein et que le moment était venu, pour elle, de sortir de sa chambre afin de retrouver son chemin vers la grande salle. A l'évidence, avec le retour du maître en son château, tout le monde l'avait oubliée.

Elle s'empara de sa bougie, sortit de la chambre, descendit les escaliers, enfila les corridors. Elle retrouva, avec plus de facilité qu'elle ne l'avait escompté, son chemin vers la grande salle. Elle y arriva bientôt. Sur le seuil, elle s'arrêta pour observer.

Elle vit des serviteurs qui étendaient de grandes nappes blanches sur la table et en approchaient des bancs, pendant que d'autres mettaient déjà le couvert.

Près de la cheminée, Adam était assis, une petite fille à ses pieds, qui jouait sur le tapis de joncs. Les chiens avaient disparu.

Sir Raynauld se trouvait près de son seigneur, en compagnie d'une dame vêtue d'une robe grise et la tête couverte d'une guimpe qui ne lui laissait montrer de son visage que les yeux, le nez et la bouche.

La petite fille portait, elle aussi, une guimpe tout aussi

serrée, et fort inconfortable, jugea Christiane. Elle était vêtue d'une robe brune, bien austère pour une enfant aussi jeune. Penché sur elle, Adam lui parlait, avec gentillesse. Mais elle gardait les yeux baissés, elle ne lui répondait pas.

Un souffle dans son cou… Christiane sursauta et dut se faire violence pour ne pas crier. Elle n'avait pas entendu venir l'homme qui se tenait maintenant derrière elle, tout près, trop près.

— Non, lui dit-il, à croire qu'il avait lu dans ses pensées ; ma petite-nièce ne parle pas. Elle ne dit jamais rien. Et, si elle parlait, elle n'aurait rien à vous dire parce que, dans notre famille, nous n'aimons pas les Ecossais.

Le visage de l'homme restait dissimulé dans l'ombre, seuls ses yeux étaient visibles, qui luisaient de malveillance. Christiane vit aussi des cheveux longs et mal tenus, une barbe broussailleuse où se faisaient voir beaucoup de fils d'argent.

— Rejoindrons-nous la compagnie ? demanda l'inconnu.

Son haleine empestait la bière.

— Certainement, murmura Christiane.

Sir Raynauld aperçut, le premier, les arrivants.

— Lady Christiane ! s'écria-t-il ; sir Gérard !

Adam se leva, et ses sourcils se froncèrent aussitôt qu'il vit son oncle accompagner Christiane. Celle-ci portait toujours la hideuse robe qu'elle avait depuis le début de leur voyage, sa coiffure restait désordonnée ; tout, dans sa silhouette, donnait une impression de négligé. Pourtant, à y regarder de plus près, on pouvait constater qu'elle avait essayé d'arranger ses cheveux, ils avaient l'air un peu moins emmêlés, un peu moins…

Des ordres précis avaient pourtant été donnés aux serviteurs pour donner à la jeune fille toutes les aises dont elle pourrait avoir besoin. Apparemment, constata Adam, amer, sa voix n'avait pas été entendue et l'hospitalité laissait à désirer dans son château. Contenant difficilement sa colère, il s'adressa à la gouvernante.

— Mathilde, trouvez-moi Sibille et amenez-la-moi.

En temps normal, sir Charles Penyngton avait la charge des serviteurs, mais, malade depuis quelques jours, il gardait la chambre. Adam lui avait rendu visite aussitôt après son retour, et s'était alarmé de le voir si pâle, si amaigri, si affaibli. Il l'avait quitté en lui promettant de le revenir visiter aussi souvent que possible, et de lui envoyer Sarah Cole, une femme du village versée dans les herbes médicinales.

Mathilde s'étant éloignée, Adam offrit à Christiane la chaise en face de la sienne et lui dit :

— Vous venez de faire la connaissance de mon oncle, sir Gérard Sutton.

— D'une certaine façon, oui, milord, répondit-elle d'une voix mal assurée.

Elle semblait intimidée, mal à son aise, et comment s'en étonner, comment l'en blâmer ? Elle était arrivée, sous l'orage, dans un monde qu'elle ne connaissait pas et qu'elle avait tout lieu de supposer hostile, à tout le moins inamical.

Adam était certain qu'on ne lui avait pas porté d'eau et rien à boire ni à manger. Il avait donné à Sibille des instructions concernant les robes de Rosemonde qu'il fallait donner à cette jeune fille, et ce n'était pas la peine de demander s'il avait été entendu sur ce point.

Adam éprouvait donc, envers ses serviteurs, une colère qu'il ne s'était jamais connue auparavant. Il n'était pas convenable que parût en si piètre accoutrement la fille d'un comte. La façon dont ses gens avaient ignoré ses ordres méritait une…

— Milord ? fit une femme qui venait d'apparaître, vêtue d'une robe rousse et d'une guimpe blanche.

Elle portait une chaîne autour de la taille et à cette chaîne pendait un lourd trousseau de clés. La tête haute, la lippe dédaigneuse, le regard hargneux, elle avait été visiblement dérangée dans ses occupations et ne prenait pas la peine de cacher son agacement, même devant son seigneur.

— Il me semble que nous ne nous sommes pas compris, Sibille, dit Adam qui luttait toujours contre lui-même afin de contrôler son ire. Ou alors, c'est que les servantes refusent de vous obéir et qu'elles n'ont pas voulu accomplir les devoirs que je leur avais fixés, concernant lady Christiane, ici présente.

Sibille en rabattit quelque peu, son regard se fit plus modeste. Elle était, dans le château, celle qui commandait à la troupe des servantes, qui supervisait leur travail. A elle revenait la tâche de transmettre les ordres d'Adam, et celui-ci n'était pas décidé à laisser passer la moindre marque de dédain ou d'irrespect envers Christiane. En termes incisifs, il répéta donc ce qu'il voulait, indiqua les conséquences à redouter si, une fois encore, il n'était pas entendu. Avec humilité, Sibille répondit :

— Certainement, milord. Je m'occupe de cette affaire immédiatement.

En la voyant s'éloigner dans la précipitation, Adam se dit avec satisfaction que certaines difficultés allaient s'aplanir. Il restait qu'il ne s'était pas attendu qu'on marquât dans sa maison tant d'hostilité à Christiane. Quelle audace ses gens avaient-ils montrée là ! Si un nouvel incident se produisait, il devrait sévir.

Abandonnant ses préoccupations, il se tourna vers Christiane et découvrit que sir Raynauld la divertissait par sa conversation primesautière. L'oncle Gérard demeurait un peu à l'écart, près de la cheminée ; taciturne et renfrogné, il observait la scène comme s'il eût été indigne de lui d'y participer.

Le regard d'Adam tomba ensuite sur Margaret, et il reçut un choc. Sa fille levait vers Christiane ses yeux éteints depuis la mort de Rosemonde, et qui brillaient maintenant… de curiosité ; non, pas seulement de curiosité. Ses lèvres esquissaient un sourire encore retenu, mais il y avait bien longtemps qu'Adam ne l'avait plus vue sourire.

Emu, il se pencha sur la petite Margaret pour lui caresser la tête, puis il s'agenouilla près d'elle et il lui dit :

— Margaret, je te présente lady Christiane Mac Dhiubh.

Il se tourna vers la jeune fille et ajouta :

— Voici ma fille, Margaret.

— Je suis très heureuse de faire ta connaissance, petite Margaret, dit Christiane en se penchant pour prendre la main de l'enfant. Et je te remercie de m'avoir prêté ton papa.

Une lueur s'alluma dans le regard de Margaret, mais les

cils s'abaissèrent pour la cacher, tandis que la tête se penchait, se penchait au point que le menton touchait la poitrine.

Christiane n'en continua pas moins de parler.

— Ton papa, il est venu me chercher chez moi, en Ecosse. Et tu sais, c'est loin, l'Ecosse, très loin. Et puis, il m'a amenée ici. Maintenant, il est de nouveau pour toi, rien que pour toi.

La voix de Christiane avait un débit étrange, un peu oppressé, comme si elle manquait de souffle, mais toute trace d'accent écossais en avait disparu. Elle avait gardé la main de Margaret dans la sienne, avec douceur elle lui caressait les doigts. Puis elle se redressa, en souriant, sans voir ou en faisant mine de ne pas voir les regards fixés sur elle, la plupart peu amènes, surtout ceux des serviteurs.

Sur un signe agacé d'Adam, ceux-ci se remirent au travail. Christiane ne marqua rien, et quand sir Raynauld déclara que le dîner allait être servi, elle parut ne pas avoir entendu.

Adam lui prit alors la main et lui demanda :

— Passerons-nous à table, lady Christiane ?

Elle restait tendue, il en était conscient. La petite main se crispait légèrement dans la sienne.

— Elwin se joindra-t-il à nous, Raynauld ? demanda-t-il alors qu'ils marchaient tous vers la table.

Sir Raynauld secoua la tête.

— Non, milord. Sa femme… Elle…

Il s'arrêta et rougit, prononça quelques paroles sans signification et conclut :

— Elle a besoin de lui près d'elle. Elle le retient, quoi !

Adam comprit de quoi il s'agissait et se sentit tout aussi troublé que son chevalier. Il connaissait toujours un peu de gêne quand on évoquait devant lui des femmes honnêtes et néanmoins sensuelles, aimant l'amour et ne s'en cachant pas. Lui n'en avait jamais connu de telles ailleurs que dans les lieux de débauche, et il avait du mal à imaginer l'épouse d'Elwin se complaisant dans la luxure. Est-ce à dire qu'elle se conduit comme une ribaude ? se demanda-t-il.

Mathilde prit la main de Margaret pour l'emmener, mais Adam l'arrêta.

— N'en faites rien, lui dit-il. Je voudrais que ma fille se joignît à nous, ce soir.

La gouvernante s'efforça de cacher sa désapprobation, mais à l'évidence elle pensait que la place d'une enfant aussi petite n'était pas à la table des adultes. En la voyant se renfrogner, Adam se demanda si elle n'avait pas raison. L'usage était d'éloigner les enfants du monde des chevaliers et des dames, de les confiner dans leur chambre avec leurs nourrices et leurs gouvernantes. Il n'appartenait pas aux parents de s'occuper d'eux, de leur donner la becquée et de veiller à leur tenue. Cela, c'était le devoir des servantes qui leur étaient attachées.

Pourtant, Adam se rappelait avoir vu sa fille jouer sur le tapis dans la chambre de Rosemonde, qu'elle agonissait de questions et de commentaires. Elle était si vive, en ce temps-là. Sa mère allongée, languide sur son lit, lui répondait à peine, ce qui n'avait pas trop d'importance. Ce qui plaisait à Margaret, c'était de se trouver dans cette pièce, en compagnie de sa mère bien sûr, et aussi de Mathilde, qui veillait sur Margaret *et* sur Rosemonde, tout en tirant l'aiguille.

Deux ans s'étaient écoulés depuis la mort de Rosemonde et la petite Margaret semblait avoir perdu le goût de vivre. Elle, si bavarde autrefois, ne parlait presque plus. Ses yeux s'étaient éteints. Elle ne savait plus ce que c'était que sourire. Elle avait maigri, elle se voûtait. Elle ne grandissait plus.

Adam voyait tout cela, il en souffrait, mais il ne savait que faire. Il avait perdu tout espoir de redonner le bonheur à sa fille. Fallait-il lui donner une marâtre, mère de substitution ? Sur ce point, il hésitait. Il avait peur de commettre une terrible erreur, de faire plus de mal que de bien en se remariant. Alors il s'en tenait à de prosaïques recettes : il essayait de faire accepter par Margaret des repas plus copieux, il tâchait de l'emmener en promenade, de l'intéresser à des jeux… sans grand succès. Il avait même essayé de lui apprendre la musique, pour découvrir très vite qu'elle n'avait aucune disposition pour cet art ; même déconvenue en ce qui concernait la broderie. Margaret n'avait goût à rien, ne s'intéressait à rien, n'avait aucun talent.

Adam jeta un coup d'œil en direction de Christiane. Elle avait un profil énergique, que lui faisaient son nez droit et ses pommettes hautes, son menton marqué d'un long sillon... Il savait les épreuves traversées par elle depuis quelque temps ; terribles épreuves. Comment réussissait-elle à surmonter ces difficultés ? Avait-elle un don ? Pourrait-elle transmettre ce don, l'expliquer ? Serait-elle capable d'aider Margaret à sortir de son chagrin ?

Le premier plat du dîner fut servi dans un lourd silence. Christiane savait qu'elle n'était pas la bienvenue en ce château, même si Adam et sir Raynauld multipliaient les efforts louables pour le lui cacher en détendant l'atmosphère. Ils parlaient avec animation, comme si de rien n'était, comme s'ils n'étaient pas revenus à Désespérance avec une Ecossaise que tout le monde regardait de travers.

— Quand la pluie se décidera enfin à cesser, lui dit sir Raynauld, il faudra que vous visitiez nos jardins. Les dames aiment à s'y promener.

Jeune et blond, il était très beau, ce chevalier ; fort aimable aussi. Christiane se demanda pourquoi il n'était pas encore pourvu d'épouse.

— Je n'y manquerai pas, répondit-elle. J'aime les jardins. Mais y a-t-il un chemin que je pourrais suivre pour aller au bord de la mer ?

— Au bord de la mer ? fit sir Raynauld.

— Mais oui, au bord de la mer, reprit Christiane sans pouvoir se retenir de sourire. La mer nous entoure de toutes parts, n'est-ce pas ?

Adam intervint.

— Sur ce point vous avez raison, lady Christiane. Mais, sur cette île, il est dangereux de se promener au bord de la mer, surtout en certains endroits. Nous n'avons qu'une plage, d'environ un mile de long, et elle se trouve au sud du village. Tout le reste n'est que hautes falaises et escarpements rocheux.

— Je… je vois, murmura-t-elle, sans parvenir à cacher sa déception.

Ils gardèrent le silence pendant un moment, puis Adam s'éclaircit la gorge. Il semblait sur le point de se lancer dans une longue déclaration… mais il s'abstint. Il avait changé d'avis. Quelque chose l'avait retenu.

— Nous avons une belle chute d'eau, reprit alors sir Raynauld, sans conviction. Elle se trouve à l'est du château…

Christiane hocha la tête en se demandant combien de temps elle devrait séjourner à Désespérance. Le temps lui semblait long, déjà. Même entre ces deux hommes pourtant aimables, elle ne s'était jamais sentie aussi seule. Elle n'avait qu'une hâte : quitter cette table et courir se réfugier dans sa chambre, toute froide et tout austère qu'elle fût.

— Notre île est petite mais nous avons beaucoup d'endroits dignes d'être visités, déclara Adam. Si vous le voulez bien, je vous les montrerai moi-même.

Il semblait chercher ses mots. Sa voix s'était altérée, elle tremblait un peu.

Christiane comprit ce qui se passait : il n'avait pas du tout envie de se promener avec elle, mais, comme il était gentil, il avait cherché un moyen d'atténuer la déception qu'elle venait de laisser paraître. Il avait trouvé cela…

— Merci, milord, répondit-elle donc, d'une toute petite voix parce que la perspective de ces promenades la troublait autant que lui. Mais je ne voudrais pas vous faire perdre votre temps. Après une si longue absence, vous devez avoir beaucoup de tâches à accomplir et…

— Détrompez-vous, lady Christiane. Je dispose de tout le temps dont j'ai besoin.

Elle ne comprenait pas comment cela était possible, mais elle se garda bien de contester ou de demander des explications.

A ce moment, son regard se posa sur Margaret, qui suivait la conversation avec un intérêt extrême. Elle ne savait pas grand-chose des enfants, de ce qui pouvait les intéresser et de la façon dont il fallait se conduire avec eux, mais, prise d'une brusque inspiration, elle proposa :

— Peut-être Margaret aimerait-elle se joindre à nous quand nous visiterons Désespérance ?

Adam hésita. Il regarda sa fille. Un demi-sourire étira sa bouche, et il répondit :

— Pourquoi pas ?

Chapitre 8

Quelque part au milieu de la nuit, un éclair éveilla Christiane. Puis le tonnerre craqua avec tant de violence qu'elle se demanda, dans son demi-sommeil, si l'île ne s'était pas fendue en deux.

Un autre éclair, un nouveau coup de tonnerre la réveillèrent tout à fait. Alors elle repoussa ses couvertures, elle se leva et enfila la longue robe blanche de dessous miraculeusement apparue dans sa chambre pendant le dîner, en même temps qu'un baquet d'eau chaude.

Un cri strident perça la nuit. Alarmée, Christiane marcha à tâtons vers la porte de sa chambre, en se demandant quel malheureux hurlait ainsi dans la nuit.

Elle ouvrit sa porte et en même temps une autre porte s'ouvrit dans le corridor.

Adam sortit, une lampe à la main. Dans la chiche lumière, Christiane put voir qu'il était encore habillé. Il s'engagea dans le corridor. Elle le suivit sur la pointe des pieds, certaine qu'il ne l'avait pas vue et qu'il ne se doutait même pas de sa présence derrière lui.

Il ouvrit la porte d'une autre chambre, plus loin, presque au bout du corridor. Il entra. Silencieuse sur ses pieds nus, Christiane s'avança jusqu'au seuil de cette pièce. La curiosité était trop forte. Elle voulait voir. Elle vit.

Adam s'approcha de sa fille qui, muette, assise dans son lit, les mains crispées sur sa poitrine, les yeux agrandis par la terreur et les lèvres frémissantes, tremblait de tous ses membres.

Un nouveau coup de tonnerre la propulsa dans les bras de son père. Il l'emprisonna et la serra contre lui, en lui murmurant des paroles de réconfort.

Christiane jeta un coup d'œil derrière elle, sans voir apparaître la gouvernante comme elle s'y attendait. Pas grave, songea-t-elle. Cette femme n'eût pas su rassurer, comme Adam, la petite fille qui avait si grand-peur de l'orage.

Le cœur de Christiane se serrait à la vue de cette scène touchante. Comme son père lui manquait ! Les larmes aux yeux, elle se rappela les moments où, lui aussi, la prenait dans ses bras parce qu'elle craignait ou parce qu'elle avait du chagrin. Elle souffrit de ne pas pouvoir remonter le temps. Elle envia Margaret.

Ayant compris qu'Adam n'avait pas besoin d'aide, de son aide, elle retourna dans sa chambre.

Elle ne trouva pas le sommeil avant longtemps.

Peu de temps avant l'aube, la pluie cessa de battre les fenêtres et c'est le silence qui éveilla Christiane. Sa première pensée fut pour Margaret. Elle espéra qu'elle avait pu dormir et qu'elle n'avait pas obligé son père à se tenir près d'elle pendant toute la nuit.

Vêtue de la seule chemise de dessous qu'elle avait enfilée la veille au soir, elle sortit du lit et se dirigea vers la fenêtre dont elle ouvrit un battant et, les coudes sur le rebord de pierre, elle se pencha pour regarder dehors.

A cette heure matinale, la lumière était encore trop chiche pour qu'elle pût voir grand-chose, mais il lui sembla que sa fenêtre dominait la mer, non parce qu'elle voyait les vagues rouler sur le rivage, mais parce qu'elle les entendait.

Se penchant davantage, elle goûta à pleins poumons l'air marin chargé de robustes senteurs qui la réjouissaient toujours. A son avis, c'était cet air-là qu'on devait respirer au paradis. Enivrée, elle prêta une oreille attentive au bruit des vagues. Elle jugea qu'elles devaient être belles, gonflées, frangées d'une écume abondante. Il lui vint le désir de les voir, de ses yeux, tandis que le soleil se lèverait.

Laissant sa fenêtre ouverte, elle s'empara d'une lampe et sortit de la chambre. D'un pas tranquille, elle marcha jusqu'au bout du corridor et là, elle s'engagea dans l'escalier qui montait.

Le château de Désespérance était grand ; immense, même. Il comportait beaucoup de tours et, pour aller de l'une à l'autre, il fallait emprunter des cheminements souvent contournés. Christiane ne savait pas où la mènerait l'escalier dont elle gravissait les marches de pierre, mais, d'après la conversation de la soirée, elle jugeait possible et même probable de parvenir au sommet de la plus haute tour, et de là, elle avait toutes les chances de pouvoir admirer la mer et les falaises.

Ravie, elle se dépêcha.

Quand le plus fort de l'orage eut passé, Margaret s'endormit dans les bras d'Adam. Il retourna alors dans sa chambre, il se coucha, mais dormit mal, par intermittences. Le poids de ses responsabilités l'écrasait.

Juste avant l'aube, il renonça à dormir et sortit pour se rendre au sommet du donjon, l'endroit même que sa femme avait choisi pour se suicider.

Tout en haut de la haute tour, l'air semblait plus vif et plus propre, comme s'il eût été lavé par les pluies de la nuit. Adam souffla la flamme de sa bougie et la posa sur un merlon avant de s'offrir aux embruns. Il n'avait pas daigné s'habiller pour cette expédition et ne portait que ses chausses et ses hauts-de-chausses. Le froid n'avait pas de prise sur son torse nu. Il ne le sentait même pas.

Avec tristesse, il essaya d'y voir dans la nuit et se demanda en quoi la vie était si terrible à Désespérance pour que Rosemonde eût choisi de se jeter du haut de cette tour. Adam aimait son île. Il en connaissait chaque rocher, chaque arbre, chaque chemin. Tout lui paraissait beau à Désespérance, et l'isolement splendide.

Il savait maintenant que la solitude avait pesé à sa femme

et qu'il eût dû susciter des visites pour la distraire. Il eût aussi pu lui permettre de retourner chez son père de temps à autre, surtout quand lui-même quittait Désespérance parce qu'il devait répondre à l'appel de son roi.

Pourquoi n'avait-il pas compris à quel point ses amis lui manquaient, pourquoi elle avait tant besoin de compagnie autour d'elle ? Il avait pensé qu'un mari et un enfant lui suffiraient, qu'elle n'aurait besoin de rien d'autre pour se sentir heureuse. Il avait cru qu'en arrivant à Désespérance, elle se détacherait naturellement de ses anciennes connaissances, qu'elle oublierait la vie menée autrefois à Londres. Constatant sa mélancolie, les premiers mois de leur mariage, il avait pensé que tout cela s'arrangerait avec le temps.

Quel fou il avait été ! Quelle ignorance avait été la sienne ! Il ne savait pas ce qu'était une femme et se trouvait bien incapable de la satisfaire. Ah ! mais, s'il se remariait, rien ne serait plus comme avant. Si sa nouvelle épouse avait besoin de beaucoup de monde autour d'elle, il y pourvoirait.

Pourquoi l'image de Christiane Mac Dhiubh s'imposait-elle soudain à son esprit ? Il se demanda si elle se lierait d'amitié, à York, avec plus de facilité qu'ici, où tout le monde lui faisait grise mine. Ce n'était pas parce que son oncle était comte de Learick qu'elle serait mieux acceptée. Il était même fort probable que, là-bas aussi, l'affreuse vérité éclaterait. Christiane Mac Dhiubh apparaîtrait pour ce qu'elle était : une Ecossaise, ce qui suffirait à lui fermer les portes et les visages.

La vérité était d'autant plus *affreuse* que Christiane était écossaise en Angleterre et anglaise en Ecosse. Adam avait vu la façon indigne dont l'avaient traitée les gens de Saint-Oln, parce que, pour eux, elle n'était pas assez écossaise. Fallait-il donc croire qu'elle ne serait jamais nulle part chez elle, que de partout elle serait rejetée ? Et qu'aucun homme ne pouvait la voir comme une femme, seulement comme une étrangère ?

Quel dommage ! Elle était si belle, attirante… Adam la connaissait comme Ecossaise, mais, quand il pensait à elle, quand il évoquait ses grâces, il se sentait tout proche de connaître les transports de la passion charnelle. Tout, chez elle, le ravissait. Son regard fier, son visage noble, ses seins ronds et fermes, ses hanches à la courbure harmonieuse… tout lui plaisait.

Conscient de s'adonner à des pensées dangereuses pour le repos de son esprit et, surtout, de son corps, Adam fourragea nerveusement dans ses cheveux. Les oiseaux les plus matinaux commençaient à se manifester. Il trouva dans leur chant un divertissement salutaire. Bientôt le soleil se lèverait, marquant le début d'une longue journée qu'il faudrait consacrer au travail. Il faudrait se comporter en seigneur de Désespérance, non en galant chevalier éperdu d'amour pour une damoiselle qui n'était pas pour lui… Allons ! Christiane Mac Dhiubh ne serait qu'une distraction passagère et…

— Oh ! milord !

Adam se retourna. Il vit lady Christiane qui émergeait de l'escalier, une lampe à la main.

— Bonjour, milady, lui dit-il en s'inclinant.

Elle se trouvait trop loin de lui pour qu'il pût la voir bien. Aussi se demanda-t-il, avec curiosité, si elle avait le même regard que l'autre jour, quand elle l'avait vu à moitié nu, au bord de la rivière. Il avait aimé ce regard. Il y pensait souvent.

— Il est bien tôt, dit-il pour meubler le silence.

— Je sais, soupira la jeune fille comme si elle venait d'essuyer un reproche. C'est le silence qui m'a réveillée.

Etrange assertion, songea d'abord Adam, qui en admit ensuite la justesse. Quand la pluie avait cessé, en effet, un calme étrange avait enveloppé tout le château.

Il pivota sur ses talons pour remettre son regard en direction de la mer toujours invisible, en se demandant si la jeune fille, derrière lui, était aussi peu vêtue que lui. Cette question eut sur lui un effet immédiat, et redoutable. Damnation ! songea-t-il. Pourquoi ne s'était-il pas rendu à Watersby comme il en avait eu l'intention ?

— Le soleil…, commença-t-il.

Il dut s'éclaircir la gorge et s'y reprendre à deux fois avant de pouvoir poursuivre :

— Le soleil ne devrait plus tarder à se montrer.

Christiane s'approcha. Elle posa la lampe sur le sol, puis demanda :

— Entendez-vous les mouettes, milord ?

Elle avait la voix douce et chaude, comme celle d'une amante, et son accent écossais lui faisait la voix rauque, comme après toute une nuit d'amour.

Griffant de ses doigts la pierre du parapet, Adam essaya de fixer ses pensées sur un sujet moins compromettant.

— Nous avons aussi des phoques, réussit-il à dire.

— Cela est merveilleux ! s'écria la jeune fille. Des phoques ?

Dans son enthousiasme, elle se tourna vivement vers Adam, perdit l'équilibre, se rattrapa à son bras, qu'elle pinça légèrement.

— Mais oui, des phoques, reprit-il, regrettant de ne s'être pas habillé, de n'avoir pas pensé à se couvrir…

Il voyait venir avec angoisse le moment où la lumière du soleil révélerait l'ampleur de son émoi viril. Le regard fixé sur le lointain, il expliqua :

— Désespérance n'est pas vraiment une île, mais un bout de terre arraché à la côte d'Angleterre. Pour je ne sais quelle raison, les phoques apprécient notre temps insupportable.

— Le temps n'est pas insupportable ! protesta Christiane.

— Pourtant, l'orage de la nuit dernière…

— C'était très étonnant, fit-elle, d'une voix rêveuse.

Avait-il bien entendu ? Elle n'avait pas l'intention de fuir le plus vite possible, dès qu'elle en aurait l'occasion ?

— Vous n'êtes à Désespérance que depuis un jour, reprit-il, d'une voix qu'il s'efforçait de garder unie, alors que la main de la jeune fille reposait toujours sur son bras nu. Comment pouvez-vous juger ?

— C'est vrai, je ne peux pas juger, reconnut-elle, et de nouveau elle atténuait son accent écossais. Mais cette île est si belle… J'ai pu m'en rendre compte… Oh ! Adam, regardez !

Les premiers rayons du soleil, qui semblaient sortir du fond de la mer, dispensaient une lumière étrange, presque surnaturelle. Puis le ciel se colora, il répandit son sang et son or sur la surface de l'eau.

— C'est beau à couper le souffle, murmura Christiane fascinée.

— Oui, répondit Adam, qui ne regardait pas.

Il ne se rappelait pas avoir vu spectacle aussi fascinant que Christiane Mac Dhiubh admirant son premier lever de soleil à Désespérance, les yeux écarquillés, la bouche entrouverte…

Elle soupira et se tourna vers lui, toute proche de lui, trop proche… Il sentait ses paumes se moitir, tandis que les battements de son cœur lui sonnaient aux oreilles et couvraient le bruit du ressac.

Dans la lumière encore faible de l'aube, il s'aperçut que la jeune fille portait une chemise de dessous, en toile de lin, fort lâche, qui la dissimulait entièrement ; mais, le souvenir suppléant à sa vue, Adam la vie presque nue, comme l'autre matin, dans la chambre d'auberge, quand il l'avait surprise. Ce souvenir, il le savait, ne s'effacerait jamais de sa mémoire.

Il lui suffisait, pour la rapprocher de lui, d'un seul mouvement, d'un tout petit geste. Il la plaquerait contre lui, l'enlacerait, se pencherait sur elle et leurs lèvres s'uniraient…

Chaque fibre de son corps l'implorait d'agir.

En quelques secondes, ils pouvaient être nus, tous les deux.

Hélas, ce n'était pas possible. Il n'avait pas le droit de se comporter ainsi, puisque Christiane était chez lui, sous sa protection. Il avait promis à sa mère…

— Y a-t-il un chemin qui conduit à la plage ? demanda-t-elle d'une voix douce, son souffle chaud caressant la poitrine d'Adam.

— Il n'y a pas de plage, répondit-il, rudement.

Les poings serrés, il s'éloigna de quelques pas. Et, sans se retourner, il précisa :

— Sous le château, pas de plage, et pas de chemin non plus.

— Mais…

— Que des rochers et des oiseaux ; c'est tout. C'est inaccessible.

Il mentait. On pouvait traverser le chaos des rochers pour aller au bord de l'eau. Il avait essayé de convaincre Rosemonde, alors qu'ils étaient jeunes encore, et nouvellement mariés, de venir avec lui pour s'ébattre dans la mer.

Mais son épouse n'avait aucun goût pour ces jeux et elle ne le lui avait pas envoyé dire. Elle n'avait, du reste, pas envie de passer un peu de temps avec lui, de jouer avec lui. Pour cette raison, elle avait refusé aussi d'aller voir le joli bassin au pied de la cascade.

— Je suis sûr que vous aimerez nos jardins, reprit Adam, essayant cette fois un ton plus urbain. C'est le début du printemps, tout recommence à pousser. Et puis, il y a un grand étang. Si vous voyiez…

Christiane n'écoutait plus. Le soleil s'était hissé au-dessus de l'horizon, et dans sa vive lumière dorée, elle venait de prendre conscience de la façon peu convenable dont elle était vêtue pour paraître devant le seigneur de Désespérance ; rien qu'une chemise de dessous ! Maintenant que l'obscurité ne la protégeait plus, elle ne savait plus quelle contenance tenir, elle croisa ses bras sur sa poitrine, pour la dissimuler autant que possible. Adam semblait gêné tout autant qu'elle, puisqu'il n'osait plus la regarder.

— Je crois… je crois que je vais retourner dans ma chambre, murmura-t-elle en reculant.

Il ne chercha pas à la retenir. Après quelques pas, elle se retourna et partit en courant.

Elle ne s'arrêta que devant la porte de sa chambre ou plutôt de ce qu'elle croyait être la porte de sa chambre. Elle ouvrit, ne reconnut pas les lieux, referma précipitamment et courut de nouveau jusque chez elle.

Dans le refuge de sa chambre, elle s'adossa à sa porte et, posant ses deux mains sur ses joues trop chaudes, elle prit une résolution. A l'avenir, elle éviterait de monter au sommet du donjon, de peur de rencontrer Adam. Leur entretien n'avait servi qu'à les jeter dans l'embarras tous les deux ; inutile de recommencer.

Cela dit, elle ne pouvait tout à fait regretter les moments qu'elle venait de passer avec lui, tout près de lui qui était presque nu. Dans l'obscurité, elle n'avait que ressenti la chaleur qu'il dégageait, mais, dès que la lumière le lui avait permis, elle ne s'était pas privée d'observer, sans y paraître, ce corps viril, tout en muscles, qu'elle avait brûlé de toucher, de caresser... Elle avait eu envie de laisser courir ses mains sur le torse d'Adam, pour vérifier s'il était aussi solide, aussi dur qu'il lui semblait.

Le souvenir de son effronterie lui mit le rouge au visage, et elle se dirigea vers le bassin pour se rafraîchir, en se demandant d'où lui venaient ces pensées immodestes.

L'esprit moins agité, elle se disposa à se vêtir, et c'est alors qu'elle aperçut, sur le coffre, une robe verte, au tissu usé par endroits et à la couleur un peu passée, mais encore en très bonne condition, beaucoup plus belle que les guenilles dont Christiane s'était contentée depuis son départ de Saint-Oln. Avec joie, elle s'empressa de la passer, elle en noua les lacets, et découvrit qu'elle y était trop au large et que les manches lui descendaient jusqu'au bout des doigts. Refusant toutefois de s'abandonner à la déception, elle s'assit pour mettre ses brodequins et éprouva, comme au premier jour, la joie et la reconnaissance qu'elle devait à Adam pour cet appréciable cadeau.

Elle ressortit de sa chambre et s'engagea dans le corridor, avec l'intention de trouver un cheminement qui lui permettrait d'aller dehors, sans passer par la grande salle si possible parce qu'elle ne voulait rencontrer personne. Elle n'avait pas envie de répondre à des questions, de donner des explications. Se fiant à son sens de l'orientation, elle réussit effectivement à se retrouver au rez-de-chaussée sans avoir rencontré quiconque.

Quelques instants plus tard, elle sortait par une petite porte, près de la chapelle. Chemin ou pas, elle avait la ferme intention de se rendre au bord de la mer. A Saint-Oln non plus il n'y en avait pas, ce qui ne l'avait jamais empêchée d'aller où elle voulait. Toute petite déjà, elle avait trouvé le moyen de se faufiler dans les amas de rochers que son père lui avait présentés comme d'infranchissables barrières. Il n'y avait pas de raison qu'elle ne pût pas agir de même ici, à Désespérance.

— Milady...

Surprise par la voix qui l'interpellait, inquiétée par le

bruit de pas, elle se retourna et vit sir Elwin qui accourait vers elle. Il souriait. Il avait l'air très content.

— Lord Adam me charge de vous montrer le paysage, déclara-t-il en arrivant près d'elle.

— Je vous remercie, sir Elwin, mais je ne crois pas que ce soit nécessaire. Je peux me promener toute seule et…

— Je n'en doute pas, mais mon seigneur m'a donné l'ordre exprès de vous escorter dans les jardins et partout où il vous plaira d'aller.

— Mais…

Le chevalier lui prit le bras et l'entraîna sur le chemin.

— Pas de *mais*, fit-il. Cela ne servirait à rien.

A pas lents, ils se dirigèrent vers le jardin.

Adam était content. Après les fortes pluies de la veille, la chute d'eau serait plus puissante, beaucoup plus froide aussi. Il avait besoin d'une douche glacée pour atténuer la fièvre qui le prenait chaque fois qu'il voyait Christiane Mac Dhiubh, chaque fois, même, qu'il pensait à elle. Et, une fois que la fièvre l'avait pris, elle ne tombait pas facilement. L'eau froide serait donc d'un grand secours.

Les chiens couraient devant Adam tandis qu'il marchait, en boitant, sur le chemin étroit qui filait droit vers le nord avant d'obliquer pour s'enfoncer dans une forêt dense et sombre. Il marcha encore pendant quelque temps et bientôt il l'entendit, le tonnerre de l'eau qui dégringolait des rochers pour remplir un bassin d'où s'échappait un ruisseau qui filait pour aller se perdre dans la mer.

S'accordant un moment de répit pour masser sa jambe douloureuse, Adam s'arrêta. Il s'adossa à un arbre pour admirer la cascade moussante et bruyante. Il aimait ce lieu dont il lui arrivait de penser qu'il ressemblait au jardin d'Eden.

Ses chiens ne lui permirent pas de se reposer pendant très longtemps. Pressés de courir, ils tournaient autour de lui en gémissant, tant et si bien qu'il s'arracha à son arbre pour se remettre à marcher. Il reprit le chemin qui descendait vers le bassin, en prenant garde de ne pas glisser sur la roche lisse et humide.

Le flot avait considérablement gonflé pendant la nuit, le grondement de la cascade était assourdissant. Adam ne l'avait pas encore atteinte que déjà une brume l'environnait et mouillait ses vêtements. Il trouva bienfaisant le choc que cela lui donnait. Arrivé au bord du bassin, il se dépouilla très vite de tous ses vêtements et, complètement nu, il se hâta d'aller se placer sous le déluge.

Elle était si froide, cette eau, glaciale en vérité, qu'il en reçut un second choc et qu'il hurla, d'effroi et de bonheur en même temps. La fièvre le quittait. Tout son corps se détendait. Il resta dans la chute d'eau aussi longtemps que possible, puis se dirigea vers le bassin où il s'immergea, avec l'idée qu'il pourrait y rester, le nez seul hors de l'eau, jusqu'à ce qu'il eût purgé son esprit de toute idée concernant l'Ecossaise aux cheveux roux. Il voulait croire à cette médecine, et tant pis s'il devait y sacrifier une part ou une autre, gelée, de son corps !

Chapitre 9

Malgré la présence de sir Elwin, qu'elle avait tout d'abord considéré comme un fâcheux, Christiane prenait de plus en plus de plaisir à la promenade. L'orage avait causé quelques dommages aux jardins où gisaient quelques branches brisées, et où coulaient encore des ruisseaux de ravinement, mais l'ensemble restait agréable, un véritable ravissement pour les yeux de la jeune fille.

Très loin du donjon se trouvait un large étang colonisé par une nombreuse famille de petits canards très bruyants, qui nageaient en rond, à la queue leu leu, autour d'une bûche qui flottait.

— Où est la cane ? demanda Christiane, après les avoir observés pendant un long moment.

Sir Elwin haussa les épaules, d'un air de dire qu'il n'en savait rien et que la question ne lui semblait pas d'une importance cruciale.

Christiane savait que les petits ne quitteraient jamais leur mère, à moins que…

Elle retira ses brodequins, souleva sa robe et entra dans l'eau.

— Hé, là ! s'exclama sir Elwin, alarmé. Que faites-vous, milady ?

— N'ayez pas peur, lui répondit-elle en riant. J'ai l'habitude d'aller dans l'eau et je suis bonne nageuse.

Le chevalier marmonna quelques mots dont elle ne put saisir le sens, ce qui ne la chagrina nullement parce que ses préoccupations étaient ailleurs. Entrant dans l'eau jusqu'aux genoux, elle se dirigea vers la bûche prise dans un enchevêtrement d'algues, et dans ce magma filandreux, sous la bûche, elle découvrit le corps sans vie de la cane. Voilà pourquoi les petits canards tournaient en rond en criant si fort. En les examinant de plus près, Christiane s'avisa qu'ils étaient âgés d'une semaine tout au plus. Privés de leur mère, ils étaient condamnés à une mort certaine et rapide.

Elle ne pouvait pas les abandonner à leur triste sort. Ils étaient trop mignons !

Elle savait cependant qu'elle ne pouvait pas grand-chose pour eux, car elle ne devait passer que quelques jours à Désespérance, juste le temps de coudre une robe ou deux, avant de reprendre le chemin d'York. Un regard en direction de sir Elwin lui apprit — ce qu'elle soupçonnait déjà — que le chevalier n'avait aucun penchant pour l'élevage des canetons. Quant aux manants qui travaillaient dans les jardins, ils ne semblaient pas disposer du temps nécessaire.

Il devait pourtant bien y avoir un moyen de les sauver…

— Si vous avez assez barboté, milady, déclara soudain sir Elwin en se décollant du tronc d'arbre auquel il s'adossait, nous pourrions poursuivre notre chemin. Je dois vous avouer que j'ai grand-faim et que je ne dédaignerais pas de prendre un solide petit déjeuner.

Christiane acquiesça sans hésiter, parce qu'elle aussi se sentait une faim de loup. Elle s'occuperait des canetons plus tard, quand elle aurait trouvé comment les sauver.

Le soleil était haut dans le ciel quand ils retournèrent vers le donjon. Alors qu'ils marchaient en direction de la chapelle, Christiane vit Adam, debout au pied du grand escalier de pierre, et beaucoup de gens autour de lui. Avec ses cheveux tout mouillés et peignés en arrière et son visage rasé de frais, il donnait l'impression de tout juste sortir de son bain.

Depuis le premier jour, Christiane estimait qu'il était bel homme, mais, vêtu de sa tunique pourpre, entouré de son peuple qui le regardait avec vénération, il lui apparaissait pleinement comme le grand seigneur qu'il était, avec tous les attributs de la puissance, ce qui le rendait d'autant plus séduisant. Elle ressentit alors le dédain qu'elle lui inspirait.

Elle ne pouvait le blâmer de détester tout ce qui était écossais. Il avait perdu beaucoup de ses hommes au cours des batailles, lui-même y avait reçu de graves blessures, sa femme était morte tandis qu'il guerroyait. Certes, il n'était pas de si mauvaise foi qu'il pût leur imputer la mort de lady Rosemonde, mais il devait leur en vouloir de l'avoir retenu au loin alors qu'elle passait de vie à trépas.

— Qui sont ces gens ? demanda Christiane à sir Elwin.

— Ils viennent du village de Désespérance. Je pense qu'ils viennent rapporter à leur seigneur les dommages qu'ils ont subis à cause de l'orage.

Le groupe se composait de quatre hommes et aussi d'une femme jeune et jolie dont les cheveux bien ordonnés avaient la couleur du miel. Elle portait une belle robe bleue. Adam semblait faire grand cas de tout ce qu'elle lui disait.

La jeune femme appartenait-elle à la noblesse ? Elle en avait l'air, et, à en juger par la façon dont Adam se penchait vers elle pour bien l'écouter, elle était très loin de lui être indifférente. Christiane se surprit à se frotter le centre de la poitrine, comme si ce geste avait le pouvoir d'éliminer la douleur qui la tiraillait sous les côtes.

Sur une brusque impulsion, elle s'élança vers l'escalier dont elle gravit les marches à toute vitesse, pour entrer dans la grande salle où les serviteurs s'occupaient à préparer la table pour le déjeuner.

Les chiens accoururent vers elle pour flairer ses pieds puis lui offrir leur tête en quémandant des caresses. Elle leur donna ce qu'ils voulaient, avant de se détourner pour s'approcher de la table.

La petite Margaret se trouvait là, en compagnie de sa nurse et de sir Gérard, et aussi d'un homme que Christiane n'avait jamais rencontré. Celui-ci portait une robe de bure, et sa large tonsure le désignait comme un membre du clergé. Il avait l'air renfrogné, à l'instar de Mathilde qui semblait ne pas savoir sourire. Il se trouvait que sir Gérard n'était pas plus aimable, il arborait le même visage désagréable que la veille. Heureusement, l'état d'esprit de Margaret ne semblait pas affecté par les mines des grandes personnes qui l'entouraient. Elle ne les regardait pas, elle les ignorait.

Christiane se rendait compte qu'elle ne portait pas une tenue appropriée à un repas en société, qu'elle eût dû, au moins, remonter dans sa chambre pour procéder à quelques ravaudages, mais le travail eût été trop important. Elle n'avait pas le temps. Elle n'avait pas de vêtements de rechange et ses cheveux ne pourraient se discipliner sans la contrainte de nombreux peignes et épingles. Au surplus, elle n'avait pas envie de se faire désirer et d'incliner ses commensaux à penser qu'elle les retardait à plaisir pour se pomponner.

Elle prit donc place et laissa sir Elwin s'installer où il voulait.

Adam avait écouté avec attention les doléances de ses sujets. La liste des dommages l'impressionnait. Beaucoup d'arbres s'étaient abattus, bien des toits envolés. Plusieurs maisons du village étaient entièrement détruites. Il faudrait beaucoup de travail et beaucoup de temps pour tout réparer.

Heureusement, Sarah Cole était là et les malheureux pouvaient compter sur elle. Adam n'en doutait pas. Elle n'était pas née sur l'île, où elle était arrivée cinq années plus tôt, avec une troupe de comédiens ambulants, elle-même étant la fille adultérine d'un mime. Elle était restée et très vite avait été adoptée par toute la population de Désespérance qui appréciait ses dons de guérisseuse et de sage-femme. Elle composait, à partir de plantes, des remèdes aux effets extraordinaires.

Sarah avait assisté Rosemonde à la naissance de Margaret et elle avait fait tout ce qui était en son pouvoir, au cours des semaines suivantes, pour venir à bout de l'indifférence que la jeune mère avait montrée envers sa fille.

Pourtant, ce n'était pas Sarah qui occupait l'esprit d'Adam alors qu'il entrait dans la grande salle. S'il avait cru pouvoir extirper Christiane Mac Dhiubh de son esprit en prenant une douche glacée, il était en train de s'apercevoir qu'il s'était trompé. Il était plus que jamais sensible au charme sauvage que lui conféraient ses cheveux répandus sur les épaules, son corsage prêt à craquer aux coutures et sa robe beaucoup trop courte puisque l'ourlet tombait à plus de dix pouces au-dessus des chevilles. Elle n'avait plus qu'à hurler un des terribles cris de guerre dont les Ecossais usaient avant une bataille et son image de femme barbare serait parfaite.

Adam se dit qu'il ne pouvait décemment pas ressentir de l'attirance pour une telle femme.

Il observa Christiane qui hésitait avant de s'asseoir à table. Elle prit une longue inspiration et parut chercher en elle-même des motifs de réconfort alors qu'elle jetait un regard intimidé autour d'elle.

Les serviteurs se tenaient à distance d'elle, ils évitaient de lui adresser la parole. Mathilde ne parlait pas et le père Beaupré gardait un silence revêche. Enfin, après un long moment de silence et de gêne, Gérard se pencha vers la jeune fille pour lui murmurer quelques paroles sarcastiques dont il avait le secret. Elle lui répondit d'une manière tranquille, sans lever les yeux.

Adam dut refréner ses instincts protecteurs en même temps qu'il luttait contre l'envie de tourner les talons pour ressortir du donjon et aller se promener un moment dans l'air vif venu du grand large.

Après un long combat contre ses désirs contradictoires, il s'avança vers la table, d'un pas lent, en affectant l'indifférence.

— Le père Beaupré n'a pas pu se joindre à nous hier soir, dit-il en arrivant. Il faut donc que vous fassiez connaissance.

Il s'efforçait de ne pas fixer son regard sur les mains de la jeune fille, qui tremblaient. Il se tourna vers sa fille, tandis que l'homme d'Eglise se levait pour s'incliner et prononcer d'une voix grave :

— Ravi de vous connaître, milady.

— Charmée, répondit-elle.

Du coin de l'œil, Adam découvrit que l'attention de Margaret était de nouveau attirée par Christiane. Il fronça les sourcils en réfléchissant à ce mystère. Sa fille avait les yeux brillants, comme autrefois quand elle jouait dans la chambre de sa mère, sous le regard indifférent de celle-ci. Etonné, ému aussi, il s'assit près d'elle pour lui parler.

— Margaret, te souviens-tu de lady Christiane ?

La petite fille répondit d'un infime hochement de la tête.

Autour de la table, le silence s'était fait, tandis que tous les regards se portaient sur le père et sa fille, regards amusés ou étonnés ; regard désapprobateur, presque furieux de la gouvernante Mathilde ; regard indifférent de Gérard. Le seul à ne pas s'intéresser à la scène était le prêtre, qui commençait son repas avant tout le monde.

Margaret, comme à son habitude, ne disait pas un mot.

Mais elle avait eu cet infime hochement de la tête… C'était plus que tout ce qu'Adam avait reçu d'elle depuis son retour de la guerre. Il n'osait espérer davantage.

Se détournant de sa fille, il se remit à observer Christiane qui semblait diffuser la sérénité autour d'elle. Elle avait toujours en elle cette paix qui avait séduit la biche au bord de la rivière.

— Sir Elwin vous a-t-il montré les jardins, lady Christiane ? demanda Adam.

Il avait promis de les lui montrer lui-même et, quand elle tourna les yeux vers lui, il vit, dans son regard, qu'elle lui reprochait de n'avoir pas tenu sa promesse. Elle ne pouvait savoir qu'il avait dû renoncer parce qu'elle exerçait sur lui une attraction trop intense, trop dangereuse. Il devait se garder d'elle, se tenir éloigné d'elle autant que possible, faute de quoi… Il aimait mieux ne pas penser à ce qui pourrait arriver s'il succombait à la tentation ; ce serait pécher et manquer à l'honneur.

Christiane ne pensait pas pouvoir trouver compagnie moins aimable que celle qu'elle voyait autour de cette table. Elle eût renoncé d'y prendre son déjeuner si elle ne s'était pas déjà assise, si elle n'avait pas été présentée. Il serait de la plus grande discourtoisie de partir maintenant. Elle connaissait les usages. Ses parents les lui avaient inculqués.

Ses parents… Comme ils lui manquaient. Elle recevait

toujours un coup au cœur quand elle pensait à eux. Cette fois encore, cela ne manqua pas. Elle dut ciller fébrilement pour refouler les larmes qui lui montaient aux yeux. Pourquoi n'étaient-ils plus là pour la guider sur le chemin difficile de la vie ? Jamais elle ne s'était sentie aussi abandonnée, si seule.

Elle reporta son regard sur Adam, qu'elle trouva distant et ennuyé. Ce n'était pas la première fois qu'elle lui voyait cet air. Bien sûr, il s'agaçait de la voir là. Elle ne savait pas pour quelles raisons il l'avait extraite de Saint-Oln, mais ce dont elle était certaine, c'était qu'il espérait la voir quitter Désespérance le plus vite possible.

Cela lui faisait mal. Elle n'avait rien fait pour mériter ce mépris, cette dureté. Elle n'imposait même pas sa présence, puisqu'Adam lui-même était venu la chercher. Elle ne lui avait rien demandé.

Pourquoi ne s'habituait-elle pas à être rejetée ? Elle n'avait pas été aimée à Saint-Oln, elle ne l'était pas à Désespérance, elle s'attendait à ne pas l'être davantage dans le duché d'York. Personne, nulle part, ne lui pardonnerait son sang écossais, et, pas plus que les autres, ce seigneur aux yeux gris qui ne l'avait arrachée à sa morne existence que pour mieux lui faire ressentir son indignité.

Christiane se mordit la lèvre et tenta de s'intéresser au repas, bien qu'elle n'eût aucun appétit. Ne faudrait-il pas envisager que le seigneur de Désespérance la conduisît sans délai chez son oncle ? A quoi lui servirait-il de s'attarder ici et d'arranger les nouvelles robes qu'on lui avait promises ? Quand elle arriverait à Learick, le frère de sa mère daignerait sans doute lui allouer de menues sommes d'argent pour se reconstituer une garde-robe décente.

En soupirant, Christiane essaya de se convaincre qu'elle devait se résigner à son sort, ne fût-ce que pour obéir aux vœux de sa mère, qui avait tout disposé pour son avenir. Alors, pourquoi ne pas endurer les quelques jours qu'il lui fallait encore vivre à Désespérance, avant de se rendre chez son oncle ?

— … de dame Cole, disait sir Gérard.

Absorbée par ses pensées, Christiane ne s'était pas aperçue d'emblée qu'il parlait. Le sens de sa déclaration lui échappait.

— Certainement, répondit Adam. Elle dit aussi que les dégâts sont importants. Raynauld et d'autres se sont rendus au village, pour aider à charrier les arbres abattus et commencer à déblayer les décombres.

— Les champs ont-ils beaucoup souffert ? s'enquit sir Gérard.

— Non, pas trop, bien que certains soient inondés. Tout s'arrangera s'il ne pleut pas trop au cours des prochains jours.

La conversation se poursuivit, à laquelle Christiane ne participa nullement. Elle picorait dans les mets disposés devant elle et, de temps en temps, elle échangeait un regard avec la petite Margaret.

Elle avait les yeux de son père, mais les sourcils d'or pâle. Elle portait la même guimpe que la veille, ce qui interdisait à Christiane de voir ses cheveux. Son vêtement sombre et austère lui donnait l'air d'une petite nonne.

Sa gouvernante essayait de l'inciter à se nourrir, sans grand succès. Cette petite est malingre, se dit Christiane. Ses veines couraient, trop visibles, sous la peau translucide. Ses yeux, éteints, s'éclairaient, en de trop rares occasions, d'une petite lueur d'intérêt.

Christiane se demanda si l'histoire des canetons toucherait la petite fille. Ayant capté son regard, elle lui dit :

— J'ai vu quelque chose de très intéressant, ce matin, au bord de l'étang.

Les yeux de Margaret s'allumèrent. Elle battit des paupières… et les yeux s'éteignirent.

La gouvernante essaya d'introduire un peu de nourriture dans la bouche de l'enfant, qui semblait scellée.

Autour de la table, le silence s'appesantissait de nouveau. Tout le monde regardait Christiane comme si elle venait de commettre une faute impardonnable… ce dont elle se moquait éperdument. D'après ce qu'elle avait déjà pu constater, très peu des habitants de Désespérance avaient une petite notion de l'hospitalité ; ou de la courtoisie. Pendant son séjour, elle agirait donc comme bon lui semblerait, sans se soucier du qu'en-dira-t-on.

— Si ton papa le veut bien, reprit-elle, nous pourrions sortir ensemble après le déjeuner, et je te montrerais ce que j'ai vu. C'est très étonnant, vraiment.

Une fois encore, Margaret manifesta un semblant d'intérêt pour retomber aussitôt dans l'apathie.

Emu, de plus en plus intrigué, Adam observa le comportement de sa fille.

Christiane trempa un petit morceau de pain dans la sauce de son tranchoir et le dirigea vers les lèvres de la petite fille en disant :

— Il faudrait manger, maintenant. Si tu veux venir avec moi pour voir ce que j'ai découvert ce matin, il faut que tu aies des forces.

Adam retint sa respiration. Margaret entrouvrit les lèvres et absorba le petit morceau de pain. Christiane avait un don magique ! Mais voilà que la gouvernante rompit le charme en prenant la parole.

— Nous avons certaines dévotions à accomplir juste après le déjeuner, déclara-t-elle. Je ne crois donc pas que lady Margaret pourra…

— Les dévotions attendront ! lança Adam. Margaret et moi accompagnerons lady Christiane à l'étang.

La visite au village ravagé par l'orage attendrait aussi.

Adam vit la couleur monter aux joues de Christiane, mais elle n'en continua pas moins de porter de petits morceaux de pain à la bouche de Margaret, qui les acceptait. Puis, quand il apparut que la petite était rassasiée, elle lui prit la main et l'invita à descendre du banc. Se tournant alors vers Adam, elle lui dit :

— Loin de moi l'idée de vous presser, milord, mais lady Margaret et moi sommes prêtes à sortir.

Elle s'empara d'une miche de pain et sortit, entraînant la petite fille dont elle n'avait pas lâché la main.

Adam se leva et les suivit, de loin, dans la cour. Christiane ne cessait de parler, mais de ce qu'elle disait, il ne saisissait qu'un mot par-ci par-là. Cela n'avait pas d'importance. L'intérêt de sa fille avait été éveillé. Il espérait qu'elle ne serait pas déçue.

Plus exactement, il espérait qu'*il* ne serait pas déçu. Il y avait si longtemps qu'il n'avait plus connu de petits espoirs, de petites joies.

Au bord de l'étang, Christiane s'assit dans l'herbe. Le soleil donnait tous ses feux, la brise était chaude. Il était difficile de croire que, pas plus tard que la nuit d'avant, un violent orage avait déraciné beaucoup d'arbres et mis à mal plusieurs maisons.

Adam restait en retrait, pour observer sans déranger. Christiane prit la main de Margaret pour l'inviter à s'asseoir près d'elle, ensuite elle délaça ses brodequins et l'invita à agir de même. Mais, comme la fillette restait inactive, elle s'acquitta elle-même de cette tâche.

Pieds nus, Christiane se leva. Elle prit les mains de Margaret pour la mettre debout, puis elle détacha, de la miche, un gros morceau de pain qu'elle lui donna. Margaret accepta. Ses yeux restaient fixés sur Christiane, pas vraiment brillants, mais il était possible d'y déceler une vague lueur d'intérêt.

Adam n'avait jamais cru qu'un cœur pût éclater, mais le sien lui donnait la preuve du contraire, tandis qu'il observait sa fille qui s'éveillait de nouveau à la vie.

— Tu vas voir, dit Christiane en mettant les pieds dans l'eau.

Elle se retourna, tendit la main.

— Allez, viens avec moi…

Margaret hésita, mais elle finit par prendre la main qui s'offrait à elle pour entrer dans l'eau, tenant haut son morceau de pain. Elle frissonna et parut sur le point de céder à la panique, ce qui incita Adam à accourir pour lui prêter main-forte. Il ne céda pas à la tentation.

Christiane parlait à Margaret, d'une voix douce et chantante, sur un ton rassurant. Adam brûlait d'entendre ce qu'elle disait, mais il ne voulait pas anéantir, inconsidérément, le premier vrai dialogue de sa fille depuis la mort de Rosemonde. Avec sagesse, il se tint en retrait.

Christiane montra à Margaret comment tenir haut sa robe, au-dessus des genoux, et à la retenir d'une seule main. Adam observa avec attendrissement sa fille qui reproduisait avec fidélité les gestes qui lui étaient montrés. Toutes deux entrèrent plus profondément dans l'étang, Christiane détacha quelques miettes de pain à son morceau, elle les jeta dans l'eau et soudain parurent les petits canards, qui émergèrent des joncs pour se jeter avidement sur le butin qui leur était offert.

Surprise, Margaret poussa un petit cri, comme n'importe quel enfant eût fait à sa place.

Adam s'approcha un peu plus. Il pouvait maintenant, sans difficulté, entendre cancaner les canetons et parler Christiane.

— A toi, Meg. Donne-leur du pain.

Meg ? On n'appelait sa fille que Margaret ! Cependant, Adam ne voulut pas interrompre, par une remarque mal à propos, la jolie scène qui se déroulait sous ses yeux.

Après un moment d'hésitation encore, Margaret fit ce qui lui était demandé et les petits canards foncèrent vers les miettes qu'elle leur jeta, juste devant elle. Elle se tenait toute droite, très raide, elle ne parlait pas mais tout son être montrait qu'elle s'amusait follement.

— Encore ! lui dit Christiane.

Les miettes de pain tombèrent plus près encore, les canetons s'approchèrent davantage. Margaret cessa tout à fait de respirer, et ses yeux interrogateurs se tournèrent vers Christiane.

— Leur maman est partie, lui expliqua Christiane. Alors, il faut que quelqu'un les nourrisse.

Le regard de la petite fille se reporta sur les animaux qui nageaient en tous sens, se chamaillaient et poussaient des cris aigus. Adam se demanda si elle avait déjà rapproché sa situation de la leur.

— Nous les aiderons, n'est-ce pas ? proposa Christiane. Ainsi ne leur arrivera-t-il pas de mal.

Margaret s'enhardissait, elle prenait de plus en plus de plaisir, un plaisir visible, à sa tâche. Avec entrain, elle émiettait son pain et le répandait autour d'elle. Elle s'amusait même à choisir des lieux de chute différents, pour voir les canetons se précipiter à droite et à gauche. Certes elle ne riait pas, elle ne souriait même pas, mais Adam, qui la regardait avec émotion, avait l'impression très nette qu'elle venait d'accomplir, en quelques minutes, des progrès immenses sur la voie du retour vers la vie normale d'une enfant.

Il reporta son regard sur Christiane qui se tenait très droite, la robe remontée à mi-cuisses. Ses cheveux indisciplinés retombaient en longues mèches sur ses épaules et sur son visage, ce dont elle ne se souciait pas. Elle regardait Margaret en souriant, et soudain, sans raison apparente, elle se mit à rire, avec tant de bonheur qu'Adam dut se retenir de toutes ses forces pour ne pas se jeter dans l'eau afin de rire avec elle.

Bientôt, tout le pain eut été distribué. Les petits canards nasillaient car ils n'étaient pas rassasiés.

— Encore, dit Margaret.

Le cœur d'Adam se mit à battre si fort qu'il en ressentit les battements comme ceux d'une cloche. Il n'avait plus entendu parler sa fille depuis qu'il était revenu de Falkirk. Un miracle venait de s'accomplir, grâce à Christiane Mac Dhiubh.

Chapitre 10

L'enfant était si chétive, si frêle... Christiane avait hésité à l'emmener sur le chemin, assez long, qui conduisait à l'étang. Meg, pourtant, avait montré de la résistance.

Christiane n'avait pas vu qu'Adam les suivait, elle ne l'avait repéré qu'après avoir remonté sa robe au-dessus de ses genoux, mais alors il était trop tard pour se remettre aux bonnes manières. Et puis, pouvait-il encore être question de bonnes manières entre elle et lui ? Ils avaient voyagé ensemble, elle s'était dévêtue et vêtue si souvent en la présence de cet homme qu'il lui semblait moins incongru de lui montrer ses genoux.

En outre, ne s'était-elle pas résolue de ne se soucier absolument pas de ce qu'on pourrait penser d'elle, ici, à Désespérance, où elle ne passerait que quelques jours ?

— Voulez-vous vous joindre à nous, milord ?

Il était grand et fort, il était chevalier et seigneur de Désespérance... et pourtant il parut tout timide, il hésita avant de s'avancer vers la rive de l'étang.

— Tu veux bien que ton papa nous aide à nourrir les petits canards ? demanda-t-elle à Margaret.

La petite fille gardait le regard obstinément fixé sur les petits animaux qui barbotaient, mais elle esquissa un signe de tête, presque imperceptible.

— Vous voyez, milord ? reprit Christiane en souriant. Margaret est d'accord. Venez !

Lui demander d'entrer dans l'eau, c'était l'obliger à retirer ses bottes et ses hauts-de-chausses, ce qui eût été très inconvenant. Il s'arrêta juste au bord de l'eau, et, les bras croisés, s'absorba dans la contemplation des petits canards.

— Meggie, reprit Christiane. Donne un peu de ton pain à ton papa.

Margaret la regarda longuement, puis elle tourna les yeux vers les canards qui s'étaient remis à cancaner avec bruit. Enfin elle se décida à détacher une petite portion de son pain et elle la tendit à son père en s'approchant du bord de l'étang.

Christiane observait la scène. Son cœur fondit quand elle vit la main d'Adam toucher celle de sa fille, car alors ses yeux s'emplirent d'amour et d'émotion, mais aussi d'un désespoir mal maîtrisé. Elle ne savait pas de quelle maladie souffrait l'enfant, elle s'était plus d'une fois interrogée à ce sujet depuis son arrivée à Désespérance. Pendant quelque temps, elle avait pensé que la petite fille était simple d'esprit, ce qui n'était visiblement pas le cas, elle venait d'en recevoir la confirmation. Perplexe, elle commençait à se demander si les difficultés de Margaret ne venaient pas de ce qu'elle passait trop de temps avec la terrible Mathilde.

Elle décida d'emmener la petite fille à l'étang, chaque jour qu'elle passerait encore à Désespérance. Ces quelques escapades au grand air auraient un effet bénéfique, Margaret prononcerait peut-être quelques mots encore.

— Montrons à ton papa comment il faut procéder, veux-tu ? proposa-t-elle. D'abord, il faut que tu prennes sa main.

Elle guida la petite main vers la grosse main calleuse.

— Voilà… Aide-le à jeter son pain, maintenant.

Adam attendait le geste de Margaret. Soudain, elle imprima un mouvement à la main qu'il gardait immobile et elle *l'aida* à jeter le morceau de pain aux bruyants canetons. Aussitôt après, elle s'éteignit de nouveau.

La gorge d'Adam se serra d'émotion. Il n'espérait plus connaître une telle joie, il avait envie de prendre sa fille dans ses bras pour la serrer contre son cœur. Il jugea pourtant que ce geste de tendresse, prématuré, effraierait Margaret et la rejetterait dans l'abîme de silence où elle s'enfermait depuis trop longtemps.

Elle avait accompli un progrès significatif aujourd'hui. Après avoir passé des mois à essayer de rentrer en communication avec elle, Adam voyait une étrangère réussir là où lui, le père, avait échoué.

— Margaret, dit-il d'une voix rendue rauque par l'émotion, j'ai eu grand plaisir à t'aider pour nourrir les canetons. Si tu le veux, nous viendrons de nouveau demain.

Une lueur passa dans les yeux de la petite fille, qui baissa très vite la tête et ne pipa mot. Cela n'avait aucune importance. Adam se sentait gonflé d'espoir : hier encore, Margaret eût paru ne pas comprendre ce qu'il lui disait.

Se déportant de côté pour laisser Christiane sortir de l'eau avec sa fille, il s'éloigna ensuite car il ne voulait pas s'approcher trop de la jeune Ecossaise qui laissait retomber sa robe et remettait ses brodequins. Il lui sembla qu'elle lui jetait un regard étonné, peut-être interrogatif, mais il ne sut que répondre. Il les suivit à quelques pas, sur le chemin du retour vers le château.

Mathilde et Gérard attendaient. La gouvernante prit en charge, pour l'emmener vers la chapelle, la petite fille qui l'accompagna avec docilité, la tête basse.

Christiane voulut protester, mais elle n'eut pas le temps d'ouvrir la bouche que, déjà, sir Gérard avait capté l'attention d'Adam.

— Dame Cole vous attend au sommet du donjon, lui dit-il.

Adam jeta un regard ennuyé en direction de l'escalier, puis il se tourna vers Christiane.

— Je ne vous remercierai jamais assez, milady, pour… pour avoir emmené Margaret à l'étang. De plus…

— De quoi souffre-t-elle ? demanda Christiane. Pourquoi…

— Adam ! fit sir Gérard.

Adam ignora la rude interpellation. Il expliqua :

— Ma fille s'étiole depuis que ma femme… depuis la mort de ma femme.

— Voulez-vous dire qu'elle ne parle plus, depuis ? qu'elle ne sourit plus, ne joue plus ?

— J'ai peine à la voir ainsi, soupira Adam, la voix chargée d'une souffrance palpable. Elle était si vive, si gaie autrefois. Je ne sais que faire pour…

— Le chagrin, milord, explique cet abattement. Il faut du temps pour surmonter la douleur.

Christiane comprenait d'autant mieux que, ayant connu elle-même un double deuil, elle pouvait imaginer à quel point la mère manquait à la petite fille.

— Deux ans, déjà, ont passé ! s'exclama Adam, sur le ton de la frustration.

— Certainement… Je sais ce que vous ressentez.

Il jeta sur Christiane un regard agacé et reprit :

— Vous ne comprenez pas. Sa mère n'a jamais été… Margaret était encore un bébé quand sa mère est morte.

Sir Gérard intervint.

— Pourquoi ne pas l'admettre ? Cette enfant est simple d'esprit. Vous ne pouvez rien pour elle. Abandonnez-la donc aux soins de sa gouvernante et…

— Gérard, je vous prie de nous laisser ! s'écria Adam, en colère. Allez dire à Sarah que j'irai la voir dès que possible.

Christiane eût préféré ne pas être témoin d'une altercation entre Adam et son oncle, un homme qui la mettait mal à l'aise parce qu'il la regardait toujours avec morgue ou répugnance. Elle savait ne pas être populaire chez les gens de Désespérance, mais l'antipathie ouvertement exprimée par sir Gérard la blessait. Les larmes menaçant de jaillir, elle baissa les paupières pour ne pas montrer à quel point elle était vulnérable.

Heureusement, sir Gérard s'éloigna à grands pas.

— Je ne vous retiendrai pas plus longtemps, déclara alors Christiane en esquissant un mouvement de retraite. Je m'en retourne à l'étang pendant que le soleil est encore chaud.

— Christiane…

Adam la retenait par le bras. Ayant plongé son regard dans le sien, il dit :

— Ce que vous avez fait aujourd'hui… Je veux dire :

emmener Margaret à l'étang... Saviez-vous que cette expérience lui rendrait un peu de sa vivacité d'autrefois ?

Christiane sourit avec modestie.

— Milord, je n'en savais rien du tout. Simplement, je me rappelle comment j'étais à son âge, ce que je pensais, ressentais... En voyant ces petits canards abandonnés, mon cœur se fût brisé. J'espère qu'il en va de même pour Meg.

Adam n'éprouva aucune difficulté pour imaginer la petite fille qu'avait été Christiane, courant dans la campagne écossaise, ses cheveux roux au vent, jouant dans la forêt avec les animaux sauvages... Emu, il avança la main pour lui caresser la joue. Aussitôt elle rougit. Il connut la tentation de s'approcher d'elle pour lui baiser la bouche...

Par gratitude, simplement par gratitude.

Il n'était pas convenable, hélas, de donner un baiser. Alors Adam s'obligea à se restreindre, à reculer de deux pas et à ramener son bras contre son corps. S'il était prudent, il devrait s'éloigner sans tarder et aller voir ce que dame Sarah avait à lui dire. Selon toute vraisemblance, elle était venue visiter sir Penyngton, et il ne serait pas inutile de connaître son opinion sur l'état du malade.

La sagesse avait parlé. Adam hésitait à l'écouter. Il lui en coûtait de laisser Christiane. Ses mains brûlaient de la caresser encore ; ses lèvres, de lui donner un baiser.

Les yeux bleus de la jeune fille se voilèrent de méfiance sous le regard d'Adam, tandis qu'il luttait encore contre lui-même, pour bientôt abandonner le combat. Il s'abandonna. Il ouvrit les bras, attira Christiane contre lui, l'emprisonna contre sa poitrine.

Il pencha la tête tandis qu'elle levait la sienne.

Il leur fallut une éternité pour combler le mince espace qui les séparait. Adam sentit sur son visage le souffle de Christiane bien longtemps avant leur conjonction.

Les lèvres de Christiane étaient douces, chaudes, humides.

Christiane se mit à trembler mais ne résista pas. Elle gémit, mais se rapprocha encore de lui, elle l'enlaça pour s'accrocher à lui. Lui-même la serra davantage, il la souleva du sol. Il songeait à l'emporter dans sa chambre, où il lui ferait l'amour tout l'après-midi.

Il s'abstiendrait. Il résisterait, cette fois, au désir qui le minait. Christiane était pour lui une étrangère, et lui un étranger pour elle. Elle s'était montrée gentille pour Margaret, mais dans quelques jours elle quitterait Désespérance, elle partirait pour le duché d'York et ne reviendrait plus jamais. Il ne resterait d'elle qu'un souvenir…

— Adam !

La voix de sir Gérard les sépara.

Chapitre 11

Christiane connut un grand embarras, sans doute le plus grand de sa vie, quand sir Gérard interrompit la scène galante. Elle se reprocha de n'avoir pas su résister à son attirance pour Adam, de s'être laissé emporter par la passion. Elle se reprocha plus encore de s'être conduite de façon aussi dévergondée avec un homme qui n'était pas — qui ne serait jamais — son époux.

Tremblant de tous ses membres, elle quitta la salle en grande hâte, elle ressortit du château et courut vers l'étang au bord duquel elle s'arrêta, essoufflée, et elle se laissa tomber assise sous un grand chêne. Ramenant ses jambes sous elle, elle ferma les yeux pour revivre le moment où les lèvres d'Adam avaient effleuré les siennes, puis celui où il l'avait pressée contre lui au point qu'elle avait cru manquer de souffle.

Où ce baiser les aurait-il menés sans l'irruption de sir Gérard ? Vers quel recoin secret du château ? Vers la chambre d'Adam, peut-être ? Se serait-elle laissé entraîner ?

Christiane éprouvait de grandes difficultés à analyser la situation et à reconnaître les ressorts qui pouvaient l'expliquer. Elle se demanda si les sentiments y prenaient la part que sa naïveté seule, peut-être, leur attribuait. Et s'il ne s'agissait que d'une attirance physique ? Elle éprouvait de la reconnaissance pour Adam qui l'avait protégée contre les gens de Saint-Oln et lui, il avait pour elle de la gratitude parce qu'elle avait aidé Margaret à sortir de son mutisme ?

Fort bien, mais était-ce une raison suffisante pour partager un baiser immodeste ? Etait-ce un motif acceptable pour se laisser entraîner dans la luxure ?

— Sir Charles n'a plus que la peau sur les os, déclara dame Cole. Il m'a avoué qu'il transpirait beaucoup la nuit depuis quelque temps avant que la maladie ne l'oblige à s'aliter. Maintenant, il crache le sang… Je dirais que les poumons sont attaqués, milord.

— Pourquoi ne m'a-t-il pas prévenu qu'il était souffrant ? demanda Adam qui marchait de long en large dans la chambre.

Il souffrait d'une double contrariété ; à cause de la réserve de son ami, d'une part ; et d'autre part à cause de la très vive, trop vive réaction de Christiane à ses caresses, à son baiser. Quel idiot il avait été de se laisser aller ainsi ! Il doutait de pouvoir jamais oublier le goût des lèvres de la jeune fille, il redoutait de devoir penser toujours à ce corps gracile qu'il avait serré dans ses bras, tout contre lui.

Dame Sarah secouait la tête.

— Je ne sais pas, dit-elle en fronçant les sourcils. Il ne m'a jamais dit… Je peux vous l'assurer : s'il ne se repose pas, s'il ne reçoit pas les soins que nécessite son état, il mourra.

— N'y a-t-il rien que vous ne puissiez faire pour lui ? demanda Adam horrifié par ce diagnostic si pessimiste.

— Si, milord. Je peux préparer pour lui une décoction aux effets souverains. J'en apporterai chaque jour une petite quantité, que je lui donnerai moi-même.

— Merci, dame Sarah, soupira Adam, un peu rassuré. Mais nous autres, du château, pouvons-nous vous apporter notre aide ?

La jeune femme sourit, et deux fossettes s'ouvrirent dans ses joues, de part et d'autre de sa bouche. Ces fossettes rappelèrent à Adam celles de son père. Dame Sarah Cole était sa demi-sœur, elle était venue à Désespérance cinq ans auparavant pour rencontrer le noble seigneur qui avait autrefois répudié sa mère. Son père était alors trop malade pour la reconnaître, mais, dans son délire, il avait plusieurs fois prononcé le nom de Nicolette, le nom de la mère de Sarah.

L'eût-il voulu qu'Adam n'aurait pas pu nier que Sarah lui fût apparentée. Elle avait de son père les yeux verts, les mêmes fossettes dans les joues, les mêmes cheveux. Sans aucun doute, Sarah Cole était une Sutton.

Elle n'était pas revenue à Désespérance dans l'espoir de se faire accepter par la famille de son père, mais seulement de connaître l'homme qui l'avait engendrée. Le trouvant gravement malade, tout près du trépas en vérité, elle était restée auprès de lui pour le soigner jusqu'à la fin. Ensuite, elle n'avait plus quitté l'île. Elle s'était installée au village où personne ne semblait avoir décelé qu'elle était la fille de Thomas Sutton. Du moins, aucune rumeur n'avait couru.

— Vous pouvez aider sir Charles à garder le moral, dit-elle. Veillez, par exemple, à ce qu'il reçoive les nourritures qu'il affectionne. Faites tout ce qui sera en votre pouvoir pour qu'il soit heureux. Ainsi le garderez-vous peut-être en vie.

Adam opina d'un bref hochement de la tête. Il suivrait ces recommandations, car il ne pouvait imaginer Désespérance sans Charles Penyngton qui, en plus d'être son sénéchal, tenait auprès de lui le rôle du plus fidèle des amis.

Christiane n'était pas femme à se complaire très longtemps à l'intérieur d'une maison. Elle préférait la nature douce ou rude, sèche ou humide. Les éléments ne l'effrayaient pas.

Cela dit, le château de Désespérance la fascinait. Il méritait qu'elle s'y intéressât.

Le donjon de son père, à Saint-Oln, n'était qu'un abri rustique en comparaison de ce qu'elle découvrait à Désespérance. Domhnall Mac Dhiubh possédait une seule et simple tour, quelques pièces empilées les unes au-dessus des autres et reliées par un escalier de bois. Ici, Christiane avait découvert des salles nombreuses, plusieurs à chaque étage, toutes avec des fenêtres de verre qui pouvaient être ouvertes si le temps le permettait, comme dans sa chambre, par exemple. Ici, les escaliers étaient en pierre. Ici, il y avait même une chapelle, aussi grande, non, même plus grande que l'église de Saint-Oln, et plus belle, beaucoup plus belle.

Eblouie par les cierges allumés, étourdie par les fortes senteurs de l'encens, Christiane s'agenouilla devant l'autel et, baissant la tête, elle pria. Elle pria pour avoir la force de résister aux aiguillons de la chair et d'arriver au bout de son séjour à Désespérance sans avoir succombé à la tentation. Son attirance pour Adam avait un autre nom : péché. Christiane ne voulait pas vivre dans le péché.

Christiane offrit ensuite des prières pour l'âme de ses parents, puis pour la petite Meg, afin qu'elle pût surmonter son chagrin et sourire de nouveau à la vie. Ayant accompli ses dévotions, elle se releva, se signa dévotement et sortit de la chapelle. De là elle passa dans la grande salle, où elle vit Adam qui conversait avec la jeune femme du village. Sarah… oui, elle s'appelait Sarah.

Ils parlaient tranquillement, sans s'occuper de ce qui se passait autour d'eux. Adam tenait Sarah par le coude, ce qui n'avait rien en soi de scandaleux ni même d'étonnant. Pourtant Christiane, en les voyant, se sentit comme poignardée au cœur. Oubliant les bonnes résolutions formulées l'instant d'avant dans le silence de la chapelle, elle donna libre cours à sa jalousie.

— Je doute que les Ecossais de la frontière aient les capacités d'apprécier d'aussi bonne nourriture, déclara sir Gérard en levant un filet de son poisson. Ils n'ont pas l'esprit qu'il faut pour cela.

Christiane blêmit en recevant l'injure, mais elle garda la tête haute. Adam, à côté d'elle, prit sa défense.

— Lady Christiane n'a pas de sang anglais sur les mains, déclara-t-il hautement. Son village n'a pas pris part à la guerre contre le roi Edouard.

— Ah… la damoiselle serait donc innocente, susurra sir Gérard, avec un sourire sarcastique. Qui sait ? Elle n'a peut-être même jamais entendu parler de Guillaume Wallace.

C'en était trop ! Christiane plaqua son couteau sur la table et elle s'apprêtait à répliquer, mais Adam intervint une fois encore.

— Mon oncle, vous ne serez plus le bienvenu à ma table si vous persistez à tourmenter mon invitée.

Sir Gérard ricana.

— Votre invitée, mon neveu ! Elle est bien arrangeante, votre invitée !

Sans être certaine de ce qu'il insinuait, Christiane avait l'impression qu'il évoquait le baiser qu'il avait interrompu. Il lui sembla que son cœur s'arrêtait. Sir Gérard était méchant, mais il avait raison. Elle s'était mal conduite. Une femme de bien ne se serait jamais laissé surprendre en train de partager un baiser avec un homme.

Elle éprouva le désir soudain de quitter la table, de fuir la grande salle. Elle n'en pouvait plus. Depuis le début du repas, Adam lui faisait une conversation guindée, et voilà que sir Gérard l'insultait ouvertement. Elle ne voulait plus subir.

Elle se leva et pria son hôte de l'excuser.

— Votre conduite fut indigne, clama Adam qui donnait libre cours à sa colère. Encore une incartade de ce genre, et je vous chasse de mon île !

Puis il se leva et sortit pour se mettre à la recherche de Christiane, sans savoir ce qu'il ferait, ce qu'il lui dirait quand il la retrouverait. Il avait bien vu qu'elle souffrait d'entendre les sarcasmes de Gérard, même si elle s'était évertuée à faire bonne figure. Ses commensaux n'avaient sans doute rien remarqué, mais à lui, rien n'avait échappé du chagrin de la jeune fille.

Sa jambe lui infligeant de vives douleurs, il ne pouvait marcher aussi vite qu'il l'eût voulu, si bien que lorsqu'il arriva à la porte du château, Christiane n'était visible nulle part. Sans se décourager, il poursuivit sur le chemin, le seul qu'elle avait pu emprunter.

La pente devenait de plus en plus rude. Adam marchait avec précaution et serrait les dents en se demandant quand sa jambe le laisserait en repos, quand il pourrait enfin marcher de nouveau normalement.

Arrivé à la croisée des chemins, il s'arrêta et s'interrogea ; quelle direction prendre ? Après quelques instants de réflexion, il choisit de se diriger vers la cascade.

Attentive aux bruits de la forêt, Christiane marchait en inspirant à pleins poumons l'air frais parfumé de résine. Les sapins poussaient nombreux, mais les espèces à feuilles caduques n'étaient pas absentes non plus. Au-dessus d'elle volaient et pépiaient des oiseaux qu'elle ne pouvait apercevoir.

L'atmosphère de cette forêt était merveilleuse. Hélas, elle ne l'appréciait pas autant qu'elle l'eût voulu, parce qu'elle ne cessait de penser aux paroles de sir Gérard, qui l'avaient profondément blessée.

Percevant le bruit d'une cascade, elle oublia sa peine et, prêtant l'oreille, elle jugea qu'elle en était tout près. Comme le chemin décrivait une longue courbe, elle arriva finalement sur une sorte de belvédère naturel qui dominait la majestueuse chute d'eau. Elle retint sa respiration et resta un long moment, la main sur son cœur battant plus vite, à admirer le phénoménal spectacle.

Puis elle se mit à la recherche d'un chemin qui la conduirait au pied de la cascade, vers un bassin d'eau bleutée qui l'attirait. Elle aimait nager mais n'avait pu pratiquer cet art que dans l'océan aux vagues trop souvent trop rudes ou alors, dans la rivière glacée qui coulait au sud de Saint-Oln.

Elle ne trouva pas de chemin mais n'eut pas de difficulté à glisser entre les rochers pour descendre ; un vrai jeu d'enfant ! Le bruit de l'eau sonnant à ses oreilles, elle courut sur la plate-forme rocheuse et entra derrière le mur d'eau, où elle retira ses brodequins, en regrettant d'être seule. Il aurait été si amusant de partager les joies du bain avec quelqu'un !

Disciplinant ses penchants moroses, elle s'approcha de la chute d'eau pour s'offrir aux embruns qui s'en échappaient, très frais, bienfaisants, parfaits pour laver son esprit des ridicules pensées qui s'y étaient formées l'instant d'avant.

Sarah et Adam étaient faits l'un pour l'autre. Comment ne pas le voir, pourquoi ne pas le reconnaître ? Belle et bien vêtue, la jeune femme était une dame de la noblesse. Elle avait donc toutes les qualités, reconnues par Adam, et quand il jugerait opportun de se marier de nouveau…

Christiane ne serait jamais qu'un interlude dans la vie de lord Adam. Il avait sans doute eu une bonne raison pour l'aller chercher à Saint-Oln avant de la faire reconduire à York. Quand elle aurait disparu de sa vie, il l'oublierait vite. Comment s'en étonner ? Comment lui en tenir grief ? Elle avait été folle si elle avait cru, un moment, qu'il pourrait éprouver pour elle quelque attirance.

Elle s'avança tout au bord du bassin, qui semblait avoir été creusé dans la roche par la main de l'homme. Réchauffé par les rayons du soleil, il constituait l'endroit idéal pour se livrer aux délices de la natation.

Christiane s'accroupit et plongea ses mains dans l'eau et les ramena, en forme de coupe, à ses lèvres. Elle but avec grand plaisir. Puis elle s'allongea sur la roche plate, près de la cascade, mais hors de portée des embruns qui s'en échappaient. Elle ferma les yeux. Ce lieu avait un pouvoir magique ; il lui apportait la paix, la sérénité.

Tandis qu'elle écoutait le bruissement des eaux, les pensées cessaient de tourbillonner dans sa tête, tout son corps s'alanguissait. Entrouvrant les yeux, elle aperçut un renard roux qui s'approchait du bassin pour s'y désaltérer. Lui aussi avait soif, lui aussi but longuement, en s'arrêtant souvent pour la regarder. Mais il n'éprouvait aucune peur. Ensuite, il se promena dans les alentours, il fureta dans les rochers et les buissons, tout aussi tranquillement, tout aussi paisiblement.

Soudain, il fila comme l'éclair et disparut dans l'épaisse

végétation. Il ne reparut pas. C'était comme s'il n'avait jamais été là.

Christiane se leva. Elle alla chercher ses brodequins, qu'elle remit à ses pieds. Puis elle s'engagea sur le chemin du retour, en se promettant de revenir le lendemain. Cette fois, elle nagerait.

Peut-être même amènerait-elle Meg, si elle pouvait la soustraire un moment à la garde de la sévère gouvernante.

Adam avait atteint le belvédère qui dominait la cascade. Il y était venu en espérant apercevoir Christiane et ses espoirs n'avaient pas été déçus. Dissimulé entre deux arbres, il la dévora du regard.

Son cœur avait tressailli de joie et sa respiration s'était interrompue quand il l'avait aperçue. Qu'elle était belle ! Et comme son corps réagissait puissamment à la vue du jeune corps étendu en bas. Adam s'était cramponné aux deux arbres pour s'empêcher de dévaler la pente afin de rejoindre la jeune fille. Rêvant de la prendre, une fois encore, dans ses bras, il repensa au baiser qu'il lui avait donné, à la façon passionnée dont elle lui avait répondu.

Il n'avait jamais connu un tel emportement des sens et pourtant, il avait été marié pendant plus de trois années. Cette expérience unique lui donnait à penser que, s'il emmenait Christiane dans son lit, ils goûteraient ensemble d'autres félicités, qu'il pouvait seulement imaginer parce qu'il ne les avait jamais connues. Il avait goûté aux lèvres de la jeune fille et ne pouvait s'en contenter. Elle avait éveillé en lui un désir qu'elle seule était en mesure d'éteindre. Il rêvait de…

Ses ardeurs s'éteignirent d'un seul coup. De quel droit s'adonnait-il à ces pensées audacieuses, puisqu'il n'épouserait pas Christiane Mac Dhiubh ?

Décidément, il fallait se dépêcher de la renvoyer vers York. Le plus tôt serait le mieux. Au fait, quels chevaliers seraient-ils chargés de l'accompagner ? Adam appliqua son esprit enfiévré à cette question.

Dans quelques jours tout au plus, Christiane Mac Dhiubh partirait. Bientôt, elle ne serait plus qu'un souvenir. Encore quelques jours, et il cesserait de s'agiter, de s'échauffer.

Du moins pouvait-il l'espérer.

Chapitre 12

— Quel désordre, n'est-ce pas, milord ! s'exclama Sarah Cole, sur le seuil de sa maison perchée au sommet d'une colline, non loin du port.

Le jour finissait. Adam se demandait s'il irait jusqu'au village, tout de bon, où s'il rentrerait au château avant la nuit. La prudence plaidait en faveur du second terme de l'alternative, mais son énervement le poussait à choisir l'action et à prendre des risques.

Tout son être le poussait vers Christiane pour l'implorer — non ! pour l'obliger à satisfaire l'appétit de luxure qu'elle avait éveillé en lui. Par chance, il lui restait encore un peu de bon sens, sinon de sagesse. Il ne prendrait pas avantage de l'innocente, pendant qu'elle résidait sous son toit. Quelque impérieuse que fût la passion charnelle qui le dévorait, il y résisterait.

— … Quant aux champs, continuait Sarah, il a fallu travailler durement pour les débarrasser de tous les débris qui les encombraient. Il n'a pas manqué une femme, pas un enfant, à l'accomplissement de cette tâche nécessaire, mais si rude.

— Je m'en doute, répondit Adam, qui avait l'esprit ailleurs qu'aux conséquences de l'orage.

Pressant les flancs de sa monture, il se dirigea vers la chaumière au bas de la colline, celle qui avait subi le plus de dommages.

Sarah n'avait pas forcé sa description. Par chance, aucune

perte humaine n'était à déplorer, mais les dégâts matériels étaient considérables, et encore devait-on les relativiser parce que la flotte n'avait pas souffert. La perte d'un seul bateau de pêche aurait été plus dommageable que la dévastation de toutes les maisons, surtout à cette époque de l'année. Jusqu'à la moisson en effet, le blé serait de plus en plus rare, la population de Désespérance se sustenterait surtout avec les produits de la mer.

Cela dit, les réparations à effectuer mobiliseraient toutes les forces de travail. Tout le monde collaborerait, les nobles comme les manants. C'est dire que les chevaliers capables d'accompagner Christiane à York seraient indisponibles pendant quelque temps.

Ayant donné un coup de main aux hommes qui réparaient la chaumière au bas de la colline, Adam s'en alla vers la taverne. Il y boirait quelques chopes de bière, pour se distraire, peut-être, de ses obsédantes pensées.

Adam n'était pas rentré au château, la veille au soir. Christiane avait appris qu'il passait la nuit au village. Elle ne put s'empêcher de se demander quelle part Sarah avait prise dans cette décision.

Bien sûr, la vie d'Adam ne la concernait en aucune manière. Elle se le rappela encore dès le lendemain matin, en posant le pied sur le sol de sa chambre. Le seigneur de Désespérance ne lui devait rien, n'avait pas de comptes à lui rendre, même s'il avait le pouvoir de lui tourner la tête. Bientôt elle partirait et lui, il continuerait sa vie comme devant, comme si elle n'avait jamais séjourné sur l'île. Se souviendrait-il seulement d'elle ? Qui se rappellerait l'Ecossaise ? Sir Gérard, peut-être, qui tant la haïssait.

La gorge serrée, Christiane croisa les bras et pressa une main sur son cœur pour contenir l'émotion qui en sourdait avec tant de force. Ah ! si seulement elle avait encore sa chère maman… Jamais elle ne lui avait autant manqué qu'à cette époque de sa vie où tout changeait pour elle, changeait trop vite, changeait trop fort. Elle avait tant besoin des conseils d'une personne avisée comme sa mère, que personne ne remplacerait auprès d'elle.

Cillant pour évacuer l'humidité qui brouillait son regard, Christiane ouvrit toute grande la fenêtre de sa chambre. Une fois encore, l'aube promettait une belle journée. Pourquoi ne pas en profiter ?

Décidée à ne pas croiser les pas du méchant oncle Gérard, Christiane se vêtit en hâte, sortit. Elle courait sans bruit dans le long corridor désert et tomba, par malchance, sur le seul homme qu'elle ne voulait pas voir. L'air mauvais, il renifla et grommela :

— Au moins n'avons-nous pas tous été égorgés dans notre lit. C'est déjà ça !

— Co… comment ? fit-elle, aussitôt alarmée. Y a-t-il…

— Si j'étais le seigneur de cette île, dit alors sir Gérard, je n'hébergerais pas une Ecossaise sous mon toit… Dans une cellule bien gardée, oui, mais pas en liberté.

Christiane se sentit blêmir, elle se mordit la lèvre inférieure pour en maîtriser les tremblements. Mais, jugeant qu'il valait mieux ne pas répondre, elle tourna les talons et courut pour fuir loin de cet homme haïssable, en se bouchant les oreilles parce qu'il s'était remis à lui jeter des propos blessants. Pourquoi ? se demanda-t-elle. Elle n'avait commis aucun acte qui pût justifier une telle haine.

Courant droit devant elle, éperdue, elle se retrouva, comme par enchantement, sur le chemin qui menait à la mer. Essoufflée, elle s'arrêta et considéra la pente, assez rude mais bordée de buissons auxquels elle pourrait se raccrocher en cas de besoin. Encore émue à cause de la scène qu'elle venait de vivre, toujours tremblante, elle se remit en marche.

Elle découvrit que la descente n'était pas aussi difficile qu'elle l'avait d'abord cru, en grande partie à cause d'Adam qui l'avait exhortée à ne pas entreprendre seule cette expédition sous le prétexte qu'elle était très dangereuse. Pourquoi avait-il exagéré ? Pour quelle raison ne voulait-il pas qu'elle se rendît au bord de la mer ? La prudence n'était certainement pas l'explication.

Pensive, Christiane continua de descendre. Elle arriva

sur la plage, une étroite bande de sable parsemée d'énormes rochers. Elle en escalada un, s'y étendit et s'offrit aux rayons du soleil en plongeant son regard dans les profondeurs du magnifique ciel bleu.

Pendant quelques instants, elle réussit à vider son esprit. Alors que la brise marine dispersait ses cheveux et tentait de remonter sa robe, elle ne songea ni à son père, ni à sa mère, encore moins au méchant sir Gérard. Elle refusa de penser à Adam. Allongée sur la rude surface rocheuse, le corps abandonné, l'esprit ailleurs, elle observait le jeu des mouettes qui tournoyaient et criaillaient très haut dans le ciel.

Très vite, le trouble la reprit.

Elle ôta ses brodequins et descendit de son rocher pour marcher sur le sable humide. De temps à autre, elle jetait un coup d'œil sur la pente qu'elle venait de descendre en se disant qu'elle était bien seule, si seule qu'elle eût pu facilement se croire seule au monde.

Elle ne doutait pas d'être la personne la plus solitaire du monde. A Saint-Oln, elle avait son père et sa mère. Ici, personne ne se souciait d'elle.

Sa gorge se serra. Son cœur se comprima si douloureusement qu'elle y porta sa main qui se crispa. Comme lui manquaient les grands rires tonitruants de son père ! et les conseils que sa mère lui donnait toujours d'une voix douce. La vie valait-elle encore d'être vécue, maintenant qu'ils étaient partis dans l'autre monde ?

Christiane ne s'était jamais laissée aller à pleurer devant les difficultés de l'existence. Les larmes lui semblaient si vaines. Pourtant, elle ne lutta pas contre celles qui envahissaient ses yeux et troublaient sa vision, alors qu'elle pensait à ses chers parents qui dormaient dans l'obscurité du tombeau. Sans eux, elle n'était plus nulle part chez elle. Les habitants de Saint-Oln le lui avaient montré, sir Gérard s'était chargé de cette tâche à Désespérance — et à York... elle s'estimerait heureuse si, à York, elle connaissait l'indifférence plutôt que la détestation.

*
* *

Adam passait souvent la nuit au village. Il acceptait volontiers l'hospitalité de son bailli. La veille au soir, il avait pensé rentrer au château, il l'avait sincèrement envisagé, mais après plusieurs chopes de bière, il avait jugé ne plus être en état de chevaucher, dans la nuit noire, par les chemins escarpés.

Toute la nuit, il avait pensé à Christiane Mac Dhiubh. Il avait peu dormi, juste un peu durant les premières heures du matin, et alors il avait rêvé de Christiane Mac Dhiubh. Il s'était éveillé dans un état de grande agitation, d'anxiété, et avec le désir d'agir, mais sans savoir quoi faire.

Le soleil se levait quand il s'en était retourné au château. Aussitôt il s'était rendu dans la chambre de sa petite fille. Il l'avait trouvée endormie. Ensuite il avait demandé après Christiane et on lui avait dit qu'elle n'était pas là.

Il n'avait pu résister à l'envie de la chercher. Sorti du château, il courut à l'étang des canards, où Christiane n'était pas. Il pensa alors qu'elle s'était aventurée au-delà des hauts murs, il s'était lancé sur le chemin extérieur.

Il ne craignait pas qu'elle eût à souffrir des habitants de Désespérance, mais il voulait savoir où elle se trouvait. Elle lui avait été confiée par sa mère. Il avait un haut sens de ses responsabilités.

En outre, ses rêves de la nuit continuaient à l'obséder. Dans son sommeil parcimonieux et agité, il avait vu danser, devant lui, les courbes d'un corps gracile qui ne pouvait appartenir qu'à Christiane. Il lui avait donné des baisers, il avait même promené sa langue sur les seins dénudés. Ses mains s'étaient conduites en conquérantes…

Mais ce n'était rien en comparaison de la façon dont Christiane, dans ces rêves, l'avait caressé. Sur le point d'exploser, il s'était réveillé en sursaut, en sueur…

Il atteignit la cascade, où Christiane ne se trouvait pas. Très vite, il se dépouilla de ses vêtements et entra dans l'eau, trop heureux de pouvoir, une fois de plus, calmer ainsi ses ardeurs, tout en sachant que le remède n'agirait pas très longtemps sur lui.

En nageant, il pensa que la jeune fille avait dû venir ici, mais qu'elle avait continué son chemin, sans doute en direction de la mer. Elle lui avait paru très désireuse d'explorer les rivages de l'île et avait assez de volonté pour emprunter le chemin, pourtant décrit par Adam comme dangereux... pas très dangereux en réalité, mais il ne voulait pas qu'elle partît, seule, si loin.

Erreur de sa part...

Il sortit du bassin, rafraîchi et débarrassé du mal de tête qui l'ennuyait depuis son réveil. Il se rhabilla et prit le chemin de la mer.

Aux abords du rivage, il ne vit nulle part Christiane et entreprit alors de franchir la barrière de rochers, en rageant contre sa jambe qui l'empêchait d'être aussi agile qu'il eût voulu l'être, et en pestant contre la jeune fille décidément invisible. Arrivé sur la plage, il s'avança jusqu'au bord de l'eau et regarda à droite, puis à gauche, et encore à droite... Enfin il aperçut une tache de couleur, dans le lointain, au sommet d'un rocher.

Christiane.

Il ne se précipita pas vers elle ; pas tout de suite. Il fallait, avant, laisser reposer sa jambe blessée ; apaiser, si possible, la douleur lancinante.

Elle avait choisi, pour s'allonger, un des endroits qu'il aimait beaucoup, ce gros rocher d'une rondeur presque parfaite, tout près d'un tout petit bras de rivière qui se jetait dans la mer. Assise, les jambes repliées et le menton sur les genoux, elle observait le mouvement des vagues, à moins qu'elle ne dormît.

Elle ne le vit pas s'approcher, ne l'entendit pas. Il l'appela, par deux fois. A la deuxième fois elle sursauta ; sa tête tourna brusquement, comme sous l'action d'une gifle. Elle ouvrit la bouche, mais il n'entendit pas ce qu'elle voulait lui dire. En revanche, il vit, de loin, qu'elle avait les yeux rouges et gonflés, les joues luisantes. Elle avait pleuré. Elle avait le visage chiffonné, ce qui ne nuisait en rien à sa beauté.

Soucieux de la découvrir dans cet état, Adam allongea le pas, pendant que la jeune fille tournait la tête pour lui cacher ses larmes, qu'elle tamponnait avec le bas de sa robe. Puis elle se laissa glisser au bas du rocher et elle fit quelques pas vers lui, en souriant bravement.

— Votre jambe, milord, lui dit-elle sur le ton du reproche. Vous n'auriez pas dû descendre ce chemin escarpé.

Sans répondre, le visage crispé, il lui prit le bras. Il se sentait furieux, furieux contre lui-même d'avoir manqué à ses engagements. N'avait-il pas promis de veiller sur Christiane, de la protéger, de la garder des cruautés de la vie ? Il avait failli. Il avait passé toute la nuit à penser à elle, et mollement avait-il lutté contre les rêveries luxurieuses, alors que dans le même temps, elle souffrait peut-être d'événements qui la laissaient dans l'affliction qu'il pouvait constater.

— Que s'est-il passé ? demanda-t-il, d'une voix cassée par l'émotion. Que vous est-il arrivé ?

Le regard de la jeune fille se troubla, ses lèvres tremblèrent et elle les disciplina d'un coup de dents, puis elle répondit :

— Rien, il ne s'est rien passé, milord.

— Mon oncle a-t-il…

— Non. C'est seulement…

Echappant à la main qui lui pressait le bras, elle s'éloigna de quelques pas, le dos tourné. S'avançant au plus près de la mer, elle ouvrit les bras en croix et s'exclama :

— Que c'est beau !

A l'évidence, elle était chagrine, mais ne voulait pas en parler. Comment la consoler, la rassurer ? Adam l'eût volontiers prise dans ses bras, mais elle avait une attitude qui lui interdisait de songer à ce genre d'audace. Elle désirait garder ses distances, il *devait* les garder.

— Quand croyez-vous que vous pourrez me conduire à York ?

La question le laissa pantois.

— Je pensais que vous aimeriez séjourner à Désespérance pendant quelques jours, répondit-il après quelques instants de silence attristé.

Il allait ajouter qu'il fallait le temps d'arranger les robes qu'il lui avait promises, mais il s'en abstint en songeant que ce serait rappeler à la jeune fille à quel point elle était mal habillée.

— Je pensais, reprit-il donc, que vous voudriez passer encore un peu de temps avec ma fille. Vous avez une grande influence sur elle.

Il constata, non sans plaisir, que cette perspective emplissait Christiane d'une joie discrète, mais réelle. Il insista :

— Hier, vous avez réussi à lui faire prendre quelque nourriture. Ne souhaiteriez-vous pas renouveler l'expérience aujourd'hui ?

Il observa, fasciné, la boule qui montait et descendait dans la gorge de la jeune fille, qui, d'un geste brusque, écrasa sur sa joue une larme ultime.

— Oui, milord, dit-elle ensuite, d'une petite voix tremblante.

Elle cilla, renifla et ajouta :

— Je m'occuperai d'elle pendant les repas et je l'emmènerai à l'étang pour nourrir les canetons.

— Merci ! s'écria Adam, ravi. Et quant à ce qui vous chagrinait…

— Ce n'était rien. Quelques idées qui me passaient par la tête…

Adam en douta fortement, mais se garda bien de procéder à un interrogatoire. Les confidences viendraient en leur temps.

Chapitre 13

Le ciel se couvrait de nuages noirs très menaçants quand Christiane emmena Meg à l'étang aux canards. La vieille gouvernante avait rechigné à confier la petite fille à « l'étrangère » selon ses propres mots, mais elle avait dû s'incliner devant la volonté d'Adam, lequel avait en outre décidé de participer à l'expédition. Christiane l'entendait, qui marchait derrière, assez loin. Il portait une provision de pain ainsi que des serviettes. Il tâchait de se faire le plus discret possible.

Discret… Comme si c'était possible ! De toutes les fibres de son être, Christiane ressentait sa présence. Elle se fût volontiers jetée dans ses bras, ce matin, mais ce geste lui avait semblé beaucoup trop audacieux, inconvenant, dangereux par-dessus tout. Elle avait besoin du réconfort que lui donnaient les bras d'Adam refermés sur elle, mais elle avait conscience que cette intimité les eût conduits à des gestes, à des actions qui ne devaient pas être.

— Crois-tu que les petits canards seront encore là aujourd'hui ? demanda-t-elle à Meg, tout en connaissant la réponse puisqu'elle était déjà venue à l'étang, le matin même.

Meg ne répondit pas. Christiane essaya une autre question.

— Tu n'as pas perdu ton morceau de pain ?

La petite fille leva sa main pour montrer qu'elle était pleine. Elle se refusait certes à parler, mais Christiane percevait chez elle un frémissement qui lui paraissait d'excellent augure. En outre, la petite lumière, dans ses yeux, s'était rallumée.

Quand elles atteignirent le bord de l'étang, Margaret s'assit dans l'herbe et retira ses chaussures sans qu'il fût nécessaire de le lui conseiller. Par-dessus sa tête, Christiane échangea, avec Adam, un regard étonné, tandis que son cœur tressaillait de joie et d'émotion. A ce moment-là, elle se dit que sa place était à Désespérance et qu'elle avait eu raison de céder aux arguments d'Adam.

Savourant son allégresse secrète, elle se laissa tomber assise pour retirer ses brodequins, en hâte, pour rattraper Meg qui avait déjà les pieds dans l'eau.

— Meggie, attends-moi !

Les canetons nageaient déjà autour de la petite fille et retenaient toute son attention. Elle s'avança plus loin encore en dispersant les morceaux de pain. Tout aussi conscient du danger qu'elle courait, Adam arrivait en courant, mais Christiane entra dans l'eau avant lui.

— Tu vois, déclara-t-elle, ils sont contents de te retrouver.

Margaret ne répondit pas plus que devant, tandis qu'elle allait plus loin encore en semant à profusion les miettes arrachées à son morceau de pain. Christiane ne chercha pas à l'entraver, mais elle resta tout près d'elle, prête à la retenir si son pied glissait sur le fond vaseux.

— Fais attention où tu mets les pieds, lui recommanda-t-elle. Tu ne peux jamais savoir si…

Juste à ce moment, Margaret glissa et chancela. Christiane se pencha vivement pour la rattraper… et perdit l'équilibre. Elle s'affala dans l'étang en projetant de grandes gerbes d'eau autour d'elle, entraînant la petite fille dans sa chute. Adam arrivait à la rescousse.

Les petits canards s'égaillaient en piaillant. Une main plaquée sur sa bouche, les yeux agrandis par la terreur, Meg semblait paralysée.

Christiane souriait, comme si elle trouvait très amusant cet incident. Elle souriait, alors qu'elle avait envie de pleurer. Il était vrai que Meg s'était avancée un peu trop loin dans l'eau et qu'elle avait glissé, mais sans le geste maladroit de Christiane, elle eût fort bien pu rétablir son équilibre.

Assise sur le fond vaseux de l'étang, serrant contre elle une petite fille effrayée, sous le regard anxieux du père,

Christiane se sentit ridicule. Oublié le bel optimisme de l'instant d'avant, elle regretta d'avoir cédé à ses instances. Non, elle n'avait pas sa place à Désespérance ! Elle devait quitter l'île, le plus vite possible.

Mais son regard croisa celui de Meg, qui semblait avoir moins peur et qui, peut-être, commençait à s'amuser de la situation. Elle ne put retenir un éclat de rire. L'enfant parut étonnée, puis elle esquissa un petit semblant de sourire, tandis qu'Adam, derrière, partait lui aussi d'un rire sonore.

— Au moins n'as-tu pas perdu ton pain, dit-elle à Meg qui gardait consciencieusement sa main hors de l'eau.

— Mais lady Christiane a perdu toute dignité ! rétorqua Adam, derrière elle.

Christiane se mit à rire. Se retournant, elle dirigea une gerbe d'eau vers le moqueur.

Adam éprouvait un bonheur intense. Ne venait-il pas de voir le visage de sa fille s'éclairer d'un mince sourire, une fois encore ? L'enfant retrouvait goût à la vie. S'il n'avait pas eu le souci des convenances, il fût entré plus avant dans l'eau pour prendre Christiane dans ses bras, afin de lui témoigner toute la gratitude qu'il éprouvait pour elle. Elle avait trouvé le chemin du cœur de Margaret ! C'était comme si elle eût retrouvé la clé d'une porte fermée depuis trop longtemps !

— Il ne faut pas vous moquer de moi ! s'écria Christiane qui retrouvait, pour l'occasion, un accent écossais à couper au couteau. Ce n'est pas d'un noble seigneur !

Non sans difficulté, elle se remit debout. Avisant le sourire béat d'Adam, elle se pencha et, la main dans l'eau, menaça :

— Si vous persistez, je pourrais vous asperger de la belle manière !

— Oh ! cria alors Margaret, inquiète.

Adam se garda d'intervenir. Sa fille avait, avec Christiane, des rapports privilégiés, qu'il ne voulait surtout pas troubler.

— N'aie pas peur, lui dit la jeune fille, pour la rassurer. Je ne vais pas mouiller ton papa.

Elle était mouillée, elle, de la tête aux pieds et sa robe

légère — elle portait celle de Saint-Oln sans doute pour ne pas gâter celle reçue au château — moulait son corps, qui apparut soudain à Adam avec autant de netteté que si elle eût été toute nue.

Ses cheveux, humides aussi et repoussés en arrière, découvraient son visage et sa gorge jusqu'à la naissance de ses seins. Ce que voyant, Adam ne pensa plus qu'à poser ses lèvres sur la peau délicate et blanche qui lui était révélée, de les poser sur la veine dont il pouvait observer les pulsations, puis de descendre, descendre… Il ne s'arrêterait pas en si bon chemin. Ses mains se saisiraient de la taille de la jeune fille, elles la serreraient et elles aussi descendraient, descendraient…

Pour échapper à la torture qu'il s'infligeait, Adam détourna le regard et le porta très loin, de l'autre côté de l'étang. Pendant un moment, c'était certain, il avait perdu la tête, ce qu'il pouvait expliquer par la joie que lui donnait la vision de sa fille reprenant goût à la vie. Certes, Christiane était une belle personne et il n'était pas insensible à son charme, mais cela n'avait rien à voir. Il ne la retiendrait pas inutilement à Désespérance, il ne la garderait que le temps nécessaire à la pleine guérison de Margaret ; pas plus.

Revenant à sa fille, il s'aperçut que Christiane s'occupait à lui retirer sa guimpe, qu'elle jeta sans ménagement sur l'herbe, au bord de l'étang. Satisfaite, elle déclara :

— Voilà, n'est-ce pas mieux ainsi ? Tu as de très beaux cheveux, Meggie. Il serait dommage de ne pas les montrer.

Margaret y porta une main hésitante et tremblante. Inquiet, Adam fronça les sourcils.

— J'aimerais avoir d'aussi beaux cheveux que les tiens, reprenait Christiane. On dirait qu'ils sont de soie et, au soleil, ils brillent comme des fils d'or.

Margaret restait silencieuse pendant que la jeune fille lui parlait, mais elle gardait les yeux fixés sur elle, elle lui donnait toute son attention.

— J'avais un joli voile vert, avant…, poursuivit Christiane ; et des peignes pour tenir mes cheveux.

— Des peignes ? dit Margaret.

Adam s'immobilisa.

— Oui, des peignes, répondit Christiane, le plus naturellement du monde, sans s'étonner que la petite fille eût prononcé deux mots. Tu sais ce que sont des peignes ? On les place dans les cheveux pour les empêcher de voler. On est bien plus belle, quand on porte des peignes.

— Plus… belle…, répéta Margaret, avec difficulté, mais au moins parlait-elle clairement.

Christiane prit la serviette que lui tendait Adam et se sécha les cheveux, sous le regard attentif de Margaret. Elle reprit :

— De son voyage, ton papa a rapporté de beaux rubans, pour toi.

Les rubans ! Adam les avait oubliés. Se retenant de courir au château pour aller les prendre dans sa sacoche, il dit :

— C'est vrai, j'ai acheté des rubans pour toi, Margaret. Tu crois que tu les aimeras ?

La petite hocha la tête avec solennité.

— Lady Christiane, reprit-il, il fait un peu froid. Nous ferions aussi bien de rentrer au château, afin que vous puissiez retirer cette robe.

Voyant Christiane rougir, il comprit que ses derniers mots pouvaient être interprétés en mauvaise part. Plutôt que de se lancer dans des explications embarrassantes, il reprit, en lui posant la serviette sur les épaules :

— Venez donc.

Puis il prit la main de Margaret et s'émerveilla de ce qu'elle ne la lui refusait pas.

Ils rentrèrent au château, le père et la fille devant, lady Christiane à quelques pas derrière.

— Charles ! s'exclama Adam en pénétrant dans la grande salle où Charles Penyngton, assis devant le feu, était la première personne qu'il y voyait. Vous devriez être au lit !

— Je le sais bien, milord, répondit le fautif ; mais je voulais vous voir ce matin, sans faute. Et savez-vous pourquoi ?

— Ma foi…

Il poursuivit, les yeux brillant de malice :

— Parce que c'est le meilleur moyen pour rencontrer lady Christiane.

Adam jeta un rapide coup d'œil en direction de Christiane qui approchait avec hésitation, toujours enveloppée de la serviette qu'il lui avait donnée, et qui tenait par la main la petite Margaret. Celle-ci, avec ses cheveux emmêlés, avait enfin retrouvé l'apparence normale d'une petite fille. Et ses yeux n'étaient plus éteints. Elle avait progressé sur le chemin de la guérison ! De cela, Adam était plus que jamais convaincu.

— Pardonnez-moi, dit Penyngton, si je ne me lève pas pour vous saluer. J'en suis incapable.

Adam procéda aux présentations.

— Lady Christiane, voici Charles Penyngton, sénéchal de Désespérance.

— Et cousin de votre mère, ajouta ce dernier, ce qui lui valut un regard étonné d'Adam. Je suis fort marri d'apprendre qu'elle n'est plus de ce monde.

— Je… je vous remercie, sir, répondit Christiane, d'une voix craintive.

Entre ses sourcils froncés, une ride verticale s'était creusée, attestant de sa perplexité à propos d'un cousinage dont, apparemment, elle ignorait tout.

Adam lui-même, qui ne savait rien de la parenté qui unissait son sénéchal à la mère de la jeune fille, écouta la suite avec un grand intérêt mêlé d'un peu d'agacement. Pourquoi Penyngton ne lui avait-il jamais rien révélé à ce sujet ?

— Je me rappelle Elisabeth quand elle était encore petite fille, à Learick, reprit Penyngton.

Il plaqua sa main sur sa bouche pour étouffer une quinte de toux, reprit son souffle et poursuivit :

— Peut-être trouverez-vous une occasion de me rendre visite dans ma chambre de malade ? Je vous en dirai alors plus sur votre mère… et sur son voyage en Ecosse, qui remonte à bien longtemps.

— Ce… ce serait avec le plus grand plaisir, déclara Christiane, dont la voix traduisait déjà plus de curiosité que de méfiance.

— Milord, reprit alors Penyngton en se tournant de nouveau

vers Adam en même temps qu'il désignait un gros paquet enveloppé de toile, Bill Williamson est venu du village pour vous apporter ceci.

Aussitôt qu'il vit le paquet, Adam sut qu'il contenait les deux robes qu'il avait commandées pour Christiane ; des ébauches de robes plutôt, tout juste coupées et assemblées, d'après les mensurations approximatives de la jeune fille.

Adam s'agenouilla devant le paquet posé sur le sol. Il l'ouvrit et découvrit que la couturière était encore plus habile qu'il ne l'avait supposé : les deux robes étaient pratiquement terminées, il ne restait plus qu'à en coudre les ourlets du bas et, peut-être, à en ajuster les corsages. Il en prit une et se releva en la tenant devant lui, et il dit à Christiane :

— C'est pour vous que je les ai fait faire.

Il revit l'expression qu'elle avait eue quand il lui avait donné les brodequins : au bord des larmes, elle ne savait quelle attitude adopter, mais les larmes ne perlèrent point à ses cils. Il en remercia le ciel, car il n'était pas sûr de pouvoir supporter de la voir pleurer encore, comme ce matin sur la plage.

— Je crois qu'elles ne sont pas tout à fait terminées, reprit-il, pour rompre le silence qu'il trouvait pesant. Je n'ai pu donner qu'une estimation de vos mens...

Il s'interrompit brusquement en s'avisant que les propos qu'il s'apprêtait à proférer pouvaient être pris en mauvaise part. A juste titre ! Il revit, de mémoire mais de façon aussi vive qu'en réalité, le corps à demi vêtu — ou à demi nu — de la jeune fille. Il ferma les yeux et serra les dents. Les mensurations de Christiane ? Il les avait bien en tête !

Rouvrant les yeux, il croisa le regard de Christiane et comprit, à son trouble, qu'elle se remémorait le même moment et que le déplaisir n'entachait pas ce souvenir.

Penyngton, par une nouvelle quinte de toux, rompit le charme étrange et indicible qui unissait Christiane et Adam. Celui-ci, ramené à la réalité, fronça les sourcils en prenant la pleine mesure du mal dont souffrait son vieil ami. Il insista pour le reconduire à sa chambre.

Les robes serrées sur sa poitrine, Christiane les regarda s'éloigner. Puis elle tourna son regard vers Meg et murmura :

— Viens avec moi.

L'enfant n'hésita point. Elle la suivit vers sa chambre, où elle déposa son paquet sur le lit. Puis elle laissa échapper un rire qui était presque un sanglot, et elle s'écria :

— Ton papa est un homme très généreux.

Les robes étaient faites avec des tissus que Christiane ne connaissait pas, l'une d'un bleu incroyable avec des manches vertes et un galon doré autour du corsage, l'autre d'un jaune éclatant mais très doux au regard. Elles étaient si belles, ces robes ! Jamais Christiane n'en avait possédé, jamais elle n'avait rêvé d'en porter. Les larmes lui revinrent aux yeux et cette fois elle leur donna libre cours, parce qu'elles étaient l'expression d'une joie intense et très pure.

— Tu pleures ?

Christiane sursauta. Elle avait presque oublié la petite fille qui se tenait près d'elle, toute droite, dardant sur elle le regard de ses grands yeux tout ronds parmi les cheveux emmêlés.

— Non, ma chère petite, lui dit-elle en se penchant pour lui prendre la main. Je ne pleure pas, je suis heureuse parce que c'est la première fois que je reçois d'aussi belles robes… et neuves ! Regarde… oh ! Et aussi une chemise !

De dessous les robes, Christiane tira la pièce de tissu blanc, elle la plaqua contre elle et rougit.

— Ton papa…, commença-t-elle.

Le papa de Meg avait très bien vu qu'elle ne possédait pas de chemise !

Ayant étalé les deux robes sur le lit, pour bien les voir, elle commença à délacer sa guenille, non sans se féliciter d'avoir pensé à la mettre pour aller à l'étang, parce qu'elle eût pu gâter irrémédiablement celle dont Adam lui avait déjà consenti le don.

— Je suppose que tu vois une personne nue pour la première fois de ta vie, dit-elle à Meg qui la regardait avec de grands yeux ronds. Tu sais, ce n'est pas mal, il ne faut pas avoir honte de son corps.

Elle passa la chemise et, par-dessus, la robe qui avait autrefois appartenu à l'épouse d'Adam. Elle s'exclama en riant :

— J'étais tellement mouillée que j'ai eu l'impression de nager tout le long du chemin, pour rentrer.

Margaret ne répondit pas, mais l'étonnement se lisait dans ses yeux. Ayant terminé de lacer sa robe, Christiane se pencha pour lui dire :

— Viens, il serait temps de mettre quelque chose de sec, toi aussi. Montre-moi le chemin de ta chambre, ma petite.

Meg prit la main tendue et s'engagea dans le corridor fort sombre. Elle poussa la porte de sa chambre et entra. Là aussi, l'obscurité régnait. Christiane se dirigea donc vers la fenêtre et tira les épais rideaux.

— C'est donc ici que tu dors, dit-elle en se retournant, tandis que, du regard, elle embrassait l'austère mobilier de bois noir.

Sur le mur, en face d'elle, était accroché un grand crucifix et devant, il y avait un prie-Dieu. Du moins Christiane supposa-t-elle qu'il s'agissait d'un prie-dieu. Elle n'en avait jamais vu, mais elle avait entendu, de la bouche de sa mère, la description de cette sorte de chaise basse sur laquelle s'agenouillaient les grandes dames, pour faire leurs dévotions.

La chambre comportait aussi un lit étroit, sur lequel était jetée une épaisse couverture de laine grossière, ainsi qu'un petit coffre. Le froid qui montait du dallage du sol n'était atténué par aucun tapis.

Meg souleva le couvercle du coffre et en tira quelques vêtements. Puis elle se tint là, indécise, les yeux baissés.

— Eh bien, ma petite, lui dit Christiane. Il faut délacer…

Meg se mit au travail, Christiane l'encouragea.

— Oui, c'est cela. C'est bien ! Ton papa sera fier de toi quand il saura quelle bonne fille tu es.

Quand l'enfant eut passé sa robe sèche, Christiane prit un peigne et entreprit de démêler la masse imposante des cheveux, tout en chantonnant un air qu'elle avait appris de sa mère. Elle se sentait heureuse, comme si elle était la châtelaine de Désespérance, comme si Meg était sa fille, comme si elle était chez elle dans ce château.

C'étaient là des idées folles. Elle ne l'ignorait pas. Mais elle ne les chassa pas. Elle s'arrogea le droit de pouvoir, pendant quelques minutes, connaître la paix de l'âme et du cœur en compagnie de cette petite fille qui, comme elle, était accablée de chagrin pour avoir perdu un être cher.

— Ah, vous voilà enfin !

La gouvernante Mathilde venait de faire irruption dans la chambre qu'elle emplit aussitôt de son obsédante présence.

— Je ne vous trouvais nulle part et je commençais à m'inquiéter sérieusement, lady Margaret. Vous auriez dû…

— Margaret était avec moi… et avec lord Adam, déclara Christiane pour couper court aux reproches.

Mathilde laissa échapper un petit hoquet qui traduisait son agacement, mais elle se le tint pour dit. Les bras croisés sous sa poitrine, les mains dans ses manches, elle jeta un regard terrible à la petite fille qui, les yeux baissés, s'attendait à subir de sévères remontrances.

— Je viens juste de finir de peigner Margaret, reprit Christiane qui avait décidé de ne s'en point laisser remontrer. Il faut maintenant que je la conduise près de son père pour le déjeuner. Il est plus que temps, je crois même que nous sommes déjà en retard.

Mathilde garda le silence pendant un moment, Christiane retint sa respiration. Jamais elle n'avait exercé la moindre autorité sur quiconque et elle n'était pas sûre que la gouvernante fût prête à reconnaître la sienne. Mais, à sa grande surprise, elle finit par s'incliner avant de partir, sans un mot.

Christiane exhala un long soupir et, quand la gouvernante eut disparu, elle murmura pour Meg, d'un ton léger :

— Eh bien, tu vois, ce n'était pas si difficile que ça !

— Gardez-la ici, dit Penyngton en regagnant son lit. Milord, vous pourriez trouver pire.

— Je pourrais aussi trouver mieux, murmura Adam, derrière lui.

— Que dites-vous ? s'exclama le sénéchal en se laissant tomber sur ses oreillers. Lady Christiane est parfaite !

Adam hocha la tête. Il savait que Christiane était parfaite, mais pas comme châtelaine de Désespérance. Il savait qu'elle serait très bien dans son lit, mais pas ailleurs.

— Avez-vous remarqué comme Margaret la regarde ? reprit Penyngton. Elle ne la quitte pas des yeux et elle ne la quitte pas d'une semelle non plus.

Adam n'avait pas vu, trop occupé qu'il était à observer Christiane elle-même. Inlassablement il se remémorait la scène de la robe mouillée, il parcourait en esprit toutes les courbes du corps qui lui avait été révélé, il se reprochait de ne pas avoir goûté, comme il en avait eu l'intention, les gouttes d'eau qui brillaient sur la gorge de la jeune fille. Dans ces moments de douloureuse exaltation, il avait même complètement oublié la pauvre Margaret.

Christiane avait un air sauvage qui le dissuadait de la prendre pour épouse mais l'incitait vivement à la pousser vers sa couche. Hélas, il ne pouvait se le permettre car elle n'était pas une fille de joie.

— Vous ne m'aviez jamais dit qu'elle était votre cousine, reprit-il à l'intention de Penyngton.

Une raison supplémentaire pour ne pas la toucher.

— Au deuxième ou au troisième degré. J'entretenais une correspondance épisodique avec sa mère.

Les mains jointes dans le dos, Adam s'éloigna du lit. A quelques pas, il se retourna pour demander :

— Quand aviez-vous l'intention de m'informer de votre maladie, Charles ? Cette toux opiniâtre ne vous a pas pris tout d'un coup, que je sache ?

Penyngton pinça les lèvres avant de répondre :

— Il y avait tant à faire ici, milord. Et vous-même, blessé comme vous l'étiez… et puis il y avait l'état de lady Margaret… C'est pourquoi j'ai pensé…

— Que vous n'aviez pas le droit d'être malade, c'est ça ?

— Non, fit le sénéchal, d'un ton tranquille. J'ai seulement pensé qu'il était plus important pour vous d'entreprendre le voyage de Saint-Oln afin de ramener lady Christiane, plutôt que de rester ici à vous inquiéter de mon état de santé.

Pensif, Adam se frictionna la nuque avec le plat de sa main. Charles semblait avoir vieilli de plusieurs années en quelques jours. Ses cheveux brun clair avaient perdu leur éclat et les fils d'argent s'y multipliaient. Avec ses joues creuses et son regard éteint, il avait l'air d'un barbon chenu. Or il n'avait que quarante-cinq ans !

— Que dit Sarah Cole de tout cela ?

— Elle dit que je souffre d'une consomption des poumons, que je dois me reposer, essayer de m'alimenter. Chaque jour elle m'apporte des décoctions atroces, qu'elle me force à boire jusqu'à la dernière goutte.

Adam croisa les doigts derrière sa nuque. Il opina, mais, comme le sénéchal se mettait de nouveau à tousser, il lui dit avec sévérité :

— Il faut vous reposer, Charles. Ne vous inquiétez pas, il n'y a aucune tâche à laquelle vous puissiez vous appliquer en ce moment. Je m'occuperai moi-même des imprévus.

— Et ma cousine ?

Adam se remit à arpenter la chambre. Après un moment il déclara, les sourcils froncés :

— Je m'en occuperai aussi.

— Mais... mais... il semble que nous ayons un déjeuner informel, aujourd'hui, déclara sir Gérard au moment où il s'asseyait à table près de Christiane et de Meg.

Il avait la voix pâteuse, comme s'il avait déjà consommé trop de bière à cette heure encore précoce de la journée. D'ailleurs il éructa avec force et toute la salle sut qu'il rejetait de l'air.

Christiane se prépara pour la prochaine remarque, qui lui serait sans nul doute destinée, et elle pria le ciel pour avoir la force de garder le silence. Après avoir déjà contesté l'autorité de Mathilde sur Meg, elle ne devait pas, encore une fois, attirer l'attention sur elle.

Adam n'arrivait pas. Les serviteurs commencèrent néanmoins

à présenter les mets. Des plateaux de victuailles fumantes furent déposés sur la table, un valet plaça une cruche de bière devant sir Gérard. Il s'en servit aussitôt une pleine coupe.

— Goûte ceci, dit Christiane à Meg, pour avoir une raison de tourner le dos à son voisin.

Elle présenta un morceau de poisson à la petite fille, qui ouvrit la bouche. Christiane lui sourit, mais elle sentait s'appesantir sur elle le regard de sir Gérard.

— Où est la vieille Mathilde ? demanda-t-il. Encore à la chapelle, je suppose, à se traîner sur ses genoux.

Christiane se garda de répondre. Sir Gérard ajouta :

— Je n'arrive pas à imaginer quels péchés elle a commis pour se mettre si souvent en pénitence… Vous, en revanche, comme tous les Ecossais, vous avez énormément à vous faire pardonner. Vous savez ce que vous êtes, les Ecossais ? Des bouchers.

Il avait l'élocution de plus en plus difficile. Christiane connaissait les effets de l'ivresse sur les hommes : certains sombraient dans la mélancolie, d'autres laissaient éclater une jovialité qui ne leur ressemblait pas, beaucoup devenaient cruels.

Sir Gérard appartenait à la dernière catégorie. Christiane n'avait pas l'intention de s'attarder à table près de lui pour souffrir ses méchancetés. Sa décision prise, elle s'empara du tranchoir qu'elle partageait avec Meg, elle prit la main de la petite fille et se leva. Ignorant les injonctions d'avoir à reprendre place, elle quitta la salle.

Malgré la pluie qui menaçait, Christiane et Meg sortirent du château et s'engagèrent sur le chemin montueux. Elles n'avaient pas parcouru grande distance qu'il fallut s'arrêter un moment, car la petite fille avait du mal à marcher. Pourtant ses yeux brillaient de joie à la perspective de l'aventure qui lui était offerte, et un mince sourire se dessinait sur ses lèvres.

De la voir ainsi, Christiane sentit s'évanouir ses scrupules, elle sut qu'elle avait bien agi en l'extrayant de la salle. Dès lors elle attendit avec impatience la réaction de Meg quand elle découvrirait la cascade.

*
* *

Adam cherchait Christiane et nulle part ne la trouvait. S'il fallait en croire l'oncle Gérard, Meg l'accompagnait.

Il ne savait rien de l'incident qui avait opposé Christiane et Gérard, mais celui-ci avait le teint livide. Avant de quitter la grande salle, Adam avait entendu de sa bouche des horreurs sur les Ecossais. D'après lui, la jeune fille, par sa seule présence, empoisonnait le bon air de Désespérance.

Gérard avait participé à maintes batailles contre les Ecossais, ce qui justifiait, à ses propres yeux, la haine qu'il éprouvait pour eux ; inutile d'essayer de lui en faire rabattre sur ce point. Adam le savait et s'en accommodait, mais cette fois il commençait à trouver que son oncle allait un peu loin. Christiane n'avait pris aucune part aux campagnes de Wallace contre la couronne d'Angleterre. Elle était anglaise autant qu'écossaise. Il faudrait bien, enfin, que tout le monde, à Désespérance, finît par en prendre conscience.

Adam traversa le jardin en direction de l'étang aux canards, où il espérait trouver Margaret et Christiane. Certain que celle-ci avait souffert d'une confrontation avec son oncle, il voulait la rejoindre le plus tôt possible. Il s'attendait à la revoir en larmes, comme le matin, sur la plage.

Il s'arrêta soudain parce qu'une question venait de se poser à lui. Comment réconforterait-il la jeune fille ? Ce matin, elle avait refusé de le laisser s'approcher d'elle et elle s'était enquise de son prochain départ pour York. Si elle était plus chagrinée encore, elle serait encore plus désireuse de quitter Désespérance. Comment la dissuader, dans ce cas ?

Il avait besoin d'elle ; pour Margaret.

Christiane devait rester.

La vieille blessure de sa jambe lui infligeait de vives douleurs, mais il continua d'un bon pas jusqu'à l'étang, où il ne trouva personne. Les canetons nagèrent vers lui en piaillant. Ils s'attendaient à recevoir de la nourriture, mais il n'avait rien pour eux.

Il contourna l'étang pour aller s'asseoir sur un banc de pierre, parce qu'il avait besoin de se reposer. Frottant sa jambe blessée, il se demandait où Christiane et Margaret s'en étaient allées.

Chapitre 14

Christiane avait peu d'expérience avec les enfants, mais elle n'avait pas tardé à s'apercevoir que Meg ne savait pas jouer, qu'elle n'avait même pas la moindre idée de ce que c'était que jouer.

La petite l'avait suivie tout le long du chemin jusqu'à la cascade, elle était passée avec elle derrière le rideau liquide que, depuis, elle considérait de ses grands yeux tout ronds, sans rien dire. Christiane était certaine que toute autre enfant se fût approché et eût tendu la main pour constater l'effet que cela faisait. Meg restait immobile.

— Viens, lui dit Christiane. Regarde.

Elle retroussa ses manches et entra son bras dans l'eau.

La fillette l'imita, non sans avoir hésité, elle poussa un cri strident et retira son bras, aussitôt que l'eau froide l'eut éclaboussée. Christiane se demanda alors si l'expérience n'avait pas été trop brutale, mais se rassura aussitôt en voyant le visage de Meg : dubitative, curieuse aussi, elle était sans aucun doute ravie. Christiane soupira d'aise.

— Recommence, dit-elle. C'est froid mais pas dangereux. Tu seras peut-être mouillée à la fin, mais ce ne sera pas grave.

Meg se rapprocha de Christiane et se cramponna à sa robe. Puis elle tendit de nouveau le bras, cette fois le maintint sous la cascade et finit par éclater de rire.

— C'est merveilleux, non ? lui dit Christiane.

Meg hocha la tête, ses yeux reflétant cette fois une joie

intense. Enfin elle commençait vraiment à oublier son chagrin pour s'adonner aux joies de la vie.

— Je sais que tu peux parler, reprit Christiane, riant elle aussi. Allez, répète après moi : « C'est merveilleux. »

Aussitôt Meg perdit son sourire, elle baissa la tête. Christiane la saisit alors à la taille, elle la souleva à bout de bras et tourna avec elle, en riant. La petite fille se remit à rire de concert avec elle, et après un moment, revenue sur le sol, elle déclara :

— Mer… veilleux.

— Je savais que tu aimerais ce lieu, lui dit Christiane. Que dirais-tu si nous enlevions nos souliers pour prendre un bain de pieds ?

Sans répondre, Meg s'assit aussitôt pour délacer ses chaussures, elle les enleva et les jeta contre la paroi. Puis elle se remit debout et, confiante, prête à cette nouvelle expérience, elle prit la main de Christiane.

Il ne servait à rien de s'attarder près de l'étang. Adam se leva et retourna au château, à pas lents. Sa jambe lui infligeait des souffrances de plus en plus cruelles. Il n'avait plus qu'à espérer que sa fille était en sûreté avec Christiane et qu'en sa compagnie, elle continuerait à faire de grands progrès sur le chemin de la guérison.

Certain que seul un bain très chaud aurait le pouvoir d'atténuer sa douleur, il monta dans sa chambre et donna ses ordres. Après avoir longuement trempé sa jambe, il oindrait la cicatrice avec un onguent que Sarah préparait pour lui. Il en avait souvent constaté les effets bénéfiques.

Dans sa chambre, il marcha jusqu'à la fenêtre et jeta un coup d'œil dehors. Le ciel se chargeait de mauvais nuages noirs, mais il ne risquait pas de pleuvoir dans l'immédiat. Puis il retira sa tunique et attendit, en chemise, les femmes qui monteraient l'eau chaude.

Apercevant sa sacoche de selle qui reposait sur le sol, au pied de son lit, il se rappela soudain qu'il avait acheté des rubans pour Margaret. Il se demanda ce qui l'avait incité à cette emplette puisque sa fille portait en permanence des guimpes. Peut-être avait-il eu l'idée qu'en libérant ses cheveux il lui rendrait aussi la liberté de parole ? Cela n'avait pas de sens !

Il avait su que cela n'avait pas de sens et pourtant il s'était entêté, il avait acheté les rubans colorés. Il ouvrit la sacoche, s'en empara et sortit de sa chambre pour se rendre à celle de sa fille.

Poussant la porte, il s'arrêta sur le seuil, il regarda et, pour la première fois, s'avisa de l'austérité extrême de cette pièce si différente de celle qu'il avait eue lorsqu'il était un enfant. Rosemonde avait insisté pour que Mathilde choisît elle-même le mobilier. Adam avait acquiescé, par habitude, car, chaque fois qu'il refusait à son épouse, elle devenait plus lointaine, plus évasive.

Il plaça les rubans sur le lit de sa fille, en espérant qu'elle les découvrirait quand elle rentrerait, et que Christiane l'aiderait à les nouer dans ses cheveux.

— Milord !

Il sursauta, comme pris en faute. La voix de la gouvernante produisait ce genre d'effet sur lui. Mais, se retournant, il eut la surprise de la voir baisser les yeux en rougissant, et il s'avisa que sa tenue produisait sur elle cet effet.

— Je m'en vais, dit-il.

Il s'avisa soudain que Rosemonde, son épouse, avait la même réaction que la gouvernante quand elle le voyait à demi nu. Avec Christiane, en revanche, c'était très différent… Sur le point de rougir lui-même, il toussota et ajouta :

— J'ai apporté quelques rubans pour les cheveux de Margaret. J'aimerais qu'elle ne mît plus sa guimpe, dorénavant. Il n'est pas bon qu'une enfant ait sans cesse la tête couverte et de manière aussi étroite.

— Mais, milord…, commença Mathilde, qui, encore rouge, releva la tête mais s'attacha à le regarder bien dans les yeux.

— Je ne veux plus en entendre parler ! coupa Adam. D'autre part, elle passera désormais plus de temps avec moi ; tous les après-midi. Intégrez ce changement dans l'arrangement de vos occupations.

La gouvernante marmonna quelques mots de protestation,

qu'Adam n'entendit pas car il s'éloignait déjà à grands pas vers la chambre de Rosemonde. Il ouvrit la porte et entra dans cette pièce où il ne s'était jamais senti le bienvenu.

Dans cette chambre se trouvaient encore les biens de sa femme, y compris beaucoup de vêtements qui n'avaient pas été dispersés. Adam eût aimé en faire le don à Christiane, mais celle-ci était plus grande que Rosemonde, tellement plus grande. Rien n'irait à la jeune Ecossaise.

Tournant sur lui-même en regardant de tous côtés, Adam se rappela certains menus souvenirs, les traits délicats de Rosemonde, ses mains et ses pieds si petits, sa peau très pâle et très douce. Elle avait, comme Margaret, des cheveux blonds, aussi clairs que ceux d'un ange. Elle les cachait en permanence. Elle se couvrait. Elle était intouchable.

Sur le rebord de la fenêtre reposait un petit coffre de bois peint. Adam l'ouvrit. Il y trouva les deux peignes qu'il cherchait depuis quelques jours, avec quelques bijoux venant de la famille de Rosemonde. Les peignes avaient peu de valeur, mais ils plairaient sans doute à Christiane. Mais n'y avait-il pas du fil et des aiguilles, dans cette chambre ? Une courte recherche permit à Adam de les découvrir.

Refusant de se laisser accaparer par les douloureux souvenirs, il ressortit dans le corridor et gagna la chambre de Christiane pour y déposer les peignes et le nécessaire à couture. Il vit, sur le lit, les robes inachevées et puis, jetées dans un coin, la mauvaise robe que la jeune fille avait continûment portée depuis son départ de Saint-Oln ainsi que sa chemise réduite à l'état de haillon.

Prenant cette chemise pour la tenir devant lui, Adam se rappela la façon parfaite et si troublante dont elle avait enveloppé le corps gracile de la jeune fille. Il eut, à ce souvenir, une réaction si vive et si soudaine que, presque effrayé, il rejeta le vêtement trop évocateur.

Essayant de chasser des pensées sensuelles qui n'avaient pas lieu d'être, il tourna un peu en rond dans la chambre, qu'il finit par quitter, par fuir en vérité, presque courant, pour trouver refuge dans sa propre chambre où l'attendait le bain chaud commandé quelques instants auparavant.

*
* *

Christiane eût volontiers joué dans l'eau de la cascade jusqu'à la tombée de la nuit, mais elle craignait qu'Adam ne lançât à sa recherche tous les hommes du château si elle s'attardait plus que de raison. En outre, un orage menaçait et elle ne voulait pas imposer cette épreuve à Meg. Elle se souvenait des cris effrayés de la petite, la nuit de son arrivée, alors que les éclairs zébraient le ciel et que le tonnerre grondait.

Ayant promis qu'on reviendrait à cet endroit dès le lendemain ou plutôt dès que le temps le permettrait, elle aida Meg à remettre ses souliers et, main dans la main, elles s'en retournèrent au château, franchirent la petite porte près de la chapelle et arrivèrent sans encombre à la grande salle.

— J'aimerais mieux ne pas rencontrer ton grand-oncle, ma petite, murmura Christiane.

Un petit rire nerveux de la fillette lui apprit qu'elles avaient les mêmes sentiments, les mêmes craintes.

Christiane l'enveloppa du regard et s'émerveilla, une fois de plus, des grands changements qui l'avaient affectée en si peu de temps. Une fois de plus, elle se demanda pourquoi personne, avant elle, n'avait pris un peu de temps pour accorder à cette enfant les attentions et l'affection dont elle avait besoin. Ce n'était pas en la négligeant qu'on l'amènerait à sortir du mutisme ! Christiane se promit d'aborder ce sujet avec Adam, le plus tôt possible et de dire sans ambages ce qu'elle en pensait.

N'ayant rencontré personne dans la grande salle, elles grimpèrent l'escalier et prirent le corridor qui conduisait à la tour nord, où se trouvaient les chambres.

— Si je pouvais trouver du fil et des aiguilles, dit Christiane, je coudrais une de mes nouvelles robes et ainsi, je serais présentable ce soir, à table.

Meg approuva d'un hochement de tête.

— Tu voudrais m'aider ?

Le sourire de l'enfant réchauffa le cœur de Christiane. Tout émue, elle poussa le loquet pour entrer dans sa chambre et s'aperçut, non sans émoi, qu'elle s'était trompée. Vite elle plaça Meg derrière elle pour lui épargner le spectacle, tandis qu'elle essayait de prononcer quelques mots, mais elle avait l'esprit trop engourdi pour y parvenir.

Adam venait de sortir de sa baignoire, il était debout, dans l'eau jusqu'aux mollets.

Incapable de s'arracher à la contemplation de ce corps d'homme, elle commença à balbutier :

— Je… je…

Adam ne parla pas plus et il n'essaya pas de se dissimuler.

Pour la première fois de sa vie, Christiane découvrait un homme nu et elle était frappée par la beauté qui se dégageait des muscles finement sculptés, de la toison épaisse qui recouvrait les jambes, la poitrine, ainsi que le sexe.

De plus en plus embarrassée, confuse au point de ne plus savoir où elle se trouvait, elle retrouva néanmoins l'usage de la parole pour bredouiller :

— Je… je vous demande pardon, milord.

Elle recula, poussa la petite Meg qui résista et s'écria, au moment où se refermait la porte :

— Papa ?

— Oui, murmura Christiane. C'était ton papa.

Elle se demanda si elle pourrait jamais le regarder de nouveau dans les yeux. Rien qu'à évoquer cette éventualité, elle se sentait rougir davantage.

— Allez, viens, reprit-elle en tirant Meg par la main.

Elle se rendit à sa chambre, ouvrit la porte, cette fois avec précaution, jeta un coup d'œil à l'intérieur, entra et referma la porte en soupirant.

Adam se demandait s'il devait se féliciter ou s'alarmer du désir qu'il avait vu s'allumer dans les yeux de Christiane. Elle avait rougi, elle s'était troublée, mais au moins n'avait-elle manifesté aucune crainte de mauvais aloi.

L'ennui, c'est que désormais elle ne voudrait certainement plus sortir de sa chambre sans y être forcée. Il faudrait régler ce problème en temps utile.

Pour le moment, Adam avait besoin de réfléchir.

Fallait-il, comme le recommandait Penyngton, retenir Christiane à Désespérance ? A l'évidence elle aimait cette île, elle en appréciait la rude beauté. Le terrible hiver ne la chagrinerait pas. En outre, elle avait, en peu de temps, fait accomplir à Meg — non, Margaret, corrigea-t-il aussitôt — plus de progrès que quiconque en deux ans. Il ne fallait pas négliger non plus le fait qu'elle n'avait de famille nulle part, sauf cet oncle de Learick qu'elle ne connaissait pas et qui ne lui manquerait donc pas si elle n'avait pas l'occasion de le rencontrer.

Et puis, il la désirait. Sa raison ne regimbait plus à l'idée de faire d'elle son épouse, la nouvelle comtesse de Désespérance. Pourtant, si elle était de noble extraction, elle n'en était pas moins écossaise, presque aussi barbare par ses mœurs et ses habitudes que les guerriers nordiques.

Pour toutes ces raisons, les gens de Désespérance éprouveraient les plus grandes difficultés à l'accepter comme leur châtelaine. Pour eux, elle ne serait jamais qu'une ennemie assoiffée de leur sang. Ils le croyaient. Rien ni personne ne pourrait les dissuader, l'oncle Gérard en attesterait et attiserait leur haine.

Chapitre 15

Meg vit les peignes la première.

Christiane se demanda d'où ils venaient. Elle les prit pour les examiner de près. Elle les admira et, en caressant leur fine texture, elle sut qu'ils seraient parfaits pour maintenir ses cheveux fous.

Ne fallait-il pas voir là un nouveau cadeau d'Adam ? Sans doute. Peu à peu, il lui constituait la garde-robe et le trousseau dont elle avait besoin pour entrer dignement dans le duché d'York.

L'embarras la prit, de nouveau. Serait-elle jamais capable de tenir son rang, elle qui ne possédait rien et n'avait pas beaucoup de manières ? Non contente d'être aussi rustre et aussi démunie qu'une barbare des pays nordiques, elle venait encore de se ridiculiser en bayant comme une servante sans cervelle après avoir pénétré par inadvertance dans la chambre où Adam prenait son bain. Il devait la trouver bien sotte.

Christiane connut le soulagement en recevant, sur ces entrefaites, une invitation à partager le dîner de sir Charles Penyngton dans la chambre de celui-ci, le soir même. Elle n'aurait donc pas à affronter le regard d'Adam, du moins pas dans l'immédiat.

Assise près de la fenêtre, elle consacra tout le reste de l'après-midi à coudre et à terminer une de ses nouvelles robes, en écoutant la pluie qui tombait doucement ; l'orage ne s'était pas déclaré. Meg l'aidait en lui tendant à la demande les pièces de tissu qu'elle fixait au moyen d'épingles. Elles travaillèrent longtemps dans une communion parfaite.

La petite fille ne parlait toujours pas, mais il semblait à Christiane que son esprit s'ouvrait davantage, que des progrès significatifs s'accomplissaient encore.

La robe bleue était presque terminée quand Mathilde vint chercher Meg.

— C'est l'heure de ta leçon avec le père Beaupré, dit-elle en lui prenant la main.

Christiane ne put connaître la réaction de Meg, qui baissait les yeux. Elle eût volontiers insisté pour la garder avec elle, mais elle n'osa pas défier la gouvernante une fois encore. Avant de la laisser partir, elle posa sa main sur l'épaule de la petite fille pour lui dire :

— Je viendrai dans ta chambre après ta prière du soir, pour te souhaiter une bonne nuit.

Meg leva la tête et la gratifia d'un grand sourire. Elle murmura :

— Oui, je vous en prie.

— Dites-moi au moins que vous y pensez, milord, dit Penyngton à Adam qui marchait de long en large devant le lit.

Une petite table avait été installée dans la chambre, ainsi que deux chaises. Les deux hommes pouvaient donc y prendre un repas et vaquer aux affaires de Désespérance.

— D'accord, Charles, finit par dire Adam. J'y penserai, mais je ne promets rien.

— C'est tout ce que je demande.

Adam s'agenouilla devant l'âtre pour empiler du bois dans le feu. L'air était humide, il ne fallait pas que Charles prît froid.

Un coup léger donné à la porte remit Adam sur pied. A grands pas, il traversa la chambre pour ouvrir. Sur le seuil se trouvait Christiane Mac Dhiubh, très différente, et plus rouge que les plus belles pivoines du jardin. Ses cheveux avaient été élégamment ordonnancés et maintenus par les peignes, de grandes boucles blond-roux encadraient son visage. La robe de soie bleue, transformée avec art et agrémentée de dentelles, laissait libres les épaules et le haut de la gorge.

Christiane Mac Dhiubh n'avait plus rien d'une barbare.

Toute rouge, elle gardait les yeux obstinément baissés.

— Entrez, milady, lui dit Adam, en tâchant de prendre un ton léger.

— Lady Christiane, renchérit Penyngton, depuis son lit, c'est gentil à vous d'être venue.

— Je vous remercie de m'avoir invitée, répondit-elle en s'avançant à petits pas.

Adam remarqua la grâce et la légèreté de la démarche, qualités dont il avait eu des indices plusieurs fois auparavant, la jeune fille lui paraissant toujours beaucoup plus écossaise qu'anglaise.

Cette opinion n'avait plus cours.

— Prenez un siège, poursuivit Penyngton. Nous avons le temps de parler un peu avant que le dîner ne nous soit servi.

— Merci, sir Charles.

Christiane s'assit près du lit, tournant ainsi — délibérément ? — le dos à Adam.

— Je suis fort impatiente d'apprendre ce que vous savez de ma mère, déclara-t-elle. Lorsqu'elle parlait de sa maison dans le duché d'York, c'était toujours avec beaucoup de tristesse. Tout ce que j'ai appris, c'est que son père l'avait bannie et exilée à Saint-Oln.

Penyngton hocha la tête.

— Rude punition, soupira-t-il ; mais personne, pas même votre grand-mère, n'a osé la contester.

— Que s'était-il passé ?

Penyngton toussa longuement avant de pouvoir répondre.

— Je propose que nous gardions cette histoire pour la fin du dîner.

La jeune fille ne protesta pas.

— Comment allez-vous, sir Charles ? demanda-t-elle.

Elle connaissait les usages ! Adam ne l'en admira que davantage et songea qu'elle donnait là l'impression d'avoir été élevée dans une des meilleures maisons d'Angleterre.

Assis en retrait, il observa les mouvements gracieux

de la jeune fille qui conversait avec Penyngton, lui versait un gobelet d'eau, se levait pour lui ajuster ses oreillers. Il entendait une voix musicale, avec tout juste un soupçon du terrible accent écossais qui écorchait les oreilles des Anglais. Le rire de Christiane courait sur lui comme une caresse et il y réagissait de manière très physique. Plusieurs fois il dut se mordre la langue pour ne pas laisser échapper un gémissement de plaisir.

— … à la cascade ?

Voilà que Christiane et Penyngton le regardaient comme s'ils attendaient de lui une réponse.

— Excusez-moi, mais je n'écoutais pas.

— Ce n'est pas grave, milord, dit Penyngton. Il se trouve simplement que lady Christiane est enthousiasmée par notre cascade et, d'après ce qu'elle me raconte, lady Margaret a pris aussi beaucoup de plaisir à la visiter.

— C'est donc là que vous étiez cet après-midi ?

— Oui, milord, répondit Christiane, le regardant pour la première fois dans les yeux. Nous nous y sommes transportées avec notre repas, que nous avons pris derrière la chute d'eau, bien cachées.

Adam fronça les sourcils.

— Ma fille a mangé dehors ?

— Je puis vous dire qu'elle n'a pas laissé une miette.

Derrière Christiane, Penyngton arbora un sourire triomphal. Adam voulait bien reconnaître qu'un nouveau petit miracle avait eu lieu sur l'île et il se demanda si, effectivement, il ne serait pas bon d'inviter la jeune fille à séjourner plus longtemps à Désespérance, pour le bien de sa fille…

— Comment ma fille a-t-elle jugé la cascade ?

— Elle l'a trouvée très belle, milord, répondit Christiane.

Quand elle souriait, ses yeux brillaient, tout son visage semblait s'illuminer. Elle devenait alors plus que belle, radieuse.

Le dîner ayant été servi, la conversation roula un moment sur le temps, en particulier sur les dégâts causés au village par l'orage de l'autre jour.

Christiane réussissait enfin à surmonter sa gêne. En regardant le seigneur de Désespérance, vêtu d'une belle tunique noire brodée de bleu et de gris, elle arrivait presque à oublier qu'elle l'avait vu dans le plus simple appareil. Il s'était soigneusement peigné, rasé aussi. Son apparence n'était plus celle d'un guerrier, il n'en restait pas moins très viril et, surtout, très beau.

Christiane n'avait pas l'habitude de voir des hommes glabres. Son père portait une barbe épaisse, fort broussailleuse, à cause de laquelle il était presque impossible de discerner son visage.

Adam avait des traits énergiques mais fins. Il était réellement beau, très beau... Christiane s'aperçut soudain que son cœur se mettait à battre la chamade.

— Votre oncle Roderick, comte de Learick, est le frère de votre mère, déclara sir Charles alors que le dîner tirait à sa fin.

Christiane hocha la tête. Elle savait cela très bien.

— Il était plus âgé qu'elle de plusieurs années.

— Pourquoi le père de ma mère l'a-t-il bannie ? demanda Christiane.

— Elle s'est amourachée d'un homme qu'il ne fallait pas, soupira sir Charles.

Le récit tant attendu pouvait enfin commencer. Penchée en avant, Christiane écouta avec attention l'histoire des amours malheureuses d'Elisabeth Huett et d'un écuyer de Learick.

— Cet homme était plus âgé, il eût dû résister à la passion, mais votre mère était si belle en ce temps-là... Elle avait aussi beaucoup d'esprit et elle n'avait peur de rien. Elle s'adonnait à de longues courses à cheval, elle participait aux chasses. C'est au cours de l'une d'elles qu'elle rencontra l'écuyer. Aussitôt ils s'aimèrent à la folie. Bientôt l'inévitable se produisit.

Christiane sentit une grosse boule se former dans sa gorge. L'histoire que lui racontait sir Charles la choquait, d'une certaine manière. Jamais elle n'avait su, jamais elle ne s'était doutée que sa mère avait aimé un autre homme que son père. La confusion s'emparait de son esprit, la douleur saisissait son cœur. Pourtant, elle devait écouter encore. Il lui fallait tout savoir.

— Quand le comte, son père, les découvrit, il exigea aussitôt d'Elisabeth qu'elle renonçât à l'écuyer, qui s'appelait Alan. En toute honnêteté, je dois dire que lui-même prit conscience de leur faute et qu'il essaya de faire entendre raison à votre mère, mais elle se montra réfractaire. Elle quitta la maison de son père pour aller chez Alan dans l'espoir, je suppose, qu'il l'enlèverait pour l'épouser.

— Charles…, murmura Adam, mais Christiane l'entendit à peine.

— Le comte connut les projets de sa fille.

— Penyngton, reprit Adam, vous chagrinez la jeune lady.

Christiane prit soudain conscience des larmes qui débordaient de ses yeux et ravinaient son visage. Elle renifla, se passa une main sur les joues et demanda :

— Que s'est-il passé, sir Charles ? Le mariage n'a donc pas eu lieu ?

Penyngton échangea un regard avec Adam avant de répondre :

— Alan reçut une flèche et mourut. On dit qu'il avait tenté de s'introduire nuitamment dans le château de Learick et qu'une sentinelle l'avait abattu. Quant à votre mère, on l'enferma dans une tour jusqu'à ce qu'on pût lui trouver un mari convenable.

Après un court moment d'un silence oppressant, sir Charles conclut :

— Quelques semaines plus tard, votre mère était sur le chemin de Saint-Oln, en Ecosse, où se trouvait un homme qui acceptait d'épouser la fille déshonorée d'un comte anglais.

Christiane se leva et marcha en direction de la cheminée. Elle ne dit rien parce que rien ne pouvait exprimer la douleur qui oppressait son cœur. Adam la rejoignit et lui prit la main, puis il se retourna vers sir Charles à qui il jeta ces mots pleins de colère :

— Avez-vous une bonne raison pour…

Mais il s'en tint là et laissa échapper un long soupir. Ensuite de quoi il dit à Christiane :

— Venez. Vous avez besoin de respirer un peu d'air frais. Je vous accompagne.

Incapable de réagir ou de penser, Christiane le suivit. Au passage, il prit une lanterne et il la précéda dans l'escalier en colimaçon qui conduisait aux étages inférieurs et, de là, vers l'extérieur.

Adam se demandait pourquoi le sénéchal avait trouvé utile de raconter cette triste histoire à la jeune fille. N'avait-elle pas assez souffert de la mort de ses parents ? Fallait-il encore ajouter à son chagrin ?

La pluie tombait toujours, aussi ne sortirent-ils pas. Ils rentrèrent pour gagner la chambre de Christiane. Il ouvrit la porte. Christiane franchit le seuil et s'immobilisa. Elle semblait pétrifiée.

— Milady…, murmura Adam, après un moment d'hésitation.

Le regard vide, elle se tourna vers lui.

— Oui ?

— Vous portez-vous bien ?

— Mais oui ; très bien, milord. Vous n'aviez pas besoin… Je veux dire que ce fut un choc pour moi… cette histoire… ma mère… et son…

— … amant.

Christiane hocha la tête.

— Je n'avais jamais imaginé qu'il y eût un autre homme que mon père dans la vie de ma mère.

Adam ne sut que répondre. A l'évidence, Christiane connaissait un moment de profonde détresse. L'histoire de sa mère la bouleversait.

— Ma mère ne s'est jamais accommodée à Saint-Oln, dit-elle, d'une voix mate. Mon père l'adorait. Je crois qu'il se serait fait tuer pour elle et n'est-ce pas ce qui est arrivé ?

Sa bouche se pinçait, comme si elle luttait contre les sanglots qui menaçaient d'éclater. Adam s'attendit à assister à une crise de larmes. Il s'approcha pour prendre la jeune fille dans ses bras et la consoler, tout en sachant qu'il n'avait aucun pouvoir pour chasser de sa pensée une histoire qui y était désormais inscrite à tout jamais. Elle se laissa envelopper, se serra contre lui et pleura doucement.

Adam ne sut pas combien de temps ils passèrent ainsi, enlacés, mais, après un moment certainement très long, il s'aperçut que ses intentions changeaient de nature, qu'il ne s'agissait plus seulement de réconforter la jeune éplorée qui s'abandonnait. Ses mains s'étaient mises à la caresser à son insu et, lorsqu'il en prit conscience, il persévéra.

Christiane émit un faible gémissement et passa elle aussi ses bras autour de la taille d'Adam. Puis elle leva les yeux vers lui ; ils étaient secs et clairs. Elle ne pleurait plus.

Il la désira comme jamais. Hélas, il n'avait pas le droit.

Christiane dormit mal. Au plus noir de la nuit, elle s'assit brusquement dans son lit et, écoutant la pluie, elle récapitula sa vie. Elle ressassa et ne trouva le sommeil que peu avant l'aube.

Elle avait les yeux gonflés et la tête lourde quand elle s'éveilla, tard. Mais le soleil brillait. Aussi se hâta-t-elle de se lever et de procéder à ses ablutions. Elle ne resterait pas à se morfondre alors qu'il faisait si beau.

Elle s'apprêtait à sortir de sa chambre quand on frappa à la porte. C'était Meg.

Christiane examina le corridor de part et d'autre. Elle ne vit personne d'autre. Qui avait amené là l'enfant ? Mathilde ? C'était sans importance, au fond.

— Entre pendant que je mets mes brodequins, dit-elle, tout en se demandant si c'était Adam qui avait poussé la petite fille à sa porte.

Meg entra sans se faire prier. Elle grimpa sur le lit.

— Aimerais-tu te promener ? lui demanda Christiane.

L'enfant sourit et hocha la tête.

— Eh bien ! reprit Christiane, si tu veux te promener, il faut me le dire.

Elle n'imaginait pas que la petite fille, qui avait prouvé qu'elle n'avait pas perdu l'usage de la parole, pût s'arrêter en si bon chemin, et il lui semblait que son devoir était de l'aider à progresser encore, plus vite si possible.

— Aller… promener ?

— Oui ! s'écria Christiane en riant. Allons nous promener !

Elle venait de remporter un petit succès qui la remplissait d'aise. Prenant la main de Meg, elle descendit en direction de la grande salle où quelques serviteurs balayaient tandis qu'un autre enfournait de gros morceaux de bois dans la cheminée.

Elles sortirent dans la cour juste au moment où quelques chevaliers en armes y entraient. L'un d'eux souleva la visière de son casque. C'était Gérard Sutton.

Christiane se refusa à battre en retraite malgré le méchant regard qui la fixait. Serrant plus fort la main de Meg, elle s'avança avec l'intention de contourner le groupe des chevaliers afin de sortir du château.

Gérard Sutton mit son cheval en mouvement pour leur barrer la route, et il descendit. Christiane n'eut alors d'autre choix que de reculer de quelques pas.

— Sir Gérard, dit-elle d'un ton uni.

Il ne répondit pas. Les bras croisés sur la poitrine, il la regardait comme une proie. Puis, après un long moment de silence très pénible, il demanda :

— C'est mieux ici que dans votre si précieuse Ecosse. Vous ne trouvez pas ?

— Désespérance est une très belle île, répondit Christiane, le menton levé.

Il ne serait pas dit qu'elle se laisserait intimider par ces procédés.

— Mon neveu est au village, reprit Gérard Sutton. Il travaille au déblayage des décombres.

Christiane ne répondit pas.

— Il aime beaucoup la compagnie des femmes du village ; surtout celle de Sarah Cole ; une Anglaise, elle !

Christiane sentit ses jambes faiblir, mais elle se reprit et entraîna Meg. La démarche mécanique, elle fixa la grande porte qu'il fallait passer pour sortir du château.

En quoi l'attirance d'Adam pour les femmes du village la concernait-elle ? Il pouvait bien partager la compagnie de cent, de mille femmes ! N'était-il pas le seigneur de Désespérance ? Ici il était chez lui et ses sujets l'appréciaient. Comment s'étonner ? Pourquoi se chagriner ?

Pourtant, Christiane ne put s'empêcher de se poser la question qu'elle essayait de tenir en lisière. En quoi consistaient les relations d'Adam avec cette Sarah Cole ?

Le cheminement jusqu'à la cascade se passa en silence. Perdue dans ses pensées, Christiane ne pensa pas à dire un seul mot à Meg qui marchait à côté d'elle. Le soleil était haut quand elles arrivèrent au but de leur promenade. La petite fille poussa un cri de joie et tira sur la main de Christiane, tant elle était pressée d'aller barboter.

Etonnée du grand changement survenu depuis la veille dans le comportement de la fillette, Christiane lui dit :

— Viens !

Et c'est elle qui l'entraîna vers le bassin. Elle s'assit et proposa :

— La première qui sera pieds nus aura gagné !

Elles barbotèrent pendant un long moment, puis Christiane demanda :

— Je parie que tu ne sais pas nager.

Meg posa sur elle un regard intéressé.

— Non, dit-elle.

— Dans ce cas, il est grand temps que tu apprennes.

Chapitre 16

Adam apprit que Christiane et sa fille avaient quitté le château plus d'une heure auparavant. Il confia son cheval à un palefrenier et s'engagea sur le chemin pour aller vers le lieu où il était sûr de les trouver toutes deux. En peu de temps, il atteignit le poste d'observation, dans les arbres, d'où il avait vue sur la cascade. Il s'installa sur la fourche, jeta un premier regard circulaire vers le bas et sursauta en apercevant deux silhouettes dans le bassin. Il n'était pas au bout de ses surprises car, à peine avait-il pris conscience que sa fille nageait — elle nageait ! — que Christiane sortit de l'eau.

Elle était nue.

Elles étaient nues, toutes les deux.

Et elles riaient, riaient…

Fasciné, Adam observait. Christiane tordit les cheveux de Margaret pour en exprimer l'eau, puis elle fit subir le même traitement aux siens. Son corps luisait dans le soleil. Elle portait haut ses seins bien pleins. Elle avait la taille mince et les hanches larges. Ses jambes fortes, très bien formées, étaient plus longues qu'elles avaient paru à Adam sous les différentes robes portées par la jeune fille.

Margaret, en revanche, paraissait bien chétive, maladive, trop maigre. Mais elle jouait, elle s'amusait ! Elle tournait autour de Christiane. Elle courait et elle dansait. Elle riait. Christiane avait le sourire, elle semblait se divertir beaucoup aux facéties de la petite.

Il sembla à Adam enchanté que son cœur se dilatait de bonheur, mais une douleur soudaine transperça ce cœur trop heureux et Adam gémit. Il se força à détourner les yeux. Il ne devait plus regarder, il ne devait même plus penser au corps nu de Christiane qui éveillait en lui certains désirs insensés. S'il ne se retenait pas, il risquait de descendre de son arbre pour courir vers le bassin et interrompre la scène charmante. Il ne se permettrait pas cette incongruité. Il n'avait pas le droit d'embarrasser Christiane.

S'accrochant donc aux branches, des deux mains, il décida de rester là, sans bouger, pour ne pas manifester sa présence. Il resterait jusqu'à la fin des jeux et des ris. Quand Christiane et Margaret seraient rhabillées, il les rejoindrait peut-être au pied de la cascade. Il ferait semblant d'arriver.

Ayant fini de lacer la robe de Meg, Christiane l'invita à s'asseoir avec elle, au soleil, loin des brumes de la cascade. Qu'il était bon de se reposer un moment, avec la petite. Qu'il était bon de ne plus se sentir seule. Si seulement Adam… Non ! Elle n'allait pas se mettre à ressasser encore les mêmes pensées.

— Tu nages très bien, dit-elle à Meg. Je crois que tu as un don pour cela. Tu n'as même pas besoin de nager, tu flottes, comme les canetons de l'étang.

— Canetons ! cria Meg avant de plaquer une main sur sa bouche.

— Mais oui, les canetons ! Il ne faut pas les oublier. Nous irons les nourrir plus tard.

— Maintenant !

— Non, ma chérie, dit Christiane en riant. Nous allons rester ici au soleil pendant un long moment, puis nous retournerons au château avant le soir, afin que personne n'ait le temps de remarquer notre absence et de s'en inquiéter.

Retenu au village, Adam ne s'apercevrait de rien. Mais Christiane ne voulait pas se faire de Mathilde une ennemie et devait donc se montrer raisonnable, ne pas exagérer. La prudence recommandait même de quitter sans tarder ce lieu enchanteur.

Cela dit, on était si bien, à se prélasser au soleil, que Christiane ne put se résoudre à rentrer trop vite au château. Elle repoussa le moment de se lever pour reprendre le chemin. Des centaines d'oiseaux invisibles chantaient. Si on fixait le feuillage des arbres, on y voyait passer des écureuils. Le petit renard roux, aperçu le premier jour, s'approcha de nouveau pour boire dans le bassin.

— Tu le vois ? chuchota Christiane ; le petit renard ?

Meg hocha la tête.

— Si tu ne fais pas de mouvements brusques, il viendra peut-être plus près de nous.

Le petit renard se désaltéra puis regarda autour de lui. Ayant vu Christiane et Meg, il s'immobilisa mais, après quelques instants d'observation, il s'approcha, encore et encore.

Margaret avait compris la consigne. Elle semblait changée en statue de sel, mais son visage reflétait la joie intense qui l'habitait.

Curieux, le petit renard se rapprochait encore.

Soudain, il obliqua et partit comme une flèche. Il disparut dans une anfractuosité des rochers.

Christiane éclata d'un rire auquel se mêla, plus discret, celui de Meg.

— Demain, lui dit-elle, nous apporterons quelques friandises pour lui. Il s'agit de le séduire.

— Demain ?

— Oui, si tu es d'accord, bien sûr.

— Et les canetons ? demanda Meg.

Elle venait d'assembler trois mots !

Ravie et émue, Christiane la prit dans ses bras pour la serrer contre elle, et elle répondit :

— Oui, les canetons aussi.

Un bruit soudain les inquiéta. Christiane chercha du regard ce qui avait pu le causer. Voyant Adam qui descendait le chemin et venait vers elle, elle posa une main sur sa poitrine et, pour contenir les violents battements de son cœur, elle se rappela que c'était Meg qu'il venait voir, et non pas elle.

Il ne venait certainement pas pour passer du temps avec la pauvre petite Ecossaise dépenaillée qu'il avait ramenée à Désespérance, se dit-elle en portant une main tremblante dans ses cheveux ; ils étaient tout emmêlés, un vrai désastre. Elle n'avait malheureusement aucun moyen de les dissimuler.

— Papa ! murmura Meg.

Adam ne pouvait l'entendre, mais au moins pouvait-il voir, même de loin, son expression ravie.

Il eut un sourire si chaleureux que Christiane crut sentir fondre son cœur.

Arrivé près d'elles, il s'assit sur le rocher, sa fille près de lui, Christiane un peu plus loin. De quel droit se serait-elle rapprochée de lui ? Elle n'était qu'une étrangère de passage à Désespérance, bientôt elle partirait. Certes elle avait une heureuse influence sur Margaret, mais il suffisait de passer beaucoup de temps avec elle, de s'intéresser à elle, de lui parler pour obtenir les mêmes effets. Ces attentions, auxquelles personne n'avait pensé auparavant, semblait-il, ne lui coûtaient rien parce qu'elle aimait la petite fille.

Elle l'aimait autant qu'elle aimait son père.

Lady Christiane se leva soudain pour s'éloigner, à grands pas, comme si elle était chagrinée ou bouleversée. Adam, en la regardant partir, se demanda pourquoi elle marchait si vite, le corps si raide.

Sa chevelure emmêlée tombait dans son dos en une spectaculaire cascade blonde aux chauds reflets cuivrés, qui atteignait le bas de son dos. Admiratif, Adam vit bientôt une image se superposer à la réalité, celle de la même jeune fille toute nue, qui s'ébattait dans l'eau comme une enfant.

Ayant mis quelque distance entre eux, elle se retourna pour demander :

— Avez-vous décidé du jour de mon départ pour York, milord ?

Il y avait de l'impatience dans sa voix, qui eût pu passer

pour de l'arrogance si Adam ne l'avait pas mieux connue. Il se demanda pourquoi elle éprouvait soudain le besoin de poser ce genre de question. Aucun incident nouveau ne justifiait cette hâte, lui semblait-il. Christiane appréciait la compagnie de Margaret et rien ni personne n'avait l'intention de rompre cette relation… Gérard avait passé une grande partie de la journée au village, c'était donc là-bas qu'il s'était rendu odieux ; Christiane n'avait pas eu à souffrir de ses agissements. Quant aux serviteurs, Adam doutait qu'ils eussent eu l'audace de proférer des réflexions blessantes à son égard.

Il se demanda alors si Christiane n'était pas pressée de se rendre dans le duché d'York pour questionner son oncle à propos des événements qui avaient conduit au bannissement de sa mère. Il pouvait le comprendre.

— Christy ? dit Margaret en tirant sur la tunique de son père, d'un air inquiet, le front plissé.

Adam lui sourit et répéta :

— Oui, c'est Christy.

— Papa, reprit la petite, de plus en plus agitée ; Christy… s'en va ?

Bouleversé par le nouveau progrès dont il venait d'être le témoin — Margaret venait de poser une question ! —, Adam ne sut d'abord que dire. Puis il murmura, le regard fixé sur Christiane :

— Nous trouverons peut-être le moyen de l'inciter à rester un peu plus longtemps avec nous.

Christiane avait entendu. Elle se rapprocha pour dire, d'un ton encore pressant :

— Je veux bien rester un jour encore, mais pas davantage. Ensuite, je compte sur vous pour me fournir l'escorte dont j'ai besoin pour me rendre chez mon oncle. Il n'y a aucune raison que je m'attarde à Désespérance. J'ai fait ce que vous me demandiez…

D'un regard expressif, elle désigna Margaret, puis ajouta :

— Maintenant, il faut que je songe à m'en aller.

Adam prit la main de Margaret et se leva. Ensemble, ils s'approchèrent de Christiane.

Adam n'avait pas envie de la laisser partir, mais comment le lui dire ?

— Désespérance, commença-t-il, gagne à être connue et vous ne la connaissez pas encore bien. Notre île est particulièrement agréable au printemps. Je sais que vous l'aimez déjà. Pourquoi ne pas attendre le printemps ? Je vous en prie, acceptez de passer encore quelques jours avec nous. Restez !

— Restez, murmura Margaret après lui.

Il éprouva de la reconnaissance pour sa fille qui lui apportait une aide dont il avait bien besoin. A lui peut-être, mais à Margaret, Christiane n'aurait pas le cœur de refuser.

Cependant elle hésitait. Partagée entre le désir de partir et celui de rester, elle ne savait quelle décision prendre. Adam respecta ce dilemme. Avec crainte et non sans impatience, il attendit le verdict.

— Très bien, déclara enfin Christiane. Je reste, mais pour quelques jours seulement.

— Nager demain ? fit Margaret toute joyeuse.

— Eh bien, oui, si le temps le permet, répondit Christiane.

— Je me joindrai peut-être à vous, ajouta Adam, en se demandant avec curiosité quelle réaction susciterait son propos.

— Non ! s'écria Christiane, le rouge au front.

Adam prit un air étonné.

— Je vous assure que ce serait un grand plaisir pour moi que de nager en votre compagnie. En outre, j'aimerais beaucoup voir ma fille nager.

Hypocrite, il se garda bien d'ajouter qu'il aimerait surtout voir Christiane Mac Dhiubh nager, nue, tout près de lui.

— C'est impossible ! balbutia-t-elle.

Adam ne voulut pas insister davantage, au risque de se rendre importun. Mais il décida que le lendemain, il reviendrait en catimini et que, même s'il n'avait pas le droit de se baigner, il aurait quand même un peu de plaisir.

*
* *

Le même après-midi, Adam et Margaret nourrirent les canetons, sans Christiane. Meg l'avait suppliée de les accompagner, mais Adam n'avait pas dit un mot.

Christiane savait qu'elle ne resterait plus très longtemps à Désespérance. Il ne fallait pas que Meg s'attachât trop à elle. Voilà pourquoi elle n'avait pas voulu aller à l'étang. Le mieux était qu'Adam prît sa suite auprès de la petite fille et apparemment, il s'acquitterait de cette tâche avec bonheur et constance.

Bien décidée à passer l'après-midi dans sa chambre, Christiane se disait qu'elle avait bien agi. Elle n'eût pas supporté de passer davantage de temps avec Meg… avec Adam. Les sentiments qui la bouleversaient risquaient de s'avérer très douloureux à la longue.

Elle avait compris qu'elle était tombée amoureuse d'Adam Sutton au moment où il l'avait prise dans ses bras, à Saint-Oln, pour la protéger de la population hostile. Il ne l'avait pas méprisée bien qu'elle eût du sang écossais dans les veines, bien qu'elle appartînt au peuple qui avait tant malmené les Anglais. Il avait veillé sur elle avec constance, tout le long du chemin vers Désespérance. Toujours il s'était montré gentil, déférent. Il lui avait permis de fréquenter sa fille. Avec elle, il s'était comporté en chevalier. Comment ne pas l'aimer, alors ?

Pendant que Meg et son père se rendaient aux cuisines pour s'approprier les morceaux de pain qu'attendaient les petits canards, Christiane était montée vers sa chambre. Elle avait promis de rester encore un peu à Désespérance, ce qui était sans doute une erreur. Elle resterait donc, mais le moins longtemps possible. Plus elle s'attarderait, plus la séparation inéluctable serait difficile, douloureuse.

Sur son chemin, elle rencontra sir Gérard qui lui barra le passage.

— Où courez-vous si vite, milady ? lui demanda-t-il avec un sourire perfide.

Elle tenta de forcer le passage, mais il la saisit par le bras et l'entraîna vers la grande salle, en disant :

— Pas si vite ! Venez donc boire une coupe ou deux avec moi.

— Non ! protesta Christiane en essayant de se dégager. Je dois décliner votre invitation, sir Gérard, car je dois me rendre dans ma chambre pour coudre…

— Vos travaux attendront, répliqua le seigneur dont le froncement de sourcils devenait menaçant. Vous devez accepter. N'est-il pas possible qu'une Ecossaise montre un peu de savoir-vivre ?

Christiane secoua la tête et réussit à libérer son bras.

— Je vous demande pardon, fit-elle en contenant difficilement sa colère et les mots définitifs qui lui venaient aux lèvres ; mais je… mais je dois partir.

L'homme partit d'un rire insultant et il s'exclama :

— Je crois que je commence à comprendre en quoi vous intéressez mon neveu. Le feu de vos yeux l'inciterait à entrer dans votre lit, pourtant…

C'était plus que Christiane ne pouvait en entendre. Choquée, elle administra une gifle retentissante à l'impudent personnage et elle s'enfuit dans l'escalier.

— Il couchera peut-être avec vous ! entendit-elle encore. Mais ne comptez pas sur lui pour épouser une sauvage comme vous !

Le rire sarcastique la poursuivit jusque dans sa chambre. Au moment où elle refermait sa porte, sir Gérard hurlait :

— C'est une chance qu'il n'ait pas promis à votre mère de vous épouser. Il a seulement dit qu'il vous amènerait ici et qu'ensuite il verrait si vous êtes convenable ou pas.

A l'heure du dîner, Adam entra dans la chambre de Penyngton. Il y trouva Sarah Cole occupée près du malade. Un grand feu brûlait dans la cheminée et il faisait très chaud, trop chaud.

— Margaret parle ! déclara Adam en se mettant à arpenter la chambre.

Il se sentait parfaitement à l'aise avec Sarah. Bien qu'il n'eût jamais reconnu qu'elle était sa demi-sœur, ils étaient très proches l'un de l'autre, ils partageaient leurs soucis et leurs joies.

— C'est merveilleux, milord ! s'écria la jeune femme qui tendait au sénéchal une coupe pleine de breuvage fumant. Que s'est-il passé ? Mathilde a-t-elle… Oh, suis-je bête ! La jeune Ecossaise, bien sûr…

— C'est elle, oui, dit Adam. Elle est étonnante. Savez-vous que ma fille est capable de me parler des canetons qu'elle nourrit, d'un renard qu'elle a aperçu près de la cascade ? Savez-vous qu'elle apprend à nager ? Christiane lui apprend à nager !

— Et vous demandez encore s'il convient de la prendre pour épouse ! s'exclama Penyngton en soufflant sur sa décoction fumante. Vous devriez pourtant savoir depuis longtemps, milord, qu'une mienne parente serait un parti convenable.

— Il ne s'agit pas de savoir si elle est convenable ou pas, répliqua Adam qui s'était remis à tourner en rond, les mains dans le dos. Christiane est convenable, cela ne souffre aucun doute. Elle est honnête, sensible… et elle aime Désespérance !

— Mais ?

— Mais c'est une Ecossaise ! Et…

— Et ?

— Et…

Que dire ? Qu'elle n'avait reçu aucune éducation ? C'était vrai, mais fallait-il le lui reprocher ? Etait-ce sa faute si elle était la fille d'un pauvre laird écossais ?

Adam ne répondit pas et personne ne le pressa de questions. Charles buvait sa médecine, Sarah s'était assise sur la chaise près du lit. Dans la cheminée, le feu crépitait ; c'était le seul bruit qu'on entendit pendant un moment.

Revenu au pied du lit, Adam s'y arrêta et déclara :

— Elle a parfois un accent à couper au couteau et à d'autres moments, elle parle avec autant de distinction que si elle était la petite-fille du roi d'Angleterre. Il n'en reste pas moins vrai qu'elle est une Ecossaise et je ne crois pas que le peuple de Désespérance l'accepterait comme châtelaine de Désespérance.

— Avec le temps…, murmura Sarah.

— Lady Rosemonde n'a jamais été vraiment acceptée non plus, enchaîna Penyngton. Pourtant elle était anglaise, elle. Mais elle ne se plaisait pas sur notre île.

Adam hocha la tête en signe d'acquiescement. A ce moment, il imaginait Christiane repartant pour York et il en souffrait. Si elle partait, il ne la reverrait plus jamais.

— Elle est pressée de rencontrer son oncle, dit-il.

— Pourquoi ? demanda Penyngton. Elle ne l'a jamais connu, et après ce qui est arrivé à sa mère…

— Elle parle néanmoins de partir pour le duché d'York.

— Elle ne le pense pas vraiment, affirma le sénéchal. Demandez-lui de rester et vous verrez. Ou envoyez-la-moi et je lui présenterai la proposition de votre part. En tant que parent le plus proche, cette mission me revient de droit, si je puis me permettre de le faire remarquer.

Adam s'était remis à marcher de long en large. Soucieux, le dos voûté, il se représentait la scène du départ à laquelle il craignait d'assister sous peu et, cherchant des arguments pour repousser l'échéance, il demanda :

— Qui aura-t-elle, dans le duché d'York ? Un oncle, quelques cousins…

— C'est cela, répondit Penyngton ; deux cousins, de jeunes hommes.

De jeunes hommes. Si l'un d'eux ne convenait pas, d'autres jeunes hommes du duché d'York se présenteraient à Christiane et l'un d'eux finirait par s'apercevoir qu'elle valait mieux que son apparence et son accent. Un Anglais, là-bas, apprendrait à la connaître. Il l'aimerait et la chérirait. Il l'épouserait…

Les dents serrées, Adam revint se planter devant le lit de son sénéchal.

— C'est comme cela qu'il faut procéder, dit-il d'un ton décidé. Juste avant le dîner, je vous enverrai Christiane et vous lui demanderez de rester. En cette occasion, vous agirez comme son tuteur, puisque vous êtes son seul parent à Désespérance.

Sarah intervint.

— Si je puis me permettre, milord.

— Oui ?

— S'il s'agissait de moi, j'aimerais mieux recevoir ce genre de proposition de l'homme qui m'aime plutôt que d'un lointain cousin agissant comme mon tuteur.

Adam se passa nerveusement la main sur la joue. Il objecta :

— Mon père avait négocié mon mariage avec le père de Rosemonde.

— Sans doute, mais puisque vous n'avez plus de père et Christiane non plus…

Le silence régna de nouveau, pendant un long moment.

— C'est décidé ! lança enfin Adam. Je lui parlerai moi-même, dès ce soir.

Christiane, assise dans sa chambre près de la fenêtre ouverte, tâchait de se concentrer sur son ouvrage de couture, mais ses pensées étaient ailleurs.

Elle savait désormais qu'il lui était impossible de séjourner plus longtemps sur l'île. Ses sentiments pour Adam le lui interdisaient. Elle avait commis une erreur en acceptant déjà de rester plus qu'il n'était nécessaire, et maintenant qu'elle avait connaissance de l'arrangement conclu entre sa mère et le seigneur de Désespérance, elle devait partir le plus vite possible. L'honneur le lui commandait.

Adam avait disposé du temps nécessaire pour décider si elle ferait une épouse convenable et, selon toute vraisemblance, la réponse était négative. Comment s'en étonner ? C'était vrai, elle ne possédait aucune des qualités qui feraient d'elle une femme digne d'admiration et une épouse respectable. Elle savait coudre, mais ne connaissait pas la broderie. Elle était incapable de diriger une maison.

Elle pouvait lire le latin, mais de quelle utilité serait

ce petit talent pour un homme qui avait à son service un sénéchal très instruit ?

Les gens du château préféraient ne pas la rencontrer, les serviteurs baissaient les yeux ou tournaient la tête pour ne pas avoir à la saluer, et sir Gérard la haïssait ouvertement. Bien qu'elle eût travaillé à discipliner sa langue afin de parler comme sa mère le lui avait appris, son accent écossais s'affirmait à tout moment, souvent au moment le moins opportun.

Christiane passa le dos de sa main sur ses yeux soudain humides, elle soupira avant de se remettre à sa couture. Elle tenait à terminer sa dernière robe, en tissu jaune comme l'or. Cette tâche accomplie, elle serait prête à partir pour Learick.

Il lui serait difficile de quitter Adam et Meg. Elle ne pensait pas avoir jamais vu enfant aussi avide d'affection et d'attentions. La pauvre petite souffrait d'avoir perdu sa mère, son père moins distant se révélait encore un peu maladroit, et sa gouvernante… le moins qu'on pût dire, c'était que la pauvre Mathilde n'avait aucune des qualités nécessaires à une éducatrice. Elle traitait sa pupille comme une adulte en réduction.

Au moins Meg avait-elle commencé à sortir d'elle-même. Le chagrin serait toujours en elle, mais il ne l'obsédait presque plus. Elle vivrait. Bientôt elle n'aurait plus besoin de Christiane.

Quant à Adam… Ils avaient échangé un baiser, un surprenant baiser. Voilà tout ce qu'il y avait à en dire. Ce baiser n'avait pas la même signification pour lui et pour elle. Il n'était peut-être pas interdit de penser même qu'il n'avait aucune signification pour lui, comme n'avaient aucune importance non plus les moments d'intimité qu'ils avaient partagés au cours des journées précédentes.

Christiane se tamponna les yeux, une fois encore, puis décida que c'en était assez de se morfondre et qu'elle devait réagir. Le minutieux travail de couture, dans sa chambre, ne lui valait rien. Elle sortirait donc, pour prendre l'air et se changer les idées.

Elle s'empara d'un peigne dont elle usa pour remettre

un semblant d'ordre dans sa chevelure, qu'elle assujettit ensuite au moyen des deux petits peignes donnés par Adam. Du revers de la main, elle balaya quelques fils accrochés à sa robe, pour constater bientôt que tous ces efforts n'amélioraient en rien son apparence, qu'elle se donnait du mal pour rien. Elle était, elle serait toujours une Ecossaise, et ne serait jamais bienvenue en Angleterre.

Pauvre fille solitaire, elle irait se promener aux alentours de l'étang ou peut-être sur la plage. Elle ne voulait voir personne, n'avait surtout pas envie de dîner dans la grande salle pour entendre les méchancetés de sir Gérard. Il ne lui semblait pas nécessaire non plus de croiser le regard d'Adam.

Considérant que le soir n'était pas près de tomber, que la lumière était encore bonne, elle prit un de ses livres et s'en alla ouvrir la porte.

— Adam !

Adam frottait ses paumes sur ses cuisses en se demandant d'où il avait pris que Christiane n'était qu'une barbare. L'apparence n'est pas tout, bien sûr, mais en la découvrant vêtue de la robe magnifique qu'elle avait contribué à fabriquer, avec ses cheveux bien peignés et arrangés avec art, elle lui paraissait plus civilisée, beaucoup plus qu'il ne l'avait imaginé jusqu'à cet instant.

— Je vous prie de m'excuser de vous avoir… euh… effrayée, dit-il. Ce n'était pas mon intention et…

Et voilà qu'il se mettait à bégayer, qu'il n'était plus capable d'aligner trois mots ! Il s'éclaircit la gorge et reprit :

— Puis-je vous escorter jusqu'à la grande salle ?

Elle ne lui répondit pas immédiatement. Ses gestes étaient étrangement lents et maladroits pour une jeune fille qu'il avait toujours vue se mouvoir avec grâce. Un souci la perturbait, songea-t-il. Il ne voyait pas lequel… à moins que Gérard, une fois de plus, n'eût fait des siennes.

— Je… je n'ai pas faim, milord, finit-elle par murmurer. C'est pourquoi j'avais l'intention de marcher jusqu'à l'étang, afin de lire un peu.

Pour preuve, elle montra le livre qu'elle avait dans les mains.

Essayant de ne pas trop montrer son étonnement, Adam prit le livre, il en parcourut les premières lignes et ne put retenir une exclamation de surprise.

— Roger Bacon ! Vous lisez l'*Opus majus*[1] de Roger Bacon ?

La jeune fille répondit d'un bref hochement de tête et expliqua, comme s'il s'agissait de se justifier :

— Je comptais profiter de la dernière lumière du jour.

Sans voix, Adam lui remit respectueusement le volume dans les mains. « Elle sait lire, se disait-il. Elle sait lire *le latin* ! »

Pressant son bien contre sa poitrine, elle hésita quelque peu avant de reprendre :

— Je… je dois avouer que je n'ai pas suivi toutes les leçons de frère Roger.

— Quelles leçons ? demanda Adam médusé. Qu'avez-vous manqué ? Avez-vous omis d'apprendre l'arabe, les mathématiques peut-être ?

Qu'elle eût étudié l'*Opus majus* le stupéfiait. Lui, il avait seulement entendu parler du philosophe franciscain. Il ne connaissait aucune femme — aucun homme non plus d'ailleurs — qui s'intéressât au commerce des idées.

— Non, milord, je n'ai étudié ni le grec ni l'arabe.

— Mais les mathématiques ?

— Un peu seulement.

D'un mouvement irréfléchi et assez brusque, Adam prit Christiane par le bras pour l'entraîner hors de la chambre et se mettre en chemin avec elle. Comment pouvait-il l'avoir méjugée à ce point ? Comment avait-il pu s'être trompé si gravement ? La réponse était évidente : il avait formé son opinion sur des apparences, de simples apparences.

Ils commençaient à descendre l'escalier quand Christiane demanda :

— Où est Meg, milord ? Ne dîne-t-elle pas, elle aussi ?

1. *Opus majus* : Œuvre majeure.

— Non, répondit Adam. Elle dort. Les événements de la journée l'ont épuisée.

— Oh, très bien... Ce n'est que cela, n'est-ce pas ?

Distrait, Adam ne répondit pas. Elle insista :

— Rien de plus grave ?

Perdu dans ses pensées, Adam ne la rassura pas. Il dit :

— Il faut que je vous parle.

Plusieurs de ses hommes s'étaient déjà rassemblés dans la grande salle, mais le repas était pour Adam le cadet de ses soucis. Tout ce qu'il voulait, c'était entraîner Christiane loin de la foule, l'emmener dans un coin tranquille où il pourrait lui demander de devenir châtelaine de Désespérance.

Non, c'était une proposition trop formelle, trop solennelle.

Et s'il lui demandait sa main ?

Formulant la demande par la pensée, il convint que tout cela restait très impersonnel, trop froid. Il pouvait être suspecté d'indifférence. Sarah l'avait prévenu contre ce danger.

Ayant essayé plusieurs autres formules, il décida finalement qu'il demanderait à Christiane de lui faire le grand honneur de devenir son épouse.

Ensuite, il lui expliquerait ses raisons.

Chapitre 17

Tout le long du chemin qui serpentait dans le jardin, il lutta contre lui-même, il résista à ses mains qui brûlaient de s'approprier la jeune fille. Il savait trop bien comment eût réagi Rosemonde s'il avait fait preuve d'une telle audace avec elle, durant le temps de leurs fiançailles. Il ne voulait pas, de la même manière, effrayer Christiane Mac Dhiubh, l'éloigner de lui à tout jamais à cause de gestes inconsidérés, prématurés.

Il prendrait son temps. Il se montrerait patient. Il courtiserait, il amadouerait la jeune fille jusqu'au jour où, enfin, il la croirait susceptible d'accueillir ses avances, jusqu'au jour où elle le jugerait digne de confiance.

— Les sept canetons étaient-ils tous présents cet après-midi, milord ? demanda-t-elle alors qu'ils arrivaient en vue de l'étang.

— Oui, et nous les avons copieusement nourris.

— C'est rassurant. S'ils vivent encore à la fin de la semaine, nous pourrons les considérer comme définitivement sauvés.

Adam hocha la tête avec admiration. Non seulement Christiane avait de grandes affinités avec les animaux — il le savait déjà — mais elle possédait aussi beaucoup de science.

La lumière du soleil couchant allumait le feu dans les cheveux blond-roux de la jeune fille. Plusieurs mèches s'étaient soustraites au carcan des peignes, elles retombaient de chaque côté du visage dont elles mettaient en valeur les traits délicats, le teint pâle.

Adam serra les poings dans son dos. Qu'il avait envie de la caresser !

Il savait ce que c'était que de lui donner un baiser, il savait ce que c'était que de la tenir dans ses bras. Il savait aussi comment une épouse réagissait aux avances d'un mari. Rosemonde le détestait quand il se rapprochait d'elle, elle ne lui cédait qu'avec la plus extrême répugnance…

— Un banc a été placé de l'autre côté de l'étang, déclara-t-il quand ils arrivèrent à l'endroit où Christiane et Meg avaient accoutumé de se placer pour nourrir les petits canards.

— Je ne suis jamais allée jusque-là, lui répondit-elle.

Ils contournèrent la pièce d'eau, Adam un peu en retrait, dévorant du regard la jeune fille. Elle marchait vite et cela prouvait que, toute fine et menue qu'elle fût, elle n'était pas délicate. Elle porterait sans difficulté les enfants de celui qui l'épouserait.

— Vous n'avez donc pas de cygnes ?

Perdu dans ses idées de procréation, Adam sursauta et se troubla. Il se sentit même rougir. Heureusement, Christiane, toujours un peu en avant, observait le lac au lieu de le regarder, lui !

— Non, répondit-il. A ma connaissance, il n'y a jamais eu un seul cygne à Désespérance. Enfin, je pense…

— Il n'y en avait pas non plus à Saint-Oln. J'en suis sûre, parce que, s'il y en avait eu, je l'aurais su.

— Je n'en doute pas. D'où vient que vous ayez de si grandes affinités avec les animaux et les oiseaux ?

— Ce don me vient de mon père, qui était un homme très instruit, bien qu'il eût passé presque toute sa vie à guerroyer, à cause de la dureté des temps.

— Oh ?

Christiane hocha la tête et elle précisa :

— Mon père était un homme de sciences. Il a même étudié un temps à Paris. C'était avant son mariage avec ma mère.

— Voilà qui expliquerait donc le livre en votre possession ? Il vous vient de lui ?

— Oui. C'est aussi pour cette raison qu'on lui a envoyé ma mère. Sir Charles m'a expliqué tout cela.

— C'est-à-dire ?

— Mon oncle — le frère de ma mère — avait connu mon père à Paris, bien des années auparavant. Ce n'était donc pas un secret.

Parvenus au banc, ils s'assirent, face à l'est, et purent contempler le ciel qui virait peu à peu du bleu au gris et au noir.

— Ma mère, poursuivit Christiane après un moment de silence, n'avait jamais caché qu'elle s'était brouillée avec son père et que pour cette raison elle avait quitté Learick. Quant à moi, j'ignorais les raisons de leur… désaccord… Mais j'ai toujours su que son frère avait arrangé son départ pour Saint-Oln.

Adam garda le silence. Tout en observant le reflet du ciel changeant dans les yeux de la jeune fille, il se disait qu'elle ressentait encore cruellement la perte de ses parents et que pourtant, elle éprouvait une sorte de soulagement à parler d'eux.

— Elle n'était pas heureuse à Saint-Oln, déplora-t-elle. Elle n'a jamais eu l'impression d'y être chez elle.

Si Christiane refusait sa proposition, serait-ce pour cette raison ? Serait-ce parce qu'elle craindrait d'être toujours une étrangère, ici, à Désespérance ? Pourtant, Adam se faisait fort d'amener son peuple à accepter la nouvelle châtelaine. Avec l'aide de Sarah, ils finiraient tous par oublier qu'elle était à demi écossaise, ils la respecteraient d'abord, ils l'aimeraient ensuite parce qu'elle était bonne et aimable. Elle serait sa femme…

— Maintenant je connais l'autre raison pour laquelle ma mère était si triste, reprit-elle. La façon dont son père a traité celui qu'elle aimait…

Elle frissonna et ferma les yeux.

Adam pensa qu'à Learick, elle se sentirait tout aussi étrangère qu'à Désespérance. Ce n'était pas parce qu'elle était la nièce du seigneur qu'elle serait mieux acceptée, et tant d'Anglais avaient perdu la vie au cours des campagnes du roi Edouard contre les Ecossais, qu'elle connaîtrait là-bas la haine, le mépris aussi parce qu'il ne manquerait pas de mauvaises langues pour rappeler l'aventure de sa mère avec un écuyer.

— Je suppose que je devrais m'inquiéter sur ma filiation, reprit-elle en regardant au loin, mais je sais que ma mère s'est rendue en Ecosse et s'est mariée plusieurs années avant ma naissance.

N'ayant rien à répondre, Adam reprit possession du livre que la jeune fille serrait contre elle. Il l'ouvrit au hasard et lut, à haute voix, quelques sentences en latin. Christiane les traduisit aussitôt après, avec une déconcertante aisance :

— « Les théologiens disputent de la substance de notre terre, ils essaient de localiser le paradis. Ils voudraient savoir s'il se trouve au niveau de l'équateur. Ils se demandent aussi où est l'enfer. Mais le paradis et l'enfer ont-ils de l'influence sur tout ce qui vit et meurt ou ne sont-ils importants que par rapport à notre âme ? »

— Votre latin est bien meilleur que le mien, milady, dit Adam émerveillé.

— Je doute que vous ayez grand besoin de latin, répondit-elle, toute rouge à cause du compliment.

— Sur ce point vous avez raison, concéda-t-il. J'ai de la chance d'avoir un sir Charles pour s'occuper de toutes mes écritures.

— Etait-ce lui qui correspondait avec mère ? Est-ce lui qui a conclu les arrangements pour me faire venir ici ?

— C'était lui, en effet.

Adam pensa alors que le moment était venu de se déclarer. Il s'éclaircit la gorge et commença :

— Milady…

Il toussota et se reprit :

— Milady, je crois que vous vous entendez bien avec Meg… Margaret…

— C'est une enfant charmante.

— Et l'île ? Vous plaît-elle ?

— C'est vrai, soupira la jeune fille. J'aimerais avoir plus de temps afin de pouvoir en explorer chaque recoin. Mais vous savez que je dois bientôt partir pour le duché d'York et que…

— Christiane…

Il faillit prendre les mains de Christiane mais se rappela juste à temps qu'il devait éviter tout mouvement brusque. D'un ton très contenu, il poursuivit :

— Il n'est pas vraiment nécessaire que vous quittiez Désespérance.

Christiane fronça les sourcils. Elle cherchait à comprendre. Elle balbutia :

— Je… Il faut…

— Restez ! dit Adam. Restez à Désespérance et devenez ma femme.

Christiane eût battu des mains si Adam avait manifesté un peu plus d'enthousiasme, s'il avait montré qu'il avait besoin d'elle pour lui et non pour s'occuper de sa fille.

Ses manières étaient froides et distantes, comme si la réponse avait, au fond, peu d'importance ; comme s'il avait accompli une démarche nécessaire mais non cruciale pour lui. Elle scruta son regard, qu'elle trouva impénétrable quoique… il lui sembla y voir briller, fugitivement, une lueur insolite.

Si seulement il voulait bien se rapprocher d'elle au lieu de s'isoler à l'extrémité du banc… S'il voulait bien l'effleurer d'une caresse, peut-être même lui donner un baiser. Etait-ce de cette façon qu'un homme devait demander à une jeune fille de l'épouser ?

Elle avait si grande envie qu'il la prît dans ses bras pour la serrer contre lui. Elle avait besoin de savoir qu'il la désirait autant qu'elle le désirait. Alors et alors seulement elle saurait quelle réponse lui donner. Elle avait besoin de se dire que l'amour, même inconscient, avait dicté la demande présentée par Adam. Elle…

Elle divaguait ! Voilà le mot : elle divaguait.

Beaucoup de mariages, y compris celui de ses parents, étaient fondés sur quantité de considérations où l'amour n'avait aucune part. Les titres, les domaines, le pouvoir politique… telles étaient les raisons invoquées pour conclure une union. Elle savait très bien que, quand elle arriverait chez son oncle, aucun homme ne songerait à l'épouser parce qu'elle n'avait pas de terre, pas de dot, pas de relations avec les grands de ce monde. Elle ne serait qu'une pauvre Ecossaise exilée.

Sa situation serait la même ici, à cette différence près que les journées passées avec Meg et la beauté de l'île lui procureraient certains dédommagements qu'elle n'aurait pas à Learick.

Alors, dire oui ? Accepter ?

Dans les yeux d'Adam, l'étrange lueur s'était éteinte. Il semblait penser à autre chose. Elle l'avait trop fait languir.

Trop tard…

Il n'avait pas eu tort d'affirmer que l'île lui plaisait. Il ne se trompait pas en célébrant son exceptionnelle entente avec Meg. Ce qu'il ne disait pas, parce qu'il ne le savait pas, c'était qu'elle l'aimait et que pour cette raison elle serait bien restée à Désespérance, même sans l'épouser, juste pour rester près de lui et l'apercevoir, de loin, de temps en temps.

Impossible, bien sûr.

— Je n'ai pas de dot, murmura-t-elle.

— Une dot n'est pas nécessaire, répondit-il sans la regarder.

— Je ne pense pas que les gens de Désespérance m'accepteraient comme leur châtelaine, reprit-elle d'une voix sourde.

Il se tourna vers elle et la regarda d'une manière étrange. Dans les yeux gris s'était rallumée la petite lueur. Il se rapprocha et se pencha. Elle pensa qu'il avait envie de la toucher, peut-être même méditait-il de lui donner un bai…

— Cela changerait avec le temps, dit-il.

Il se leva, s'éloigna. Il fit quelques pas, se retourna. Il la regarda. Elle vit qu'il avait les bras ballants et qu'il serrait les poings. Il ne lui échappa point non plus qu'il avait l'air sérieux, anxieux même. Et si la réponse qu'elle allait donner lui importait, contrairement à ce qu'elle avait pensé d'abord ? Elle ne comprendrait pas pourquoi, mais n'avait pas le temps de s'interroger. Pour lors, il lui suffisait de savoir qu'elle avait la possibilité de s'attarder à Désespérance.

— Eh bien, milord, dit-elle en plongeant son regard dans les yeux gris, je resterai. J'accepte de devenir votre épouse.

*
* *

— Papa vient aussi ? demanda Meg en prenant la main de Christiane.

Elles traversèrent la grande salle et sortirent dans la cour, avec l'intention de se rendre à la cascade. Le soleil était haut et chaud, le temps parfait pour une leçon de natation.

— Non, répondit Christiane, d'un ton joyeux. Ton papa a dit qu'il nous rejoindrait peut-être, mais plus tard. Il avait des affaires à régler au village.

Elle avait le cœur en fête, ce qui ne lui était pas arrivé depuis des mois, et rien ne pourrait ternir son bonheur, pas même la distance qu'Adam tenait à mettre constamment entre elle et lui. Cette froideur marquée n'avait pas d'importance, se disait-elle. Elle pensait, elle croyait que leurs relations s'amélioreraient dès après leur mariage.

En attendant, elle devait donner une leçon de natation à Meg. Elle jouerait avec elle dans le bassin et sous la cascade. Au dîner, Adam annoncerait leurs fiançailles. Elle sourit à cette perspective.

— On emmène en promenade la petite crétine ? dit une voix derrière elles.

Tandis que Meg cacha son visage dans la robe de Christiane, celle-ci se retourna et vit sir Gérard qui s'avançait à grands pas, trop heureux de pouvoir cracher son venin.

— Essayez de tenir votre langue de vipère, dit-elle hautement, en espérant que les tremblements de sa voix ne trahiraient pas sa crainte.

Elle reprit la main de la petite fille et l'entraîna à grands pas pour l'éloigner du méchant homme. Mais, derrière, retentirent des rires brutaux, rires d'hommes qui avaient trouvé l'échange délectable. C'était affligeant. Christiane ne regrettait pas d'avoir rivé son clou à sir Gérard, tout en se demandant où elle avait trouvé l'audace de l'apostropher. Bien mieux, elle prit la résolution que, si d'autres remarques désobligeantes se faisaient entendre sur Meg, eh bien ! eh bien… elle ne répondrait plus d'elle-même.

— Je me demande si nous reverrons notre ami le renard,

déclara-t-elle un peu plus tard, alors qu'elles marchaient sur le chemin parmi les frondaisons.

— As-tu… du pain ? demanda Meg, d'une toute petite voix qui trahissait le trouble jeté en elle par sir Gérard.

Christiane éclata de rire. Elle s'accroupit devant la fillette, la prit dans ses bras et la serra sur son cœur en lui disant :

— Toi, tu as l'esprit vif ! Oui, j'ai pensé à prendre du pain.

Parvenues à leur destination, elles jouèrent un moment avec les eaux de la cascade, Christiane jetant de fréquents coups d'œil autour d'elle, examinant avec soin les alentours afin de vérifier qu'elles étaient bien seules et qu'elles pouvaient donc se déshabiller sans craindre les regards indiscrets. Elle se demandait si des Anglais ne s'offusqueraient pas de savoir qu'elle nageait nue, s'ils ne considéreraient pas cette pratique comme révélatrice de mœurs douteuses, mais elle n'avait pas l'habitude de rester couverte pour entrer dans l'eau. En outre, elle n'avait pas beaucoup de vêtements, et certainement pas de chemise affectée aux plaisirs de la baignade.

Ces considérations n'avaient pas d'importance puisque le lieu était désert ; personne ne viendrait en troubler la quiétude. Le soleil brillait, c'était une merveilleuse journée qu'il ne convenait pas de gâcher par des craintes malvenues.

— Viens, Meggie, dit Christiane en s'asseyant pour ôter ses brodequins. Ce joli bassin d'eau claire nous attend.

Pourquoi attendre trois semaines, trois longues semaines avant d'épouser ? C'était inutile, ridicule aussi.

Très tôt ce matin, Adam avait dépêché, à l'évêque d'Alnwick, un messager porteur de lettres émanant du curé de Saint-Oln, de lady Elisabeth ainsi que du père Beaupré, toutes attestant de la validité du mariage projeté. Cette mission ne prendrait pas plus de quelques jours, l'évêque ne pourrait que donner sa bénédiction. Le mariage pourrait donc être célébré à la fin de la semaine.

Adam n'attendrait pas plus longtemps. Il le savait, il n'aurait pas la patience.

Il reporta son regard sur le bassin où s'ébattaient Christiane et sa fille. Il les avait suivies dans le dessein de veiller sur elles et de les protéger en cas de besoin, mais il se rendait bien compte que ses intentions n'étaient pas aussi désintéressées qu'il avait tenté de s'en convaincre. Il ne pouvait détacher son regard de celle qui nageait comme un poisson.

Et pourquoi ne pas regarder ? se dit-il. Quel mal à cela ? Cette jeune fille n'était-elle pas sa fiancée ? Ne partageraient-ils pas la même couche dans une semaine ?

Il ne voyait pas grand-chose, une silhouette indistincte, toute blanche dans l'eau sombre, mais cela n'empêchait pas son corps de réagir avec une vigueur qui lui était devenue familière. Il ne s'était plus senti aussi viril depuis bien des années. De nouveau il connaissait le désir, un désir puissant, ce qui l'émerveillait et n'était pas sans l'inquiéter quelque peu en même temps ; ne risquait-il pas d'effrayer Christiane ?

Il devrait garder le contrôle de soi-même en se persuadant que le temps serait son allié.

Avec Christiane il passerait de longues années, elles ne se dérouleraient pas comme avec Rosemonde qui l'avait fui et qu'il n'avait jamais osé reconquérir. Il ne l'avait jamais vraiment désirée.

Il désirait Christiane.

Il croyait qu'avec beaucoup de patience, beaucoup de persévérance aussi, il réussirait à entretenir la petite lueur d'intérêt que plus d'une fois il avait vue s'allumer dans ses yeux. Cette petite lueur serait l'objet de tous ses soins. Il savait qu'il n'était pas impossible, pour une épouse, de désirer son mari. Il le savait à cause de la femme d'Elwin. Souvent les autres chevaliers émettaient des remarques égrillardes, mais marquées au sceau de l'envie, sur les nuits que devait passer Elwin avec sa femme si amoureuse, si désirante.

La mère d'Adam, son épouse aussi n'avaient éprouvé que répulsion à l'égard de leurs maris respectifs.

Adam voulait que son mariage projeté fût très différent et il était résolu à mettre tout en œuvre pour y parvenir. Il voulait voir Christiane aussi désireuse que lui de contacts physiques. Il voulait pouvoir la tenir dans ses bras toute la nuit, pour dormir.

Il ne savait pas pourquoi cette perspective lui paraissait tellement séduisante alors qu'il n'en avait pas d'exemple. Ses parents dormaient certes dans le même lit, mais sans se toucher. Quant à lui, il ne savait pas ce que c'était de passer toute une nuit avec Rosemonde, celle-ci n'était jamais venue dans son lit ; et les rares fois où il s'était hasardé à la visiter dans le sien, elle lui avait fait savoir sans ambages qu'il n'y était pas le bienvenu et devrait s'en aller le plus vite possible.

Il ne doutait pas que garder Christiane Mac Dhiubh tout près de lui pour dormir lui serait un grand plaisir. Il s'en promettait les plus vives délices.

Pour cela, il devrait l'apprivoiser, l'accoutumer à sa présence, ne serait-ce qu'en marchant sur la plage avec elle. Au cours de leur nuit de noces, il s'appliquerait à lui donner beaucoup de plaisir afin qu'elle…

Il s'interrompit et se passa la main sur les yeux. Voilà qu'il brûlait les étapes…

Sortant du bosquet d'où il avait vue sur la cascade, il s'engagea sur le chemin, d'un bon pas. Son plan, il allait le mettre en œuvre dès l'instant.

C'est en souriant qu'il descendit la pente qui menait au bassin. La présence de sa fille, il n'en doutait pas, rendrait Christiane plus confiante. Elle n'aurait rien à craindre. C'est ainsi qu'elle commencerait à s'accoutumer à lui.

Meg nageait déjà comme un petit canard. Christiane s'enchantait de constater ses progrès et calculait que, dans quelques jours, la petite pourrait venir se baigner toute seule sans qu'on craignît pour sa vie.

L'eau du bassin était fraîche mais pas désagréable. Meg pouvait y séjourner sans devenir toute bleue. Il n'était donc pas malvenu de la laisser barboter tout le temps qu'elle voulait. C'était, en outre, un tel plaisir que de la voir s'amuser. Elle rattrapait le temps perdu.

La vieille Mathilde était trop rigoureuse pour une enfant aussi jeune et aussi sensible. Il faudrait en parler à Adam. Quand elle l'avait cherchée pour l'amener ici, Christiane l'avait trouvée à genoux sur le pavé de la chapelle, sous la surveillance de la gouvernante, en train de prier pour l'âme de sa mère défunte. Etait-ce de cette façon qu'on pensait l'aider à surmonter son chagrin ?

Meg sautait dans l'eau pour éclabousser Christiane. Elle riait. Soudain elle s'immobilisa et ouvrit de grands yeux.

— Papa ! s'écria-t-elle.

Chapitre 18

Christiane se retourna, consternée. Elle était complètement nue dans l'eau claire et Adam se trouvait juste au-dessus. Ses vêtements, elle les avait jetés sur un rocher à plus de quinze pas de là, avec les deux grandes serviettes.

— Regarde-moi ! cria Meg, ravie de montrer ce qu'elle savait faire.

Elle mit son visage dans l'eau et s'allongea pour nager, Christiane ne pouvant alors autrement faire que de lui prodiguer le soutien auquel elle l'avait habituée. Gênée, elle se plaça de profil pour offrir le moins possible au regard d'Adam.

— Très bien ! dit celui-ci. Lady Christiane est-elle une bonne nageuse aussi ?

Christiane lui jeta un regard outragé.

— Oui ! affirma la petite fille. Elle sait même plonger !

— Ah…, murmura Adam. Puis-je me joindre à vous ?

— Ah non, milord ! s'écria Christiane alarmée et voulant à tout prix éviter de le voir se déshabiller pour entrer dans l'eau.

Meg eut un soudain frisson. Il convenait de la sortir de l'eau pour la sécher, et ensuite elle devrait se réchauffer au soleil.

— C'est fini pour aujourd'hui, lui dit Christiane en la poussant vers la rive. Ton papa va t'aider à sortir.

— Non ! protesta Meg, la mine boudeuse. Toi.

— Pas cette fois, Meggie, pas cette fois, répondit Christiane en s'enfonçant dans l'eau jusqu'au menton. Tends les bras à ton papa et tu vas voir comment il va te tirer de là.

Il était trop près, elle avait l'impression que son regard

traversait la surface de l'eau. Elle croisa les bras au-dessus de sa poitrine. Jamais elle n'avait eu une conscience aussi aiguë, aussi pénible de sa nudité. Elle ressentait vivement la froideur de l'eau qui jusqu'alors ne l'avait jamais incommodée. Elle commença à claquer des dents. Bientôt elle devrait sortir du bassin.

Elle observa Adam qui emportait Meggie. Il l'enveloppa dans une serviette et la frictionna des épaules aux pieds. Christiane se demanda ce qu'elle ressentirait s'il lui administrait le même traitement.

A ce moment il se retourna et leurs regards se croisèrent. Christiane crut qu'Adam avait lu dans ses pensées. Elle rougit et se sentit obligée de se cacher complètement sous l'eau.

Adam se remit à frictionner Margaret. Il savait que Christiane ne pourrait rester très longtemps *sous* l'eau et même *dans* l'eau, qui était trop froide. Elle devrait bien sortir.

— Es-tu bien réchauffée ? demanda-t-il à sa fille.

Lui l'était aussi. Il se sentait même bouillant.

— Oui, lui répondit-elle en riant. Christy ?

— Elle va nous rejoindre bientôt.

Et, si elle ne se décidait pas, il irait la chercher.

Elle émergea, mais resta dans l'eau. Adam la regarda du coin de l'œil en s'interrogeant. Que faire ? Comment lui montrer qu'elle pouvait avoir confiance en lui ? Il proposa :

— Milady, si vous le désirez, Margaret et moi pouvons nous éloigner un moment, si vous avez l'intention de sortir du bassin.

Sans attendre de réponse, il prit sa fille dans ses bras, il l'emporta derrière la chute d'eau et de là, il cria :

— Dites-nous quand nous pourrons ressortir !

Le bruit de l'eau était si fort qu'il ne put essayer de déterminer, à l'oreille, les mouvements de la jeune fille. Il attendit un long moment, en se mordillant l'intérieur de la joue. Il attendrait le temps qu'il faudrait.

— Papa, le renard ! s'écria Margaret.

Sans réfléchir, il se retourna et, au travers du rideau liquide, il aperçut Christiane, enveloppée dans l'autre serviette, beaucoup trop petite, qui ne la cachait que de la poitrine aux genoux. Immobile, elle observait le renard, elle aussi.

Adam s'avança pour voir mieux. Sans crainte, l'animal accourait au bord du bassin, pour se désaltérer.

— Ne bouge pas, chuchota Adam.

Posément, Christiane se pencha pour prendre quelque chose parmi les vêtements, puis, à pas comptés, elle s'approcha du bassin, la main tendue. Le renard cessa de boire et, méfiant, il la regarda qui s'approchait. Il s'assit, le nez au vent. Soudain il détala et disparut dans les rochers. Serrant sa serviette sur elle, Christiane déposa un morceau de pain à l'endroit qu'il venait de quitter.

Adam regardait. Les battements de son cœur couvraient le bruit de la cascade. Christiane se retourna brusquement, comme si elle avait senti le regard brûlant qu'il dardait sur elle. Pris en faute, il s'empressa de se pencher sur sa fille à qui il demanda, à très haute voix :

— Es-tu réchauffée, Margaret ?

— Oui, papa… Je veux voir… le renard.

Etonné par le nombre de mots qu'elle venait d'aligner, il ne sut que répondre. Sa fille profita de son indécision pour lui échapper, elle sortit de l'abri pour courir vers Christiane.

— Vous pouvez venir aussi, milord ! cria celle-ci.

Elle venait de passer sa robe qu'elle finissait de lacer. Adam, qui la trouvait particulièrement charmante avec ses cheveux tout mouillés qui bouclaient autour de son visage, se demanda quelle serait sa réaction s'il la prenait dans ses bras, là, maintenant.

— Christy ! cria Margaret en courant vers elle. Le renard !

— Oui, tu l'as vu aussi, n'est-ce pas ?

Margaret hocha la tête et ajouta avec tristesse :

— Parti !

— Il est parti, mais ne doute pas qu'il reviendra. Vous êtes d'accord avec moi, n'est-ce pas, milord ?

— Je n'en serais pas autrement surpris, répondit Adam qui avait les idées ailleurs.

Il ne pouvait désirer Christiane plus qu'il ne la désirait à ce moment, il la désirait à un point tel qu'il se félicita de la présence de sa fille. A cause d'elle il était obligé de se discipliner. Grâce à elle, il pouvait appliquer son plan qui consistait à habituer la jeune fille à sa présence, progressivement.

— Aujourd'hui ? demanda Margaret.

Il ne savait plus de quoi il était question.

— Peut-être, répondit Christiane.

Elle s'était assise pour remettre ses brodequins. Margaret s'installa près d'elle pour continuer la conversation.

— S'il trouve le morceau de pain, reprit Christiane, il reviendra en espérant en recevoir davantage.

— Oui ! s'écria Margaret. Comme... comme les petits canards !

— Exactement.

— Christiane...

Adam venait de prendre place, lui aussi, sur le rocher plat et chaud, mais à côté de sa fille. Il demanda :

— Croyez-vous que nous puissions annoncer notre grande nouvelle à Margaret ?

— Eh bien... c'est à vous de décider, milord.

Il trouva qu'elle en parlait avec un certain détachement, comme si elle ne croyait pas vraiment qu'elle deviendrait bientôt sa femme. Il connut un moment d'inquiétude et crut bon de demander :

— Vous n'avez pas changé d'avis, n'est-ce pas ?

— Mais non, milord ! s'empressa-t-elle de répondre.

Elle pensa que sa réponse le réconfortait, calmait l'inquiétude qu'elle avait cru déceler dans ses yeux. Pendant un instant, un bref instant, il s'était montré moins distant, moins... cérémonieux.

Elle ne reviendrait pas sur sa décision, même si elle le désirait, même en sachant qu'il voulait l'épouser non pour elle-même mais pour préserver les excellents rapports qu'elle avait avec Margaret. Il ne se doutait pas qu'elle ne supporterait pas de s'éloigner de lui. Il ne savait pas qu'elle aussi aimait Margaret, et puis Désespérance aussi.

Elle rompit le silence.

— Meggie, je crois que ton papa a quelque chose à te dire.

La petite fille se tourna vers lui. Il toussota et commença :

— Lady Christiane a décidé de rester parmi nous, à Désespérance. Elle deviendra ma femme et donc, ta nouvelle maman.

Margaret fronça les sourcils.

— Maman ? Maman… est au paradis.

— C'est vrai, dit Christiane. Ta maman est au paradis, mais moi, je resterai avec ton papa, pour la remplacer si je peux, pour veiller sur toi.

Le silence, de nouveau, se fit. La petite fille avait le regard fixe et semblait absente. Alarmé, Adam ne savait comment réagir. Christiane reprit la parole.

— Meggie, demanda-t-elle, veux-tu que je reste ?

A son tour de s'inquiéter. Et si la réponse était non ? Dans ce cas, Adam retirerait-il sa proposition ?

Finalement, Margaret retrouva son entrain. Les yeux pétillants, elle proclama :

— Oui, il faut que tu restes… pour nourrir les petits canards.

— J'ai envoyé un messager à l'évêque d'Alnwick, déclara Adam alors qu'ils suivaient le chemin conduisant au château.

Meg courait devant eux et s'arrêtait de temps à autre pour cueillir des fleurs.

Le cœur de Christiane se mit à battre plus vite. Adam ne précipitait-il pas le mouvement ? N'avait-il pas trop hâte de célébrer leur mariage ? Normalement, il faudrait respecter un délai de trois semaines pour proclamer les bans.

— Il est possible que nous puissions célébrer la cérémonie à la fin de la semaine, dit-il.

Etait-il pressé d'avoir une nouvelle épouse… ou une mère pour Meg ? Aurait-il renvoyé Christiane à Learick si sa fille n'avait pas exprimé le désir de la voir rester ?

— Je ne serai pas un mari exigeant et autoritaire, reprit-il.

— Je…

— Je ne veux pas que notre union commence, pour vous, dans la gêne ou la crainte.

— Je n'ai pas peur de vous, milord, affirma Christiane.

Pourquoi le craindrait-elle ? Il ne lui avait donné aucun motif pour cela.

Il ne répondit pas. Elle l'entendait prendre de longues inspirations, comme pour se donner le courage de dire ce qu'il avait en tête. Pourquoi était-il si peu assuré, si maladroit parfois ?

Ils marchèrent en silence, pas trop vite parce qu'Adam boitait.

Christiane songeait au baiser, le seul, qu'ils avaient échangé, bien longtemps auparavant. Elle ne pensait pas qu'il avait détesté cette expérience, même s'il n'avait pas tenté de la renouveler, et elle se demandait comment il réagirait si elle se plaçait devant lui pour se blottir contre lui et lui offrir ses lèvres… pour l'obliger à lui donner un deuxième baiser.

— Vous avez sur ma fille un effet étonnant, déclara-t-il, le regard fixé sur Meg qui arrangeait son bouquet.

Arrachée à ses pensées sensuelles, Christiane se rappela le petit discours qu'elle avait décidé de tenir.

— La pauvre petite passe trop de temps à genoux.

— Je savais que Mathilde accorde beaucoup d'importance à la prière et aux dévotions…

— C'est très bien, coupa Christiane, mais point trop n'en faut. Elle passe des heures et des heures en prière.

— Je ne m'en étais pas aperçu, dit Adam dont les sourcils s'étaient froncés. Je pensais… Je suis inexcusable. J'aurais dû me rendre compte de ce qui se passait.

C'était peut-être vrai, mais d'après ce que Christiane avait appris de sa mère, les pères anglais s'occupaient assez peu de leurs rejetons, préférant les voir élever par des gouvernantes avant de les confier, s'il s'agissait de garçons, à d'autres seigneurs chargés de leur apprendre le métier des armes. Il n'était pas habituel pour eux de passer, comme Adam, beaucoup de temps avec eux, surtout avec une fille !

Christiane s'interrogea sur les deux années écoulées depuis la bataille de Falkirk. Elle savait Adam revenu à

Désespérance pour apprendre son veuvage ; en outre il était gravement blessé. Pouvait-on lui reprocher de ne pas s'être consacré à sa fille alors qu'il était lui-même en proie au chagrin ? Peut-être souffrait-il encore…

Désireuse d'en apprendre davantage, elle déclara :

— Vous fûtes blessé à Falkirk, milord, et gravement à ce que je crois savoir…

Adam ne répondant pas, elle poursuivit :

— Je suppose que vos forces se sont épuisées pendant la guérison.

— C'est vrai, admit-il ; mais cela n'excuse en rien ma négligence envers Margaret.

Il boitait encore et la marche restait pour lui un exercice pénible. Christiane le savait et elle se doutait qu'il s'inquiétait pour son état. Elle se demanda d'où lui venait la cicatrice de son visage, puis s'il avait reçu d'autres blessures au cours des innombrables batailles qu'il avait dû livrer au service du roi d'Angleterre.

— Il m'est arrivé de me casser un bras, dit-elle. J'étais alors une toute petite fille. L'os brisé a jailli hors de mes chairs. Je me souviens d'avoir souffert très longtemps après la consolidation. Ma mère me frictionnait avec des onguents de sa fabrication et mon père m'obligeait à multiplier les exercices pour hâter ma guérison.

— Votre bras me semble en bon état, affirma Adam après avoir jeté un coup d'œil appréciateur sur la longue cicatrice qui parait encore le bras en question.

Après un bref instant d'hésitation, Christiane avança :

— Vous devriez songer à appliquer le même genre de traitement à votre jambe. Si vous aviez des onguents, je pourrais…

Elle s'interrompit en prenant la juste mesure de ce qu'elle s'apprêtait à proposer. Rouge jusqu'à la racine des cheveux, elle chercha une échappatoire.

Adam s'arrêta pour la regarder sans parler, augmentant ainsi sa confusion, d'autant plus qu'il gardait lui-même un visage impénétrable et qu'elle ne savait donc pas s'il était choqué, ou amusé, ou intéressé…

— Je voulais dire…, reprit-elle avec difficulté, que, si vous aviez de quoi frictionner votre jambe, vous pourriez…

— J'ai des onguents, dit Adam d'une voix changée, plus grave, au timbre métallique.

Christiane plaça une main sur son ventre pour contenir les étranges sensations qu'elle y sentait sourdre.

— Peut-être, reprit-elle, que quelqu'un pourrait… je veux dire… vous pourriez demander…

— Christy ! cria Meg qui accourait.

Elle coupa court, ainsi, aux embarras du moment. Essoufflée, elle arriva avec son gros bouquet de fleurs, qu'elle offrit à Christiane. Elle repartit aussitôt pour en cueillir d'autres, faisant montre d'une énergie difficilement croyable pour qui l'avait vue quelques jours plus tôt.

Christiane confia Meg à Mathilde et regagna sa chambre. Elle y trouva une jeune servante qui finissait de remplir la baignoire.

— Votre bain est prêt, milady, fit-elle en esquissant une révérence.

— Merci, dit Christiane timidement.

Plus habituée aux regards en coin qu'aux marques de déférence, elle restait sur ses gardes.

— Puis-je… voulez-vous que je vous aide à retirer votre robe ?

Christiane se rendit compte qu'elle regardait la servante avec des yeux écarquillés, mais elle ne put s'en empêcher. Puis elle se retourna, avec lenteur, offrant son dos aux doigts qui allaient délacer sa robe.

— J'ai pris la liberté de terminer votre autre robe, déclara la servante.

Christiane tourna la tête vers le coffre au pied de son lit. Elle y vit sa robe, terminée en effet.

— Eh bien, merci, balbutia-t-elle, de plus en plus gênée et perplexe. Je…

Elle n'acheva point. Après quelques instants de silence, la servante reprit :

— Si vous me permettez de le dire, milady… c'est extraordinaire le bien que vous faites à la petite fille de milord.

Abasourdie, Christiane ne répondit pas.

— Quel changement en elle ! s'exclama la servante enthousiaste. Moi, je ne comprends pas ceux qui vous reprochent d'être écossaise.

— C'est-à-dire…

— Cette enfant n'était plus dans son état normal depuis la mort de sa pauvre maman, mais grâce à vous, elle se porte bien, de nouveau. J'espère que cela va continuer.

— Je l'espère bien ! fit Christiane. C'est une bonne petite.

Dépouillée de sa robe, elle marcha jusqu'à la baignoire en délaçant sa chemise. Elle n'éprouvait pas le besoin d'un bain après avoir si longuement batifolé dans l'eau de la cascade, mais pour rien au monde elle n'eût écourté ce premier moment d'intérêt et d'amitié depuis son arrivée à Désespérance.

— Comment vous appelez-vous ? demanda-t-elle.

— Béatrice, milady, répondit la servante, avec une nouvelle révérence. Mais vous pouvez m'appeler Béa, comme tout le monde au château.

La grande salle était comble, un festin se préparait en honneur de la grande nouvelle qui devait être annoncée par Adam. Il s'y était décidé en sachant qu'il faudrait du temps aux gens de Désespérance pour accepter Christiane comme leur châtelaine, mais il avait l'intention de manifester sans ambiguïté l'attachement qui l'unissait à elle et si nécessaire, il affronterait quiconque lui dénierait le droit de prendre la jeune fille pour épouse.

L'oncle Gérard, un hanap de bière en main, titubait déjà. D'une voix pâteuse, il dit :

— Je pense que vous pourriez faire mieux.

— Si vous faites référence à mon prochain mariage, répliqua Adam, je regrette de vous dire que vous avez tort. Christiane est celle que j'ai choisie, cela ne souffre aucune discussion.

Gérard cracha sur le pavé et ricana :

— Se marier avec une Ecossaise ; on aura tout vu !

— Elle n'est qu'à moitié écossaise, répliqua Adam. Et vous ferez bien de vous en souvenir quand elle sera mon épouse.

— Elle ne vous accepte que pour rester à Désespérance, devenir la maîtresse ici. Vous croyez que je ne l'ai pas observée, tandis qu'elle furetait partout ? Notre île lui rappelle son pays, elle espère retrouver ici un peu ce qu'elle a perdu.

Adam se contenta de hausser les épaules. Rageur, Gérard poursuivit :

— Elle n'est pas l'épouse qu'il vous faut, Adam. Croyez-moi, vous feriez mieux d'aller voir les ribaudes quand vous êtes en manque d'une femme, plutôt que d'épouser cette… cette sauvage sanguinaire !

— Je vous le redis pour la dernière fois, Gérard : ne vous approchez pas d'elle ou il vous en cuira.

Adam aperçut alors sir Raynauld attablé en compagnie de sir Elwin et de la femme de celui-ci, Laetitia. Sur ses chevaliers il pouvait compter pour soutenir Christiane. Eux savaient qu'elle n'était pas une « sauvage sanguinaire », ni une opportuniste.

Il était vrai qu'elle aimait Désespérance mais fallait-il lui imputer cet attachement à charge ? N'était-ce pas le moins que la châtelaine de Désespérance se sentît heureuse sur son île ? Adam l'avait décidé : il ne lierait pas une seconde fois son destin à une femme comme Rosemonde, éternellement insatisfaite. Il ne voulait plus être le geôlier de son épouse.

Le silence se fit. Levant les yeux, Adam aperçut Christiane qui venait de faire son apparition dans la galerie au sommet de l'escalier. Elle était si belle qu'il sentit sa gorge se serrer et que les larmes lui montèrent aux yeux.

Elle portait la robe jaune d'or, qui lui allait à la perfection, comme si elle eût été taillée pour elle. Son chef était couvert d'un voile taillé dans le même tissu. Resplendissante de beauté et de grâce, elle se tenait immobile… parce qu'elle n'osait plus avancer.

Adam se porta à sa rencontre. Il traversa la salle, monta quatre à quatre les marches. Il vit, en arrivant près d'elle, qu'elle se tenait toute droite, les bras raides, les poings serrés.

— Milady, lui dit-il en lui prenant, de force, une main

qu'il garda dans la sienne, voyez-vous sir Elwin, assis à cette table ? Près de lui se trouvent son épouse, Laetitia, ainsi que sir Raynauld.

Ils commencèrent à descendre l'escalier.

— Où se trouve Meg ? demanda Christiane.

Adam vit qu'elle regardait avec insistance du côté du banc d'honneur, sous le dais où Gérard avait pris place, son hanap en main.

— Ce soir, dit Adam, Margaret prendra son dîner dans sa chambre. Je l'ai dispensée de prières. Elle n'en dira qu'une, juste avant de monter dans son lit.

Christiane fronça les sourcils.

— Et Mathilde ? demanda-t-elle.

— Je lui ai recommandé d'enseigner à ma fille des jeux de son âge, répondit Adam, qui regrettait de ne pouvoir prendre la jeune fille dans ses bras pour effacer, par mille baisers, les rides soucieuses qui plissaient son front.

Elle sourit à cette plaisanterie ou plutôt, elle essaya de sourire parce qu'elle restait tendue, inquiète. Adam savait que c'était difficile pour elle, toute seule parmi tant d'étrangers, Ecossaise au milieu d'Anglais.

En plus, elle était destinée à devenir leur châtelaine.

Sir Raynauld s'avança au bas de l'escalier pour accueillir Adam et Christiane.

Elle fut heureuse de le voir, aussi heureuse que lorsqu'il était apparu dans l'escalier de l'auberge, pour aider Adam à la garder en sûreté.

Cette grande salle n'était certes pas aussi hostile que la salle d'auberge, du moins voulait-elle le croire. Il y avait sir Gérard qui lui jetait de méchants regards et, quant à la plupart des autres, ils semblaient attendre, en silence, qu'elle commît une erreur qui leur permettrait de la haïr ouvertement.

— Lady Christiane, déclara sir Elwin qui s'approchait à son tour, permettez-moi de vous présenter mon épouse, Laetitia.

La jolie jeune femme avait le teint rose et les cheveux très noirs. Elle sourit avec timidité et dit :

— Je suis ravie de faire votre connaissance.

— Il en va de même pour moi, répondit Christiane.

Les conversations reprirent, le brouhaha se réinstalla dans la grande salle tandis que les serviteurs se produisaient en longues files pour apporter les premiers plats ainsi que d'innombrables pichets de bière. Des musiciens se mirent à jouer un air entraînant, deux jongleurs commencèrent à amuser la foule avec leurs tours et leurs facéties.

— Je propose que nous nous asseyions, dit Adam.

Il s'aperçut que Christiane tremblait imperceptiblement. Il ajouta, pour la rassurer :

— Le plus dur est fait.

Plusieurs chevaliers s'approchèrent pour être présentés, et parmi eux se trouvait le bailli de Désespérance. Pour chacun d'eux, Christiane eut un mot aimable. Elle charma son monde. Adam en fut heureux.

Il avait souhaité que Penyngton fût suffisamment rétabli pour participer à la fête et aussi pour encourager Christiane par sa seule présence, mais la maladie persistait à le miner. Il toussait de plus en plus, la fièvre montait davantage. Pour la première fois, Adam s'inquiétait vraiment, il craignait de le voir mourir. C'est pourquoi il avait demandé à Sarah Cole de venir, une fois de plus. Elle avait accepté de rester au chevet du pauvre homme aussi longtemps que nécessaire, et ne pouvait donc pas non plus assister au festin. Adam le regrettait car il eût voulu la présenter à Christiane, non comme sa demi-sœur bien sûr, pas en public, mais plus tard, certainement, au moment opportun.

Des cuisines du château sortaient des mets variés, fins et succulents, auxquels Christiane touchait à peine. Toute droite sur sa chaise à haut dossier, elle restait sur ses gardes. Pourtant sir Gérard n'était pas là pour la tourmenter, il avait disparu au moment où les convives passaient à table.

Regardant autour de lui, Adam s'aperçut que, malgré la bonne chère, la musique et les attractions, l'atmosphère restait lourde, et sombres les hôtes. A l'évidence, les gens de

Désespérance n'étaient pas prêts à honorer celle qui deviendrait leur châtelaine, malgré les chevaliers qui avaient voulu donner l'exemple de leur allégeance.

Pour distraire Christiane, Adam lui posa cette question :

— Par quel miracle avez-vous réussi à redonner le goût de la nourriture à ma fille ?

— Milord ? fit-elle, d'une toute petite voix.

Elle n'avait pas entendu ce qu'il lui demandait.

— Vous n'avez presque rien pris ce soir, lui dit-il en souriant. C'est pourquoi je me demandais comment je pourrais vous donner un peu d'appétit, et si votre recette pouvait s'appliquer à vous-même…

— Je n'ai vraiment pas faim, soupira-t-elle en rougissant, comme prise en faute.

— Christiane, reprit-il en posant sa main sur la sienne, sachez que je ne vous juge pas. Vous n'avez pas à vous justifier devant moi.

Les lèvres de la jeune fille tremblèrent. Elle parut sur le point de fondre en larmes. Mais elle contint son émotion. Jetant un regard craintif sur les convives, elle murmura :

— C'est devant eux que je devrai me justifier.

— C'est ce que nous allons voir ! grommela-t-il.

Il se leva, son hanap en main qu'il tendit au-dessus de lui et il resta dans cette position, immobile. Bientôt la musique cessa, les conversations aussi, le silence installa son règne dans la grande salle.

— Merci à tous de vous être joints à moi ce soir, déclara Adam, d'une voix forte. Je vais pouvoir vous entretenir de certains sujets qui me tiennent à cœur.

Il parla de la récente tempête, des dégâts qu'elle avait causés, des réparations qui restaient à envisager. Il plaisanta ses hommes d'armes qui accomplissaient des travaux d'artisans ou de paysans. Ayant obtenu les rires qu'il cherchait, il redevint plus sérieux.

— Si nous sommes réunis ce soir, c'est surtout pour célébrer mes fiançailles avec lady Christiane de Saint-Oln.

L'atmosphère s'alourdit instantanément. Il poursuivit néanmoins :

— Notre mariage sera célébré dans dix jours, en l'église de la Sainte Croix. Ma fiancée et moi invitons tout le peuple de Désespérance à la cérémonie ainsi qu'à la fête qui s'ensuivra.

Les chevaliers applaudirent, mais ils furent les seuls. Les autres convives restaient silencieux, inertes, comme abasourdis par la nouvelle qu'ils venaient d'apprendre.

Irrité par ce comportement, Adam jeta un coup d'œil de côté à Christiane de plus en plus tendue. Il craignait qu'elle ne se levât pour fuir l'hostilité de tous ces gens.

Mais sir Elwin se leva et porta haut son hanap.

— Un toast ! proclama-t-il.

Tous les chevaliers et leurs dames se levèrent. Sir Elwin affirma sa loyauté envers son seigneur et la dame qu'il avait choisie, il leur souhaita une vie longue et prospère, il leur souhaita une nombreuse descendance.

Peu à peu, les convives se levaient. Quand sir Elwin eut terminé, tous étaient debout.

Bien sûr, ils burent sans trop d'enthousiasme, mais Adam jugea que ces débuts étaient prometteurs et qu'il pouvait s'en satisfaire.

Chapitre 19

La pluie menaçait. L'air était lourd d'humidité, il pesait sur les épaules de Christiane. Les deux coudes sur un merlon, au sommet de la tour où elle avait rencontré Adam, le premier matin de son séjour à Désespérance, elle respirait avec difficulté. Son chagrin restait vif.

— Je savais que je pourrais vous trouver ici.

Elle sursauta et se retourna d'un bond, vit Adam qui émergeait de l'escalier.

— Ils vous accepteront, à la longue, lui dit-il en s'avançant vers elle.

Sans répondre, elle se retourna pour poser ses deux mains sur la pierre froide. Elle n'était pas aussi optimiste que lui. L'antipathie des habitants de Désespérance, évidente, presque palpable, la glaçait d'horreur. Malgré cela, elle ne reviendrait pas sur sa promesse. Elle épouserait Adam.

Elle se savait incapable de le quitter, même si tous les habitants de l'île la poursuivaient d'une haine inexpiable.

— Combien d'hommes avez-vous perdu à Falkirk ? demanda-t-elle sans se retourner.

— Soixante-dix.

Le cœur de Christiane se serra. Tant d'hommes tués... tant de familles dans l'affliction... Comment une pauvre Ecossaise comme elle parviendrait-elle jamais à gagner l'estime de ces gens ? Pourquoi ne la verraient-ils pas, éternellement, comme une ennemie ?

Adam reprit :

— Presque tous les chevaliers qui se trouvaient dans la grande salle, ce soir, m'accompagnaient en Ecosse. Ils ne vous tiennent pas pour responsable de nos morts, comme vous avez pu le constater.

— Le ressentiment qui m'accable n'est pas justifié. Peut-on vraiment me considérer comme une Ecossaise vindicative ? En plus, je suis à demi écossaise, je vous le rappelle.

— Cessez de vous tourmenter, dit Adam en la prenant par les épaules pour l'obliger à se tourner vers lui.

Ses grandes mains n'étaient pas brutales. Christiane se demanda s'il l'attirerait à lui, s'il lui donnerait un baiser. Elle le souhaitait. Elle en rêvait. Lui ne songeait qu'à discourir.

— Leurs sentiments changeront, à la longue, disait-il. Quand ils sauront ce que vous avez fait pour Margaret…

A l'évidence il ne songeait pas à lui donner un baiser parce que dans le cas contraire, ce serait déjà fait. Christiane ne comprenait pas pourquoi il l'avait embrassée une fois pour ne plus jamais recommencer ensuite. Elle craignait de l'avoir déçu. Y avait-il un art du baiser, qu'elle ne connaissait pas ? Devait-elle, dans ces conditions, se résigner à n'être rien d'autre qu'une mère de remplacement pour Meg, et non pas une épouse au plein sens du terme ? « Qu'il en soit ainsi », pensa-t-elle, accablée.

A la longue, Adam finirait peut-être par l'aimer comme elle l'aimait ?

Peut-être, mais elle ne devait pas trop espérer.

Au loin roulait le tonnerre annonciateur d'un nouvel orage.

Adam ôta ses mains des épaules de la jeune fille ; à regret, mais par devoir. Les doigts lui démangeaient. Il craignait de commettre un geste qu'il regretterait ensuite jusqu'à la fin de ses jours.

Patient. Il avait à se montrer patient. Il courtiserait Christiane toujours comme si un chaperon l'accompagnait, et jamais ne devait lui donner quelque motif d'alarme. Après la cérémonie du mariage, il pourrait l'approcher charnellement, mais en attendant, il garderait ses distances.

— Nous aurons la tempête, dit-il en songeant que la tempête des sens était la plus terrible de toutes.

— Sera-t-elle aussi terrible que la dernière ? demanda Christiane.

— J'espère que non. Le village n'a pas besoin de nouvelles destructions.

— Est-ce… est-ce que Meg a toujours eu peur des orages ?

— Dois-je comprendre que vous l'avez entendue, la nuit de votre arrivée ?

— Oui.

Adam s'abîma dans ses pensées. Il revécut le passé avant de le traduire en mots pour Christiane.

— Avant mon départ pour la guerre, avant la mort de sa mère, Margaret n'avait pas peur des caprices de la nature. Maintenant, le bruit du tonnerre provoque chez elle des paniques difficiles à chasser… Vous admettrez que ce n'est pas amusant pour quelqu'un qui doit vivre à Désespérance, où les tempêtes et les orages sont si nombreux.

A la froide lumière dispensée par la lune, Adam aperçut une petite ride verticale entre les sourcils de Christiane, preuve de son souci. Il s'émut de ce qu'elle prît une part si vive aux peurs de Margaret, comme si elle était sa mère.

Une fois encore, il l'eût volontiers prise dans ses bras, mais il craignit de l'affoler par ses avances prématurées. Et si elle se jetait dans le vide, pour lui échapper ?

Frissonnant d'horreur, il recula précipitamment.

Cette fois, quand Christiane entendit le cri dans la nuit, elle sut immédiatement de quoi il s'agissait, et bien qu'elle sût qu'Adam prendrait soin de Meg, elle sortit en hâte de son lit pour courir vers la chambre de la petite fille, une lampe à la main.

Adam l'avait précédée. Il tenait Meg dans ses bras et la cajolait. Comme il tournait le dos à la porte, c'est Meg qui vit Christiane la première.

— Christy ! cria-t-elle, d'un ton plaintif.

— Oui, je suis là, n'aie pas peur.

Un éclair illumina la fenêtre et presque aussitôt retentit un terrible coup de tonnerre.

— Papa ! cria Meg en cachant son visage contre l'épaule de son père.

— Il ne faut pas avoir peur, lui dit-il en lui couvrant la tête de sa main.

— Maman ! reprit-elle. Reviens, maman.

— Christiane est là, dit Adam. Elle ne s'en ira pas.

Adam s'assit sur le bord du lit, Christiane aussi, près de lui, ce qui permit à Meg de l'enlacer tout en restant sur les genoux de son père.

— Essaie de ne pas avoir peur du vent et des coups de tonnerre, lui dit Christiane en lui caressant la joue. Tu n'as rien à craindre car ils ne font de mal à personne.

— Ils font du mal à maman, gémit la petite fille.

— Non, corrigea Adam. Maman a eu très mal quand elle est tombée, mais depuis, elle ne souffre plus.

Christiane tourna vers lui un regard interrogatif. C'était la première fois qu'elle entendait évoquer les circonstances de la mort de Rosemonde ; une chute ? Cet accident s'était-il produit pendant un orage ? Avait-elle glissé dans les rochers, près de la plage ? Etait-ce pour cette raison qu'Adam avait émis les plus extrêmes réserves quand elle, Christiane, avait manifesté son désir d'aller se promener de ce côté-là ?

— Lady Rosemonde est-elle morte pendant un orage ? demanda-t-elle, à voix basse.

— Je ne sais pas, répondit Adam. Elle est morte une semaine avant mon retour de Falkirk.

— Vous ne croyez pas que nous devrions essayer d'en savoir plus ?

La tempête passa sans avoir causé de nouveaux dommages.

La vie tranquille reprit ses droits à Désespérance. Chaque jour, Christiane et Meg nourrissaient les petits canards, elles allaient se baigner à la cascade chaque fois que le temps le permettait. Adam veillait sur elles.

Il avait appris que Rosemonde avait sauté dans le vide, du

haut de la plus haute tour du château, par une nuit de violent orage. Ce qu'il ne comprenait pas, c'était pourquoi Margaret évoquait ce drame chaque fois que le tonnerre grondait. Il espérait seulement que le terrible souvenir s'atténuerait au fil des années.

Les jours passèrent. L'état de Charles Penyngton s'aggrava. Christiane ne lui rendait plus que de très courtes visites, pour ne pas le fatiguer davantage. Sarah Cole, en revanche, passait de plus en plus de temps au chevet du malade, de jour comme de nuit.

— Se trouve-t-il, au village, quelqu'un qui ne s'oppose pas à mon mariage avec Christiane ? lui demanda Adam, un jour en fin d'après-midi, au bas de l'escalier, alors qu'elle redescendait et se disposait à traverser la grande salle pour sortir du château.

Charles Penyngton allait un peu mieux, la fièvre était tombée. Elle pouvait donc, sans trop de scrupules, rentrer chez elle et prendre un repos bien mérité, en attendant qu'on fît de nouveau appel à ses services.

— Je crains, dit-elle pour répondre à la question d'Adam, que la haine contre lady Christiane ne s'éteigne jamais tout à fait, à cause de son sang écossais.

— Vous connaissez les gens de cette île, Sarah. Vous vivez parmi eux. Ne pensez-vous pas qu'à la longue ils finiront par changer d'opinion et à se montrer plus amènes ?

— Ils ont beaucoup de respect pour vous, milord. Vous pouvez donc espérer que, pour vous plaire, ils se montreront peu à peu plus chaleureux envers votre épouse. Bien sûr, il y aura aussi les irréductibles.

— J'ai déjà remarqué plusieurs servantes moins réservées, dit Adam, pensif ; quelques serviteurs aussi, d'ailleurs.

— C'est bon signe. On peut espérer que leur exemple soit contagieux.

— Je l'espère de tout mon cœur car…

— Papa !

Le cri de Margaret interrompit la conversation. Adam tourna la tête pour voir sa fille qui accourait vers lui et derrière se trouvait Christiane qui semblait indécise et ne savait si elle devait avancer.

Adam prit le bras de Sarah pour descendre avec elle les dernières marches et l'emmener à la rencontre de Christiane qui s'était arrêtée au milieu de la grande salle. Mais sa fille lui ayant jeté ses bras autour des jambes, il se trouva entravé. De bonne grâce il s'arrêta et dit :

— Approchez, Christiane, afin que je vous présente Sarah.

Christiane s'avança à pas comptés, en regrettant de ne pas porter de meilleure robe et d'avoir les cheveux emmêlés. Mais elle revenait de l'étang, le vent avait soufflé…

Gênée, elle fit une profonde révérence et dit :

— Madame, c'est un honneur pour moi…

— Je vous en prie, milady ! s'écria Sarah Cole en l'aidant à se relever. Tout l'honneur est pour moi. Lord Adam m'a si souvent parlé de vous…

Christiane ressentit vivement la morsure de la jalousie. Adam avait peut-être parlé d'elle à Sarah, mais de Sarah il lui avait peu parlé. C'était tout juste s'il l'avait mentionnée une ou deux fois. Voilà qui lui donnait l'impression que son fiancé avait plus de conversations avec cette femme qu'avec elle.

En plus, Sarah était très belle. Elle avait les traits réguliers et fins, la peau très blanche. Christiane songea avec chagrin qu'elle ne pourrait jamais rivaliser avec elle.

— Je ne sais pas si Adam trouve beaucoup à dire sur moi, dit-elle en veillant à brider son accent écossais.

— Détrompez-vous ! répliqua Sarah. Il m'a rapporté, jour après jour, les attentions que vous avez données à Margaret. Je dois dire que les effets en sont remarquables et que tout le monde y est sensible ici.

Elle effleura la joue de la petite fille et repoussa une mèche qui lui barrait le visage. Christiane éprouva une bouffée d'hostilité, elle eut envie de lui dire de partir et de laisser sa fille tranquille. Sa fille ! C'était ridicule.

Quoique…

— … m'a parlé des canetons que vous avez sauvés avec

Margaret, disait Sarah ; et aussi de ce renard qui vient manger dans votre main.

Christiane ouvrit de grands yeux et son regard se porta sur Adam. Comment savait-il qu'elle avait nourri le renard ? La dernière fois qu'il était venu à la cascade, l'animal s'était montré trop intimidé pour s'approcher à plus d'une centaine de pas.

Mais alors, Adam devait avoir vu…

Christiane se sentit rougir jusqu'à la racine des cheveux. Ses oreilles se mirent à lui chauffer.

Si Adam l'avait vue nourrir le renard, c'était qu'il l'avait observée à son insu.

Elle balbutia :

— Je… je…

— C'est un talent extraordinaire que vous avez là, reprit Sarah enthousiaste. Je dirais même : un don. Une telle familiarité avec les animaux sauvages, ce n'est pas courant.

— Je ne sais pas, murmura Christiane. Ce que je peux dire…

Elle n'osait plus regarder Adam, de crainte de rougir davantage et de rendre plus visible son embarras, qui déjà n'avait pas dû échapper à ses deux interlocuteurs.

— Boire, Christy ! cria Meg en échappant à son père pour se jeter contre elle.

C'était le prétexte dont elle avait besoin. Elle pouvait désormais prendre congé sans paraître discourtoise.

— Si vous voulez bien m'excuser, milord, dit-elle. Sarah, ce fut un plaisir.

Elle s'empara de la main de Meg et l'entraîna vers l'escalier. Les chiens, qui sommeillaient dans un recoin, se levèrent pour la suivre en jappant avec entrain. Elle murmura pour elle-même :

— J'ai un don avec les animaux, c'est sûr, mais je me demande à quoi il me sert. Je serais plus contente si j'avais des talents de guérisseuse ou si j'étais capable de gouverner mes futurs serviteurs… Je n'ai pas…

— … de bonnes manières, compléta pour elle sir Gérard

en surgissant de l'ombre. C'est vrai que vous n'avez rien qui plaide en votre faveur.

Meg tira sur la main de Christiane pour aller plus vite et échapper à l'oncle disgracieux. Elles prirent littéralement la fuite, mais les méchants mots les poursuivirent encore pendant quelques instants.

— Sarah, voilà une vraie femme ! lança sir Gérard. C'est elle que mon neveu devrait épouser, s'il avait un brin de sagesse.

Les larmes aux yeux, Christiane pensa qu'il avait raison.

Adam les trouva assises sur un escalier à l'arrière du donjon, chacune ayant en main une cruche à laquelle elle se désaltérait. Les deux chiens étaient couchés quelques marches plus bas, attendant avec patience qu'on voulût bien s'occuper d'eux.

Il ne pouvait oublier l'expression de Christiane quand elle avait compris qu'il l'avait espionnée près de la cascade. Par chance, elle n'avait pas semblé s'en offusquer. Certes elle avait rougi et, dans le bref instant qu'elle avait osé le regarder, il avait vu une sorte de feu dans ses yeux.

Adam pensait qu'il y avait progrès. Il en était heureux.

— Nous irons au village demain, dit-il en prenant place près de Christiane.

Sarah, qui avait trouvé Christiane charmante, avait proposé d'organiser une fête pour la présenter au bon peuple. Elle pensait que les braves gens se laisseraient volontiers séduire s'ils avaient l'occasion de l'approcher et de la connaître autrement que par des on-dit, des médisances.

— Non, papa ! s'écria Margaret.

Etonné que sa fille, si vive maintenant, refusât une expédition qui eût dû l'intéresser, il lui demanda :

— Pourquoi, Margaret ?

— Il faut nourrir les petits canards ! lui répondit-elle avec véhémence.

— Je vois, dit-il en souriant. Et si nous trouvions quelqu'un pour les nourrir en votre absence ?

Margaret réfléchit à la question. Elle hésitait.

— Il y aura une fête au village, reprit Adam, pour célébrer mes fiançailles avec lady Christiane.

Celle-ci sursauta et murmura :

— Mais, Adam…

Il s'amusa à plaisanter.

— Ne me dites pas, vous aussi, que vous ne pouvez pas quitter le château parce que vous devez nourrir les canards !

Il rit pour cacher la tristesse que lui donnait l'air soucieux de Christiane. Il n'ignorait pas quelle épreuve constituait pour elle la journée du lendemain, tout en sachant aussi qu'il était important pour elle de se faire connaître par le peuple dont elle serait la châtelaine. Il avait la certitude que plus personne ne pourrait la haïr, ensuite.

— C'est impossible, fit-elle d'une voix presque inaudible.

— Ne vous inquiétez pas, lui dit-il. Je serai avec vous. Rien ne pourra vous arriver de fâcheux.

Christiane avait l'impression que les habitants du village étaient muets. Tous la regardaient avec de grands yeux, mais ils ne disaient rien. Il régnait un silence difficile à supporter. Le ciel était gris, il faisait froid.

Elle s'estimait heureuse de ne pas avoir à souffrir la présence de sir Gérard. Il ne serait pas là pour ajouter à sa gêne.

Adam tenait parole. Il se tenait constamment près de Christiane, mais aucune manifestation agressive n'avait été à déplorer jusque-là. Les gens de Désespérance étaient distants, pas vraiment hostiles.

Des musiciens se mirent à jouer un air entraînant tandis que des jongleurs et des acrobates — ceux-là mêmes qui avaient animé la soirée au château — arrivaient sur la place. Quelques rires fusèrent. Les visages parurent moins sérieux.

Une petite fille s'approcha avec un bouquet de fleurs qu'elle offrit à Christiane en disant :

— Que le ciel vous bénisse.

— Je vous remercie, dit Christiane en recevant ce don. Comment vous appelez-vous ?

— Gemette, milady.

Sur une rapide révérence, la fillette recula et disparut dans la foule.

Meggie s'accrochait à la robe de Christiane. Elle ne voulait pas la quitter d'une semelle, mais elle suivait avec fascination les évolutions des enfants qui couraient, s'amusaient, riaient et criaient.

De grandes tables avaient été installées sur des tréteaux, au milieu de la place du village, juste devant la petite église. Des femmes, sous la direction de Sarah, y disposaient les nourritures — pain et poisson principalement — qu'elles apportaient dans de grands paniers. Les servantes d'Adam participaient à la préparation des agapes, en déposant les mets qui sortaient des cuisines du château.

La journée eût été merveilleuse à tous points de vue si Christiane ne s'était pas sentie aussi nerveuse.

— Milady…

Le bailli venait présenter ses devoirs. Christiane se rappelait l'avoir vu lors de la soirée au château. Il s'inclina devant elle et poursuivit :

— Si vous me le permettez, j'aimerais vous présenter ma femme, Lucy Morton.

— Je suis heureuse de faire votre connaissance, déclara Christiane à la jeune femme qui portait un tout jeune enfant et en avait un autre accroché à ses jupes.

— C'est tout comme moi, répondit la femme du bailli, tout aussi embarrassée qu'elle.

— Vos enfants sont très beaux. Je suppose qu'ils vous donnent beaucoup de travail.

— Ne m'en parlez pas ! s'exclama Lucy Morton. Et nous en avons encore deux autres.

— De quel âge ? s'enquit Christiane.

Tandis que Lucy, conquise, se lançait dans un long discours sur sa progéniture, Adam serra le bras de Christiane ; pour la rassurer ? ou pour lui faire remarquer que tout se passait mieux qu'elle ne le craignait ?

Une autre jeune mère approcha en compagnie de son mari et de ses enfants, et puis encore une autre. Bientôt Christiane se vit entourée de femmes qui lui exposaient leurs joies et leurs difficultés. Elle écoutait les unes et les autres, répondait de temps à autre à une question qu'on lui posait. A un certain moment, elle s'aperçut qu'elle n'était plus avec Adam, ce qui ne lui causa aucun tracas.

— A ce qu'on raconte, lui dit une femme, vous avez bien réussi avec la petite de milord. C'est vrai qu'elle va mieux, grâce à vous ?

— Eh bien, c'est-à-dire…, murmura Christiane. C'est une enfant charmante et ce n'est pas une épreuve que de passer du temps avec elle.

— Pas étonnant que milord ait décidé de vous épouser ! affirma une robuste matrone. Vous pensez bien qu'il est tout content d'avoir trouvé quelqu'un qui soit capable de s'occuper de sa fille !

— La gouvernante que lady Rosemonde avait amenée avec elle…

— Mathilde.

— C'est cela.

— Il faut reconnaître qu'elle n'est pas très bonne en matière d'éducation.

— Beaucoup trop sévère !

Christiane se garda d'abonder dans le sens de ces femmes qui exprimaient le fond de sa pensée, d'une façon un peu trop directe. Craignant d'être sollicitée et de décevoir, donc de ruiner le crédit qu'elle avait gagné, elle se pencha sur Meg pour lui demander :

— Tu veux que nous allions voir ce qu'il y a de bon à manger ?

Sans attendre de réponse, elle entraîna la petite fille dans la foule, en cherchant Adam qu'elle aperçut bientôt, près de l'église, au milieu d'un groupe de pêcheurs et de paysans. Elle le désigna à Meg en lui disant :

— Ne le dérangeons pas. Il nous rejoindra quand il aura fini de parler avec ces gens.

Elles commençaient à s'intéresser aux victuailles quand Sarah Cole s'approcha d'elles.

— Je suis si heureuse que milord et vous puissiez participer à notre fête, dit-elle avec un franc sourire.

— Je vous remercie, répondit Christiane. Nous avons de la chance, car il fait un temps idéal, un peu frais peut-être, mais nous n'avons pas à craindre la pluie.

La jeune femme se pencha vers Meg.

— J'espère que tes petits canards ne te manquent pas trop.

Elle se redressa et murmura pour Christiane :

— Milord m'a dit que c'était un réel souci.

— C'est vrai, dit Christiane, navrée de recevoir une nouvelle preuve des rapports étroits qui unissaient Adam à Sarah.

— Il y a des enfants qui jouent au bord de la rivière, dit Sarah à Margaret. Veux-tu que lady Christiane te conduise à eux ?

— Ils nagent ? demanda la petite fille.

— Je ne pense pas, car il fait beaucoup trop froid.

Quelques instants plus tard, Christiane et Meg, en compagnie d'autres femmes, se dirigeaient vers la rivière qui ceinturait une partie du village.

— Les garçons aiment nager à cet endroit, déclara une des femmes. La mer, vous pensez bien, est beaucoup trop dangereuse.

— Trop froide aussi, renchérit une autre.

— Le courant de la rivière est trop fort ces jours-ci, dit une troisième. Remarquez, avec les pluies que nous avons eues depuis quelque temps, c'est normal. Mais, s'il y a des courageux qui veulent se baigner malgré la température, ils devront se méfier parce qu'ils pourraient vite être entraînés jusqu'à la mer.

— Je pense qu'il n'y a rien à craindre.

— Ils ont l'habitude…

Christiane demanda à Meg si elle voulait se joindre à un groupe de petits enfants qui jetaient des cailloux dans la rivière, mais la petite refusa. Elle ne voulait pas s'éloigner. Complaisante, Christiane l'accompagna, en chantonnant. Mise en présence des enfants, Meg se montra timide, mais Gemette apparut. Elle avait des cailloux plein les poches de son tablier. Elle en offrit un en proposant :

— Tu veux lancer celui-là ?

Meg regarda le caillou avec envie, mais elle n'osa pas le prendre.

— Tu ne sais pas comment il faut faire pour lancer ? demanda Gemette.

— Si, je sais ! déclara Meg.

Christiane avait des doutes sur ce point ; Gemette aussi, apparemment, puisqu'elle dit :

— Regarde bien, je te montre.

Elle lança son caillou qui ricocha presque jusqu'à l'autre rive.

Beaucoup d'enfants jouaient tout le long de la rivière. Quelques garçons plus âgés s'étaient regroupés en amont, ils chevauchaient une branche d'arbre horizontale qui s'étendait au-dessus des flots. Le but du jeu était d'aller le plus loin possible ; jeu dangereux, jugea Christiane, mais il paraissait que les femmes présentes n'avaient pas les mêmes craintes.

— Christy ! appela Meg. Regarde comment je fais !

Christiane lui redonna son attention. Elle encouragea ses essais plus ou moins couronnés de succès, elle applaudit aux exploits de Gemette et de deux autres petites filles qui réussissaient très bien leurs ricochets. Elle s'enchanta de voir à quel point Meg s'amusait, regretta l'absence d'Adam qui ne pouvait être témoin du plaisir de sa fille.

Elle s'éloigna pendant quelques minutes et retourna en direction du village, mais elle ne vit pas Adam. Un peu déçue, elle retournait vers la rivière quand elle entendit une série de cris stridents. Alarmée, elle se mit à courir.

— C'est Gil !

— Il est tombé !

Arrivée sur la rive, elle vit le garçon que les flots puissants et tumultueux emportaient.

Sans hésiter, elle plongea.

Chapitre 20

Les cris parvinrent jusqu'au village. Adam, comme tout le monde, courut vers la rivière, en se demandant où étaient passées Margaret et Christiane, qu'il ne voyait nulle part.

— Milord ! cria le bailli affolé.

— Quoi ?

— Lady Christiane…

— Quoi, lady Christiane ?

L'homme semblait avoir perdu l'usage de la parole. Adam le prit par les épaules et le secoua d'importance.

— Que se passe-t-il ? lui hurla-t-il aux oreilles. Expliquez-moi !

Le bailli retrouva ses esprits et l'usage de sa langue.

— Un des garçons… Gilbert Raven… il est tombé dans la rivière. Lady Christiane a plongé pour le sauver.

— Non ! cria Adam.

Il repoussa le bailli, sans ménagement, et reprit sa course. Fou d'angoisse, il courut le long de la rivière dont le courant allait plus vite que lui.

Christiane devrait être une nageuse exceptionnelle pour sauver le malheureux garçon, se disait-il. Ce serait déjà un miracle si elle réussissait à se sortir de là. S'en sortir ? Impossible ! Elle serait entraînée jusqu'à la mer et alors…

Il l'aperçut soudain, qui dansait dans les flots comme un bouchon. Elle s'enfonçait sous l'eau, réapparaissait un long moment après, beaucoup plus loin.

Atterré, Adam se dit qu'elle ne survivrait pas, qu'il la perdrait, qu'il l'avait d'ores et déjà perdue. Sa vie ne vaudrait plus la peine d'être vécue si Christiane se noyait. Et Margaret ? Sa douleur serait immense et elle retomberait dans le marasme qui l'avait trop longtemps affectée après la mort de sa mère.

Révolté contre le destin cruel, Adam déboucla sa ceinture, puis il retira ses bottes. Il ne serait pas dit qu'il laisserait Christiane se noyer sans tenter de la sauver, et s'il le fallait, il mourrait avec elle. Elle n'était pas trop loin… Il s'apprêta à plonger… Les remous aspirèrent Christiane, qui réapparut aux abords de l'autre rive.

— Trouvez-moi un bateau ! cria Adam aux gens qui se pressaient autour de lui, effarés. Une petite barque, une planche, n'importe quoi, mais vite !

Quelques hommes sortirent de leur torpeur pour accéder à sa demande, ils s'éloignèrent en courant. Vibrant d'impatience, il résista à l'envie de sauter dans l'eau, en se représentant qu'il commettrait un sacrifice inutile.

La foule, autour de lui — des femmes principalement —, devenait frénétique. On criait, on se lamentait sur le sort du pauvre garçon qu'on présumait d'ores et déjà perdu. On consolait par avance la pauvre mère éplorée.

Personne ne s'inquiétait de Christiane Mac Dhiubh, personne ne versait de larmes pour elle.

Les hommes revinrent. Ils portaient deux barques, qu'ils réussirent à mettre à l'eau malgré les multiples maladresses nées de leur précipitation. C'est alors que quelqu'un cria :

— Regardez ! Ils sont là-bas !

Tous les yeux se tournèrent dans la direction indiquée. Adam vit, dans l'eau grise, une tache bleue qui se dirigeait vers la rive. Christiane portait une robe bleue ! C'était bien elle, qui remorquait le garçon !

Fou d'espoir, il se remit à courir et ordonna :

— Qu'on apporte des couvertures !

Plus loin en aval, la rivière entrait dans une sorte de défilé bordé de rochers déchiquetés. Christiane aurait beaucoup de difficultés pour remonter sur la rive avec son fardeau, si toutefois elle réussissait à s'en rapprocher. Elle était encore au milieu de la rivière, dans une zone de tourbillons frangés d'écume, mais elle luttait contre le courant et peu à peu se rapprochait de la rive. Gardant l'œil sur elle, Adam courait.

Christiane, enfin, parvint dans la zone des écueils. Elle réussit à déposer son fardeau sur un banc de sable avant de s'affaler sur un rocher. Elle ne bougea plus et resta sourde aux appels d'Adam.

— Christiane ! criait-il en descendant vers elle.

Trois hommes le suivaient. Un l'aida à sortir Christiane, les deux autres s'occupèrent du garçon inanimé. Au prix d'infinies difficultés, ils remontèrent vers la rive où des mains se tendirent pour recevoir les deux corps inanimés et les coucher dans l'herbe.

Christiane, la première, commença à tousser et après elle le garçon sortit de sa torpeur. Tous deux se mirent à rendre de grandes quantités d'eau.

Adam s'agenouilla près de la jeune fille qui tremblait de tous ses membres et claquait des dents. Il l'enveloppa dans une couverture et la prit dans ses bras pour la serrer contre lui. Eperdu de bonheur, il la baisa plusieurs fois au front. Dieu merci, elle était vivante !

— Christy !

Margaret accourait en pleurant. Elle prit dans ses petites mains le visage de Christiane et implora son père.

— Papa ! Papa ! criait-elle, la voix pleine de sanglots.

— Elle va bien, lui dit-il. N'aie pas peur.

Christiane tremblait de plus belle. De véritables sursauts agitaient son corps. Adam se dit qu'il lui fallait un bon feu et il se reprocha de n'y avoir pas pensé plus tôt. Alors il se leva et l'emporta vers la chaumière la plus proche. Un homme le suivit avec le jeune Gilbert et derrière eux marcha la foule qui murmurait son admiration.

— Buvez, lady Christiane, disait une voix douce.

Quelqu'un lui souleva la tête et approcha de ses lèvres un breuvage très chaud, très fort. Elle en but une gorgée.

— Adam ? murmura-t-elle.

— Je suis là, dit-il.

Elle ouvrit les yeux, non sans difficulté et regarda autour d'elle. Sa vision était trouble, mais elle reconnut qu'elle se trouvait dans une pièce agréable qui prenait le jour à deux fenêtres. Le feu ronflait dans la cheminée.

Elle demanda :

— Meg ?

— Elle s'est endormie, répondit Adam. Elle est ici aussi, chez Sarah.

— Et le garçon ?

— Il vivra assez longtemps s'il ne commet pas d'autres bêtises comme celle d'aujourd'hui.

— Son père l'a remmené chez lui, ajouta Sarah. Il est plein de plaies et de bleus, mais il est sauvé.

Christiane n'avait pas de forces pour en dire davantage. Sa tête retomba sur l'oreiller. Elle se demanda où elle avait trouvé le courage — ou la folie ? — pour plonger dans la rivière, où elle avait puisé l'énergie pour en sortir. Son dernier souvenir la ramenait au milieu de l'eau, elle cramponnait le garçon, les tourbillons les submergeaient, le fond de la rivière semblait les aspirer, elle se disait que sa fin était venue…

— Il faut te reposer, lui dit Adam. Quand tu te réveilleras, je te ramènerai à la maison.

Elle ferma les yeux et s'endormit aussitôt. Elle pensa au château de Désespérance ; la maison, avait dit Adam.

La maison…

Elle s'éveilla et entendit des voix. Peut-être ces voix l'avaient-elles tirée de sa torpeur. Elle ouvrit les yeux dans la pénombre. Aucune lumière ne tombait des fenêtres, la pièce n'était plus éclairée que par le feu.

Adam était assis devant l'âtre, et Sarah en face de lui. Penchés l'un vers l'autre, leurs têtes se touchant presque, ils parlaient à voix basse.

Christiane voulut se soulever sur un coude pour voir mieux. Ils se redressèrent et se tournèrent vers elle.

— Comment te sens-tu ? demanda Adam en s'approchant.

— Fatiguée, si fatiguée… L'esprit embrouillé… Je n'arrive plus à me souvenir de ce qui s'est passé.

En voulant s'asseoir, elle découvrit qu'elle était nue et qu'elle venait de se découvrir la poitrine. Adam remit les couvertures en place. Elle n'avait pas assez de forces pour rougir convenablement.

— Tes vêtements sont en train de sécher près du feu, lui dit-il. Mais tu en as d'autres. Une servante les a apportés du château.

Ce devait être Béa, la seule à lui manifester quelque considération.

— Quand pourrai-je rentrer à la maison ? demanda-t-elle.

— Pas avant demain matin. La nuit est si noire qu'il ne serait pas prudent de partir sur les chemins. En outre, tu dois encore te reposer.

— Tu as sans doute raison, murmura-t-elle. Et le garçon qui est tombé dans l'eau ?

Il lui semblait avoir déjà posé cette question, mais elle ne se rappelait pas la réponse.

— Il va bien, dit Sarah. Je l'ai vu, il y a de cela moins d'une heure.

— Je suis contente…

— Sa mère est venue plusieurs fois pour prendre de tes nouvelles, ajouta Adam.

— C'est gentil… Meg ?

— Elle dort toujours.

— Et toi ?

— Ne t'inquiète pas pour moi. Sarah et moi veillons sur toi.

Quand Christiane se réveilla, il faisait grand jour, mais elle se trouva seule dans la pièce. Elle voulut se soulever sur un coude mais retomba sur l'oreiller en gémissant. Elle avait mal partout. Soulevant ses couvertures, elle découvrit son corps couvert d'ecchymoses et balafré de griffures.

En vérité elle avait commis une folie en se jetant dans la rivière.

Pourtant, un garçon aurait dû se noyer et elle l'avait sauvé. Elle avait donc agi sagement en commettant cette folie.

Remontant sur ses oreillers, elle découvrit sa robe jaune déposée au bout du lit, avec une chemise soigneusement pliée. Elle ne vit nulle part sa robe bleue, qui devait être bonne à mettre au rebut, songea-t-elle avec tristesse car elle l'aimait bien.

Elle se demanda où se trouvaient Adam et Meg. Si elle se souvenait bien, ils avaient passé la nuit ici, chez Sarah. Sarah… l'indispensable Sarah…

Lugubre, Christiane sortit du lit et entreprit de se vêtir, à petits gestes précautionneux parce qu'elle avait mal partout. Elle enfila d'abord sa chemise, puis sa robe, qu'elle commençait à lacer quand on frappa à la porte.

— Qui est là ? demanda-t-elle.

— Adam.

La porte s'ouvrit.

— Et Margaret !

— Christy ! s'exclama la petite fille en courant vers elle pour se jeter à son cou.

— Margaret s'est beaucoup inquiétée pour toi hier soir, expliqua Adam. Nous avons eu beaucoup de mal à la faire dormir. Et depuis ce matin, elle me tanne pour venir te voir. J'ai résisté autant que j'ai pu, ne voulant pas te réveiller trop tôt.

Sans rien demander, il s'assit à côté d'elle et l'aida à lacer sa robe. Puis il lui prit le visage dans ses mains et déclara :

— Tu ne peux pas savoir quelle a été mon angoisse quand on m'a dit que tu avais plongé dans la rivière pour sauver ce garçon.

Elle sentait, sur son visage, l'air qu'il expirait, et comme il se rapprochait de plus en plus, qu'il parlait de plus en plus bas, elle se demanda s'il n'allait pas lui donner le baiser qu'elle attendait depuis si longtemps. Son cœur bondissait d'avance. Elle désirait ce baiser. Elle en avait besoin.

— Promets-moi d'être plus prudente…

La porte s'ouvrit. Adam et Christiane sursautèrent, ils s'écartèrent l'un de l'autre comme deux enfants pris en train de commettre une mauvaise action.

Sur le seuil se tenait Sarah, la main sur le loquet. Confuse, elle bredouilla :

— Je suis désolée… Je vous demande pardon… J'avais pensé…

Elle recula et referma la porte à demi, mais la rouvrit pour ajouter :

— Lady Christiane, la mère de Gilbert Raven vous attend. Elle souhaiterait vous parler.

Cette fois elle s'en alla. La porte claqua.

— C'est ce que j'étais venu t'annoncer, dit Adam.

L'esprit embrouillé par la déception, Christiane marmonna :

— Qui est ce Gilbert Raven dont la mère… Oh ! Le garçon…

— Elle a quelque chose pour toi, un cadeau, dit Adam qui s'était remis au laçage de la robe, s'occupait avec habileté des petits cordons du corsage.

Christiane soupira. Elle gonfla sa poitrine et tendit ses seins, provoquant ainsi le contact avec les doigts d'Adam, ce qu'elle n'avait pas cherché. Leurs regards se croisèrent, se lièrent l'un à l'autre. Dans celui d'Adam, Christiane déchiffra un désir sans doute aussi intense que le sien. Il soupira. Elle soupira. Il termina vite la tâche entreprise et se leva.

— Y allons-nous ? demanda-t-il en prenant Meggie par la main.

Christiane hocha la tête. Elle se leva, se redressa malgré ses courbatures et ses douleurs. Elle prit le chemin de la porte mais Adam la retint par le bras.

— Tu as pris d'énormes risques, lui dit-il d'une voix sourde. Sais-tu que je n'ai jamais eu aussi peur de ma vie ? Margaret aussi a eu peur. Mais nous sommes fiers de toi, très fiers. Grâce à toi, une tragédie a été évitée.

Touchée par cette belle déclaration, elle murmura :

— Je… je n'ai pas réfléchi. J'ai agi, c'est tout. Je reconnais que j'ai eu beaucoup de chance.

— J'ai eu peur, Christy ! s'écria Meg. Dans l'eau, je ne te voyais plus. J'ai pleuré.

Christiane s'accroupit pour se mettre au niveau de l'enfant.

— Je sais, Meg, lui dit-elle. Je suis désolée que tu aies eu si grand peur à cause de moi. Mais tu comprends, ce garçon était en danger, il risquait de se noyer. Il fallait bien aller à son secours.

Gravement, la petite fille hocha la tête.

— Tu sais que je nage très bien, poursuivit Christiane. Tu n'avais donc rien à craindre…

Adam l'interrompit.

— Christiane, promets-moi de réfléchir un peu la prochaine fois que tu seras tentée de commettre une action aussi dangereuse.

— Je te promets de réfléchir, répondit-elle en tournant la tête vers lui pour sourire. Mais je ne peux pas promettre de ne pas agir, parce que, s'il n'y a pas d'autre moyen…

— Sois prudente, implora-t-il.

— Promis.

La mère de Gilbert n'était pas la seule à attendre. Adam estima à trois bonnes douzaines le nombre de personnes rassemblées devant la chaumière de Sarah.

— Milady, déclara la mère du garçon en prenant la main de Christiane pour la baiser, je ne vous remercierai jamais assez d'avoir sauvé mon fils. Sans vous, il se serait noyé, pour sûr. Il ne sait pas bien nager et…

— Je suis heureuse d'avoir été là au bon moment, coupa Christiane que ces épanchements remplissaient de confusion. Il n'est pas utile d'en dire davantage.

Elle parlait un anglais parfait, sans aucun accent !

La foule l'entourait et la serrait de plus en plus. Adam vit, à ses yeux, qu'elle s'en alarmait. Tenant Margaret contre elle, elle portait le regard de tous côtés, comme pour chercher le moyen de s'échapper. Il fallait venir à son secours. Adam se fraya un chemin jusqu'à elle, pour l'enlacer, en un geste tendre et protecteur destiné à le rassurer, lui, autant qu'elle.

Il avait été si près de la perdre. Il lui suffisait de penser au drame de la veille pour frissonner de terreur rétrospective. Lorsqu'il l'avait vue emportée par le courant, il avait cru sentir sa vie partir avec elle et alors, alors seulement il avait compris à quel point il l'aimait.

Il frissonna. Il la serra davantage.

— Milady, poursuivit la mère de Gilbert, je vous supplie d'accepter ceci.

Dans les mains de Christiane elle plaça une petite boîte et expliqua avec fierté :

— Ce sont des reliques de saint Cuthbert, dans ma famille depuis plusieurs générations.

— Oh, mais…

— Je vous en prie, acceptez. Vous les méritez mieux que nous.

— Milady !

— Milady !

D'autres voix se faisaient entendre, d'autres femmes jouaient des coudes pour se rapprocher de Christiane afin de lui remettre des présents. Elle reçut ainsi des rubans, des pâtisseries, de modestes bijoux, et la femme de Bill Williamson promit devant témoins qu'elle couperait et coudrait pour elle une nouvelle robe.

Quand sir Elwin arriva avec les chevaux, Adam et Christiane avaient les bras chargés. Adam souleva Christiane pour la placer sur son cheval.

— Christy ! cria Margaret pour être enlevée, elle aussi.

— Non, Meg, lui dit Adam. Toi, tu chevaucheras avec sir Elwin.

— Je veux Christy ! insista l'enfant.

— Meggie ! dit Christiane en se penchant sur l'encolure du cheval. Ecoute-moi bien. Si tu chevauches avec sir Elwin et moi avec ton papa, nous aurons chacune notre chevalier pour nous protéger tout le long du chemin jusqu'au château.

— Mais…

— Pas de mais. Laisse sir Elwin te prendre avec lui.

Adam avait peine à croire que sa fille fût capable de parlementer, il s'étonna davantage encore de constater qu'elle acceptait la sentence de Christiane.

Sir Elwin prit la tête du cortège.

Adam trouva trop court le chemin qui menait au château.

Il avait enlacé Christiane pour l'attirer contre lui. Elle reposait contre sa poitrine, et lui, il reposait le menton sur le haut de son crâne. Leurs corps s'adaptaient parfaitement l'un à l'autre, comme s'ils étaient faits l'un pour l'autre…

Ils étaient faits l'un pour l'autre. De cela, Adam ne doutait pas.

Christiane avait les cheveux défaits et les longues mèches caressaient le visage d'Adam. Il en respirait le parfum chaud et si féminin, tellement troublant. Il s'agita. Ses mains, fébriles, remontèrent pour se placer juste sous les seins de la jeune fille. Il s'effraya de son geste audacieux. Christiane soupira de plaisir. Tout était bien.

Enhardi, il chercha une sente de traverse où il aurait pu s'arrêter et se cacher pour poursuivre plus avant son exploration du corps de la jeune fille. Si elle ne refusait pas ses caresses, accepterait-elle aussi ses baisers ? Avait-il le droit de promener ses lèvres sur ces lèvres, sur la petite fosse au bas de la gorge, avant de descendre plus bas encore pour explorer…

Pensées téméraires, prématurées ! Adam se rappela, une fois de plus, qu'il devait faire preuve de tact et surtout, surtout, de patience. Pourquoi ne se considérait-il pas comme heureux de pouvoir serrer sa fiancée contre lui ? Elle ne le craignait pas, elle s'abandonnait à sa discrétion ? Avait-il le droit de trahir sa confiance ?

Bientôt, très bientôt elle serait sa femme. Alors il recueillerait le fruit de ses efforts, il connaîtrait le bonheur en faisant celui de Christiane.

Chapitre 21

L'évêque d'Alnwick ayant donné sa permission et sa bénédiction, apportées la veille seulement par le messager d'Adam, Christiane pourrait épouser Adam et devenir lady Sutton, châtelaine de Désespérance. La cérémonie avait été fixée au lendemain.

Christiane avait vu Sarah plusieurs fois depuis le drame, mais elle ne lui avait adressé la parole qu'en une seule occasion, pour la remercier de son hospitalité. La plupart du temps, Sarah n'avait pas trop de temps pour bavarder, elle venait assister sir Charles Penyngton dont l'état s'aggravait de nouveau.

Les relations de Sarah et d'Adam ne laissaient pas d'inquiéter Christiane. Elle ne doutait plus que la jeune et jolie guérisseuse fût la maîtresse de son futur mari et elle se demandait si cette liaison durerait après le mariage. Elle n'osait pas en parler à Adam, car le sujet l'embarrassait, elle ne savait comment l'aborder.

Elle brûlait de connaître les bases sur lesquelles se fonderait son union. Un point était sûr : Adam la considérait comme une bonne marâtre pour Meg ; mais attendait-il d'elle qu'elle engendrât d'autres enfants, en particulier l'héritier mâle qu'il ne devait pas manquer de désirer ? Sarah Cole n'étant pas de noble lignée, elle ne pouvait les lui donner. Christiane pouvait donc raisonnablement estimer qu'elle était destinée à ce rôle.

Le soleil entrait par toutes les fenêtres grandes ouvertes de la plus haute salle du donjon et donnait sa belle lumière à Agatha Williamson qui mettait la dernière main à la robe de cérémonie. Elle travaillait pour lors à la broderie du corsage. Christiane, sortant de ses rêveries, s'approcha pour regarder et soupira :

— Le décolleté est trop profond.

— Mais non ! répondit la couturière d'un ton bonhomme. C'est la robe de votre mariage, ne l'oubliez pas. Il faut bien que vous donniez à votre futur un avant-goût de vos charmes.

Christiane rougit. Ses charmes, Adam en avait eu plus qu'un avant-goût, puisqu'il avait eu plusieurs fois l'occasion de la voir nue ou à peu près. Alors, un peu plus ou un peu moins de décolleté, après tout… quelle importance ? Mieux valait n'en plus parler.

Elle émit une nouvelle objection, un peu plus tard, en voyant la couturière tendre le laçage dans le dos du corsage.

— N'est-ce pas un peu serré ? demanda-t-elle timidement.

— Allons donc ! Le laçage a pour fonction de mettre en valeur la finesse de votre taille. Croyez-moi, votre fiancé n'aura d'yeux que pour vous, il ne s'agit pas de le décevoir.

— Il est certain que, si je m'écroule sur le pavage de la chapelle, faute de pouvoir respirer, je risque de le décevoir grandement.

Agatha Williamson éclata de rire mais ne voulut pas en démordre.

— Il faut que vous soyez la plus belle demain, et je m'y emploierai ! finit-elle par déclarer, péremptoire.

— Vous m'avez l'air beaucoup mieux, ce matin, Charles, déclara Adam.

Son mariage serait célébré dans quelques heures et il s'inquiétait de savoir si son ami serait en état d'y assister. Hélas, même s'il pouvait constater un léger mieux et s'en réjouir, il n'était pas question que le malade sortît de son lit, même pour quelques heures.

— C'est vrai, convint Penyngton, d'une voix lasse. Je me sens moins faible.

Appuyé d'une épaule au chambranle de la porte, l'oncle

Gérard assistait à l'entretien. Il s'exclama soudain, avec sa brutalité coutumière :

— N'espérez pas que je puisse introduire un peu de sagesse dans la tête de mon neveu. Sa folie est trop grande.

— A quel sujet ? demanda Penyngton, froidement.

— Gérard, je vous prie de cesser, dit Adam que les outrances de son oncle indisposaient de plus en plus. J'ai déjà entendu toutes vos objections, elles sont infondées.

— Ha ! L'Ecossaise est comme tous ceux de son peuple. Quand elle plante ses crocs dans une proie, elle ne lâche pas facilement.

Penyngton tenta d'apaiser le débat.

— Sir Gérard, je ne suis pas certain que ces allégations…

— Quelles allégations ? Comme si elle n'avait pas formé, dès le début, le projet de s'approprier l'un des plus riches domaines du Northumberland !

— C'est stupide, répliqua Penyngton, sans pouvoir poursuivre son propos qu'interrompit une terrible quinte de toux.

Adam détestait son oncle dont les propos fielleux cherchaient à salir celle qu'il prendrait pour épouse quelques heures plus tard, mais il ne pouvait pas s'empêcher de penser que Christiane et lui avaient été manipulés par Penyngton. Celui-ci n'avait-il pas, de longtemps, instillé en lui l'idée du mariage ? Ensuite, s'il avait raconté à la jeune fille l'infortune de sa mère, n'était-ce pas pour la dissuader de se rendre dans sa famille qui risquait de l'accabler de mépris à cause de cette lamentable histoire ? Il fallait le reconnaître : si Penyngton avait conçu un plan, le plan avait admirablement fonctionné.

Cela dit, Adam éprouvait pour Christiane une inclination qui ne devait rien aux manigances réelles ou supposées de son fidèle sénéchal ; rien non plus aux affinités, réelles à coup sûr, de la jeune fille avec Margaret.

Adam avait l'impression que sa vie trouvait enfin son sens grâce à Christiane, qui était d'une beauté à couper le souffle, et quand il la touchait… eh bien, jusque-là, elle n'avait pas marqué que ses effleurements la scandalisaient ou la gênaient. De cette observation il tirait la conclusion, qui était aussi un espoir, qu'ils s'accorderaient à la perfection lorsqu'il s'agirait de faire l'amour, enfin.

Il se moquait éperdument que l'oncle Gérard eût raison lorsqu'il prétendait que Christiane n'avait d'autre désir que de devenir châtelaine de Désespérance. Lui, il voulait ce mariage, il n'en voulait pas d'autre, parce qu'il était certain qu'elle était faite pour lui comme il était fait pour elle. Il n'aurait pas supporté de la renvoyer dans le duché d'York. D'ores et déjà, Christiane appartenait à Désespérance.

— Elle ne m'a pas demandé de l'épouser, crut-il devoir déclarer à l'adresse de l'oncle goguenard.

— Elle n'en avait pas besoin. Tout ce qu'elle avait à faire, c'était de se tortiller devant toi pour…

Gérard ne put aller plus loin. Bondissant sur lui, Adam l'avait plaqué contre le mur et le tenait à la gorge.

— Un mot de plus, lui gronda-t-il au visage, un mot de plus sur ma femme et il n'y aura plus d'endroit pour vous accueillir sur l'île de Désespérance. Est-ce bien clair ?

Les yeux de l'oncle jetèrent bien quelques flammes de colère, mais il ne tarda pas à capituler. D'un battement de paupières, il fit comprendre qu'il avait compris la leçon. Adam lui rendit alors sa liberté et il put s'en aller, à grands pas, non sans claquer la porte avec une violence inouïe.

Un long silence s'ensuivit. Adam restait en place, immobile, hébété, le cœur battant à tout rompre. Mais il ne regrettait pas son geste. Il ne permettrait plus la moindre atteinte à Christiane. Y avait-il, sur l'île, quelqu'un qui pût se vanter d'avoir le cœur plus pur qu'elle ? Il n'en connaissait pas.

— Je ne pense pas qu'il assistera au mariage, finit par dire Charles.

Adam ne put répondre, tout occupé qu'il était à contrôler les dernières vagues de sa colère. Gérard s'était montré détestable dès le jour où il avait posé le pied sur l'île, ayant été autorisé à revenir à la maison. Comme son père, Adam avait tout supporté de lui, mais sa patience était désormais épuisée. Il n'hésiterait pas à bannir l'odieux personnage à la première offense, si légère fût-elle, qu'il se permettrait.

— Quelle heure est-il ? demanda Charles. Ne serait-il pas temps de vous rendre au village ?

Adam soupira et se détendit, puis marcha en direction du lit.

— Vous avez raison, dit-il. Je suis désolé que vous manquiez la cérémonie, surtout après tout le mal que vous vous êtes donné pour qu'elle ait lieu.

— Quel mal me suis-je donné ? demanda Charles, feignant l'innocence surprise.

Adam lui répondit d'un sourire entendu, lui tapota la main et quitta la chambre.

Agatha Williamson préparait Christiane pour la cérémonie. Tous les hommes ayant été priés de sortir de la chaumière, il n'y restait que les deux femmes, ainsi que Meggie vêtue, elle aussi, d'une robe neuve pour cette occasion.

Christiane éternua.

— Vous avez pris le mal en sautant à la rivière, l'autre jour, observa Agatha. Remarquez, je ne vous blâme pas de l'avoir fait, mais c'est votre mariage, milady, et il ne faut pas que vous soyez trop à plat pour rencontrer votre fiancé sur les marches de l'église.

— N'ayez crainte, je vais bien, dit Christiane. Je n'ai jamais été malade.

Elle se moucha.

— Vous n'avez peut-être jamais été malade, dit la couturière en souriant, mais cette fois, vous l'êtes.

Elle tira sur les lacets du corsage.

— Si j'éternue, je risque de tout faire craquer, soupira Christiane.

— N'ayez pas peur, rétorqua Agatha, tout cela est solidement cousu. Mon travail tiendra.

Elle s'affaira encore un moment sur le corsage puis recula de quelques pas et, les mains sur les hanches, déclara avec conviction :

— Vous êtes très belle, milady.

Christiane rougit, surprise par ce compliment inattendu, venant d'une personne aussi bourrue que la couturière.

— Es-tu prête, mon petit cœur, demanda celle-ci à Meg.

— Oui.

— Alors, il est temps que nous y allions.

La main dans la main, Christiane et Meg se rendirent à l'église, escortées par sir Elwin et sir Raynauld. Les villageois suivaient en procession, respectueusement.

Adam attendait sur le perron de l'église. Il ne se sentait pas nerveux, mais différent néanmoins de ce qu'il était lorsqu'il avait attendu Rosemonde pour la même cérémonie, bien des années auparavant. Il était jeune alors, bien trop jeune pour se marier, et tellement ignorant.

Maintenant, il savait ou plutôt, il avait des idées.

Radieuse dans sa robe vert foncé, Christiane s'avançait vers lui. Elle souriait timidement mais avait le port d'une reine. D'ailleurs, ne portait-elle pas une couronne de fleurs sur son voile ?

La gorge serrée, Adam avait du mal à se convaincre que cette femme lui était destinée.

Enfin elle atteignit l'église. Elle en monta les marches, toujours en tenant Margaret par la main, soulevant sa robe de l'autre main.

De près, elle était encore plus belle, et plus émouvante, s'il était possible.

— Papa ! murmura Margaret.

Adam se pencha sur sa fille et la gratifia d'un baiser sur la joue, puis la confia à sir Elwin avant de se tourner vers le prêtre.

Le père Beaupré se tenait, solennel, devant les portes ouvertes de l'église. C'était là qu'il devait rituellement interroger les fiancés afin de déterminer s'il y avait lieu de célébrer la cérémonie.

— Milord Adam Sutton, seigneur de Désespérance, êtes-vous en âge de vous unir avec cette femme par les liens du mariage ?

— Oui.

— Milady Christiane Mac Dhiubh, êtes-vous en âge de vous unir avec cet homme par les liens du mariage ?

D'autres questions devaient être posées, simples formalités en ce cas puisque ni les parents d'Adam ni ceux de Christiane ne se trouvaient là pour approuver le mariage de leurs enfants. De plus, il était de notoriété publique qu'il n'existait pas de consanguinité dirimante entre eux. A la fin de cet interrogatoire, Adam tendit au prêtre le document par lequel l'évêque consentait au mariage sans proclamation des bans.

On pouvait dès lors entrer dans l'église pour consacrer ce mariage.

Christiane entendait à peine les paroles échangées, les formules récitées. Elle donnait toute son attention à son fiancé, splendide dans une tunique bleu foncé, serrée à la taille par une ceinture d'argent.

Rasé de près, il arborait une cicatrice, sur sa joue, d'autant plus apparente, qui lui donnait un air terrible, mais heureusement il y avait ses yeux gris, ombrés par de longs cils, qui le rendaient émouvant. Christiane lisait des promesses dans ces yeux gris, des promesses de félicités infinies.

Rougissant soudain, elle voulut se remettre à la cérémonie, mais, portant le regard sur sa main qui reposait sur celle d'Adam, elle imagina des caresses qui la firent rougir davantage.

Bientôt, songea-t-elle. Cette nuit, elle partagerait le lit de cet homme.

Son mari.

Elle espéra que son mari, enchanté par la nuit qu'il passerait avec elle, se hâterait de rompre tous rapports avec Sarah Cole et qu'ainsi ils seraient unis, vraiment unis, pour le reste de leur vie.

Chapitre 22

Les musiciens jouaient, les jongleurs amusaient la compagnie qui poussait des Oh et des Ah en les regardant exécuter leurs tours.

Les enfants jouaient. Meg aussi jouait. Fait surprenant, elle avait quitté Christiane et son père pour accompagner Gemette et d'autres petites filles de son âge.

Les garçons avaient été fermement priés de se tenir loin de la rivière.

Christiane avait fait bonne figure pendant tout le festin et encore pendant la danse, mais Adam voyait bien qu'elle souffrait. Elle éternuait souvent, sa voix s'enrouait de plus en plus. Elle lui avoua qu'elle avait mal à la gorge. Il pensa qu'il devait la reconduire au château pour la mettre au lit.

Il se tenait, en compagnie de Sarah, devant la maison de celle-ci, qui lui tendit une fiole en lui disant :

— Ce breuvage devrait se révéler efficace pour guérir votre épouse, milord. Il l'aidera aussi à trouver le sommeil.

Elle semblait au bord des larmes. Adam se demanda ce qui la chagrinait, mais n'osa pas la questionner.

— Merci, dit-il simplement.

— Je vous en prie, fit-elle, d'une toute petite voix.

Il la prit par le bras.

— Sarah ! Vous pleurez ? Que s'est-il passé ?

Elle soupira :

— Ce n'est pas ce qui s'est passé, mais ce qui ne se passera jamais. Voilà ce qui me rend malheureuse.

— Je ne vous comprends pas.

Une larme perla aux cils de Sarah et coula sur sa joue. Elle regarda Adam droit dans les yeux et déclara :

— Votre mariage… Je vous souhaite tout le bonheur possible, milord, ainsi qu'à lady Christiane. Je…

— Eh bien ?

— Je voudrais…

— Quoi ?

— Je sais bien que je ne connaîtrai jamais pareil bonheur.

— Vous pensez que vous ne vous marierez jamais ? questionna Adam. Pourquoi ? N'y a-t-il personne qui vous…

Elle lui posa une main sur la bouche et secoua la tête.

— Je vous en prie, n'en dites pas plus. Retournez vers votre épouse, milord. Elle vous attend. Quant à moi, il faut que j'aille voir sir Charles.

Adam avait cru qu'elle était heureuse. Jamais il ne lui était venu à l'idée qu'elle pût rêver d'avoir un mari, peut-être aussi des enfants. Elle n'en avait jamais parlé, jamais elle ne s'était plainte de la vie qu'elle menait à Désespérance.

Hésitant à la laisser seule dans ces dispositions moroses, il se laissa convaincre par elle de rejoindre Christiane. Elle affirma qu'elle devait veiller sir Charles et que ses occupations de garde-malade dissiperaient son chagrin. Donc il partit, mais resta tout de même préoccupé par ce qu'il venait d'apprendre.

Leur père étant parti pour l'autre monde, c'était à Adam de veiller sur Sarah, de devenir son protecteur. Il n'y avait jamais pensé. Il l'avait négligée, ne se souvenant d'elle que lorsque la nécessité l'y obligeait, quand il fallait soigner Penyngton, par exemple. Aussi, tant d'événements s'étaient produits sur l'île… Sarah s'était dévouée sans compter. Elle s'était montrée utile, très utile.

Trop utile, peut-être ?

Il n'était pas trop tard pour remédier à cette situation. Sarah n'était pas trop âgée pour se marier. Mais qui ferait un bon mari pour elle ? se demanda Adam ; un de ses chevaliers ? Elle ne pouvait pas épouser un homme de rang inférieur, même si elle ne revendiquait pas sans cesse les honneurs et les égards que lui méritait son sang.

« Il faudra que je trouve une solution », se dit Adam.

Le soleil avait enfin réussi à se montrer malgré les nuages. Il faisait de plus en plus chaud, mais Christiane frissonnait. Elle avait froid. Son nez coulait, ses yeux ne supportaient plus la lumière et elle ne pouvait s'empêcher d'éternuer toutes les deux minutes. En plus, sa robe la serrait. Elle avait du mal à respirer. Elle se sentait malheureuse.

Le jour de son mariage !

La cérémonie avait été belle ; et charmante, la fête qui continuait. Fêtée, félicitée, Christiane se sentait acceptée par la petite communauté de Désespérance. Toutes les femmes avaient tenu à l'embrasser. Les hommes lui manifestaient un respect qui n'avait rien de convenu ou de contraint.

Et pourtant, elle se sentait malheureuse.

Même Sarah Cole l'avait embrassée, en lui disant :

— Votre mari est un homme bon. Prenez soin de lui.

Etonnée par ces paroles inattendues, Christiane n'avait su que répondre. Fallait-il comprendre que Sarah se retirait, qu'elle renonçait à être la maîtresse d'Adam ?

— Milady, déclara Agatha Williamson, vous m'avez l'air bien malade. Vous ne tenez plus debout. Tenez, venez vous asseoir à côté de moi et buvez ceci.

Christiane se laissa tomber sur le banc, elle prit le pot qui lui était tendu, elle but à longues gorgées le cidre chaud et épicé. Il lui parut que la lumière baissait, que la nuit ne tarderait plus à tomber. Du regard, elle chercha Adam.

Elle l'aperçut au loin, devant la chaumière de Sarah Cole.

Une vague de jalousie et de désespoir la submergea tandis qu'elle regardait Adam et Sarah qui s'étreignaient.

Il connaissait cette femme depuis si longtemps… Sans aucun doute, il la respectait pour son art de guérisseuse, et probablement l'aimait-il aussi, d'un amour sincère. Comment lutter ? se demanda Christiane. De quels avantages disposait-elle en face d'une femme qu'Adam eût sans doute épousée si elle n'était pas d'un statut inférieur ?

— Votre mari devrait vous remmener au château, dit Agatha Williamson. La température va baisser, ce qui n'arrangera pas votre état de santé.

— Je pense… je pense que vous avez raison, soupira Christiane.

Elle éternua avec force.

Le silence régnait sur le château quand ils y arrivèrent. La plupart de ses habitants se trouvaient encore au village, à festoyer, à danser et à chanter pour célébrer le mariage du seigneur. Ne restaient dans les hauts murs que Charles Penyngton et un vieux chevalier qui n'avait plus la force de manier l'épée, mais qui, la tête pleine d'anecdotes, ravissait la compagnie par sa conversation.

— Sarah a ramené Margaret beaucoup plus tôt, déclara Adam en montant l'escalier qui menait au donjon. Elle est auprès de Charles et je pense qu'elle veillera sur lui toute la nuit.

Christiane s'émut. Ainsi, la maîtresse de son mari se disposait à passer cette nuit — sa nuit de noces ! — sous le même toit qu'elle, son toit ! Mais que pouvait-elle dire ? Avait-elle le droit de protester ? Sans doute sir Charles avait-il grand besoin des médecines préparées par la jeune guérisseuse, dont on ne pouvait nier le talent. En outre, il ne fallait pas oublier que Sarah, toujours serviable, avait offert de ramener Meg au château, permettant ainsi à Christiane de rentrer avec Adam…

Adam accompagna Christiane jusqu'à la porte de sa chambre, devant laquelle ils s'arrêtèrent. Là, ils se tinrent l'un en face de l'autre, pendant un moment, en silence, immobiles. Puis Adam éleva la main pour repousser, avec douceur, une mèche de cheveux qui barrait le visage de Christiane.

— Veux-tu que je t'aide à te dévêtir ? demanda-t-il.

— Je… je…

La prenant par le menton, il ajouta :

— Tu es malade. Tu dois prendre du repos.

La voyant frissonner, il comprit que la fièvre avait encore monté.

— Viens, reprit-il en ouvrant la porte pour l'inviter à entrer.

Il jeta sa sacoche sur le sol, avec sa bougie alluma le feu préparé dans la cheminée, puis se releva et se tourna face à Christiane. Elle s'était déjà dépouillée de sa couronne de fleurs.

— Je peux faire toute seule, dit-elle alors qu'il entreprenait de délacer sa robe.

— Veux-tu bien ne pas dire de sottises ? fit-il en riant, derrière elle. Comment délacerais-tu ce réseau de cordelettes si serrées, dans ton dos de surcroît ?

Il tira le corsage, lui dénudant les épaules. Puis, repoussant les cheveux, il lui baisa et mordilla le cou. Elle frissonna de nouveau, et cette fois il sut que la fièvre n'était pas en cause ; ou c'était peut-être encore de la fièvre, mais pas de même nature.

Encouragé par cette réaction, il caressa les bras de Christiane, puis lui enlaça la taille avant de l'attirer contre lui.

— N'aie pas peur de moi, lui souffla-t-il à l'oreille. Quand tu seras rétablie, je ferai de toi ma femme.

Elle pencha la tête pour lui donner meilleur accès à la chair de son cou, qu'il couvrit de mille petits baisers en un chemin qui allait de son oreille au bout de son épaule.

Elle tremblait, de désir et non de peur, mais, armé de cette certitude, Adam se refusa à la brusquer. Il voulait progresser avec une sage lenteur, quelque grand que fût le sacrifice qu'il s'imposait ainsi. Il avait réussi à se contrôler jusqu'alors, et il continuerait, ne voulant pas que Christiane, désenchantée par sa nuit de noces, ne se mît à redouter de le voir s'approcher d'elle.

Il défit les liens qu'elle avait à la taille ; la robe tomba sur le sol. Alors il prit Christiane dans ses bras et l'emporta vers le lit.

Les bras autour de son cou, elle se laissa emporter sans résistance. Il pensa que c'était presque mieux qu'elle fût malade cette nuit ; à cause de la fièvre, elle avait un peu perdu le sens des réalités, elle était trop faible pour éprouver de l'embarras. Ainsi les circonstances permettaient-elles à Adam d'accoutumer un peu plus sa jeune épouse à sa présence.

Quand il l'eut mise au lit et recouverte de la courtepointe, il versa, dans un gobelet, un peu de la médecine que lui avait donnée Sarah, et ordonna à Christiane de boire. Ensuite, il déboucla sa ceinture d'argent, il fit passer sa tunique par-dessus sa tête, puis de la même façon il enleva sa chemise, et après il se débarrassa de ses bottes et de ses chausses.

— Milord ? fit Christiane couverte jusqu'au nez et dont les yeux grands ouverts disaient l'émoi qu'elle éprouvait à le voir ainsi entasser sur le sol un si grand nombre de ses vêtements.

— Repose-toi, répondit-il en montant dans le lit. Ceci est seulement la première de la longue suite de nuits que j'ai l'intention de passer avec toi.

Il se coucha sur le côté, l'enlaça pour l'attirer et la plaquer contre lui, geste qu'il voulait protecteur, mais, au contact de ce corps chaud et doux, il se demanda s'il n'avait pas présumé de sa force de caractère, s'il n'eût pas mieux fait d'aller dormir seul.

— Adam ? murmura-t-elle, d'une toute petite voix.

Il se persuada qu'il serait content de passer une nuit chaste avec elle et, pour se prouver qu'il n'était pas un mufle, il s'autorisa à effleurer, d'une caresse, les seins dont les mamelons pointaient sous le mince rempart de la chemise. Il connut la tentation de pousser ses avantages, encore un peu, juste un peu, mais il se l'interdit.

— Je suis désolée, Adam, souffla-t-elle, les yeux déjà fermés.

— Hmm ?

— Ce n'est sûrement pas de cette façon que tu t'attendais à passer ta nuit de noces.

— C'est vrai, mais ce n'est pas grave. Dors, Christiane.

*
* *

Christiane passa au lit les trois premiers jours de sa vie de femme mariée et la plus grande partie de ce temps, sans son mari.

Meg était passée la voir le premier jour, elle avait exprimé le désir de s'attarder un moment dans la chambre où elle avait joué, sans bruit, tandis que Christiane somnolait. Sarah aussi était venue la visiter, elle lui avait fait prendre une mixture amère puis avait conversé un moment avec Adam avant de s'en aller, sans bruit.

Christiane l'avait vue, elle savait qu'elle avait parlé avec Adam, sans pouvoir saisir le moindre mot de cette conversation.

Chaque nuit, Adam dormait avec elle. Il la serrait très fort contre lui. Malgré la fièvre qui engourdissait son corps et embrouillait son esprit, elle se sentait heureuse d'avoir son mari près d'elle. Elle savait ainsi qu'il n'était pas dans les bras de Sarah Cole.

Le quatrième jour, elle s'éveilla, seule, se sentant beaucoup mieux que pendant la nuit. La fièvre était tombée, ses idées s'étaient éclaircies, elle n'avait plus mal à la gorge.

Elle avait faim ; une faim de loup !

Repoussant ses couvertures, elle s'assit sur le bord du lit, mais alors elle dut attendre quelques instants car sa tête s'était mise à lui tourner d'une manière effrayante. Prise de nausée, elle dut même se recoucher un moment, avant de se redresser, avec précaution. Cette fois elle put se lever pour se débarbouiller le visage. Béa, la jeune servante, la surprit dans cette occupation.

— Milady ! s'exclama celle-ci, alarmée. Vous vous êtes levée ?

— Mais oui, répondit Christiane en souriant. Mais j'ai l'impression d'avoir dégringolé du haut d'une falaise.

— Vous avez tout de même l'air mieux, reprit la servante après l'avoir observée. Nous nous sommes beaucoup inquiétés pour vous et certains disaient que vous n'aviez pas été très raisonnable de sauter dans la rivière pour sauver le fils Raven. Heureusement qu'il y avait dame Cole. Elle nous a dit et répété qu'il n'y avait rien à craindre, que ce serait l'affaire de trois jours et qu'ensuite il n'y paraîtrait plus.

— Vraiment ?

— Oui, et on dirait qu'elle avait raison, n'est-ce pas ? Dame Cole ne commet jamais d'erreurs.

Christiane médita cette assertion, dans un silence irrité. Dame Cole par-ci, dame Cole par-là... Ce genre de propos l'agaçait. Puis elle retourna à ses ablutions en demandant :

— Où se trouve milord ?

— Il est dans la chambre de sir Charles Penyngton, avec Dame Cole, dit Béa. Sir Charles n'a pas été très bien ces derniers jours...

Christiane se retourna.

— Voulez-vous dire qu'il est encore plus mal qu'avant ?

Béa hocha la tête avec gravité.

— Nous avons tous dit des prières spécialement pour lui. Le père Beaupré dit la messe chaque jour à son intention.

Christiane prit alors toute la mesure de la mesquine jalousie qu'elle venait d'éprouver. Qu'elle était petite, parfois ! Cette révélation lui retira toutes ses forces et elle se laissa tomber sur la première chaise venue, près de l'âtre.

— Que puis-je faire pour sir Charles ? demanda-t-elle, cherchant par là le moyen de se racheter.

— Dame Cole dit que vous ne devez en aucun cas vous approcher de la chambre de sir Charles. Il est si faible qu'il pourrait contracter votre maladie, en plus.

Christiane se demanda s'il était possible de se sentir plus accablée qu'elle en ce moment. Le pauvre Charles reposait sur son lit de souffrance, il était peut-être à l'article de la mort, et pour le veiller, Adam était obligé de passer tout le temps en compagnie d'une femme qui menaçait son mariage.

— Et Meg ? demanda-t-elle.

— Mathilde l'a reprise en main, soupira la servante. Il faudra que vous la lui disputiez quand vous vous sentirez mieux. Milord ne voulait pas que la petite vienne vous importuner, et lui-même étant trop occupé au chevet de sir Charles... vous comprenez...

— Je comprends.

Piquée au vif, Christiane prit un ton inutilement cassant pour commander :

— Béa, en sortant d'ici, je veux que vous trouviez Meg et me la rameniez immédiatement.

— Certainement, milady. Euh… Dame Cole a dit aussi que vous auriez grand-faim, le troisième jour. Voulez-vous que je vous apporte une collation ?

Il fallut encore à Christiane une grande journée de repos avant d'être capable de sortir de sa chambre. Mais, même sans force, elle eût trouvé le moyen de descendre l'escalier, tant elle bouillait d'impatience et d'inquiétude.

Adam n'était pas venu dans son lit, la nuit d'avant.

En atteignant la grande salle, elle faillit rebrousser chemin pour remonter et se cacher dans sa chambre, car la première personne qu'elle avait vue était sir Gérard, assis à sa place habituelle à table, seul, avec, bien sûr, un pot de bière devant lui.

— Mais qui vois-je ? s'exclama-t-il, sarcastique ; la châtelaine de Désespérance !

Christiane l'ignora. Elle s'adressa au valet qui s'occupait du feu.

— Savez-vous où se trouve milord ?

— Certainement, milady. Il…

Sir Gérard interrompit. La voix éraillée, il énonça, avec difficulté :

— Mon neveu, il est dans la chambre de ce pauvre Penyngton. Pourquoi ne vous asseyez-vous pas pour l'attendre ? Vous êtes si blanche que vous n'allez pas tarder à tomber par terre, à mon avis.

Christiane savait qu'elle n'était pas au mieux de ses capacités physiques, mais il ne lui avait pas semblé que son état fût aussi évident et de le savoir, elle éprouva soudain le besoin de s'asseoir. Elle se dirigea donc vers une des grandes chaises placées devant l'âtre, elle s'y assit, et, ignorant sir Gérard à qui elle tournait désormais le dos, elle dit au serviteur :

— Voulez-vous aller dire à milord que je le prie de me rejoindre ici dès qu'il en aura l'occasion ?

— Certainement, milady.

L'homme s'éloigna aussitôt.

Christiane n'avait pas de vraie raison de demander son mari, elle n'en avait pas d'autre que celle que lui inspirait l'envie de le revoir, parce qu'il n'avait pas été avec elle la nuit d'avant et qu'il lui manquait. Leur vie conjugale ne commençait pas sous les meilleurs auspices, lui semblait-il. Elle se sentait incertaine, vulnérable. Si Adam n'avait pas éprouvé le besoin de venir la visiter, ne fût-ce qu'un moment, c'était bien que…

— Sarah passe ses jours et ses nuits avec Charles, dit sir Gérard.

— Elle est si dévouée, murmura Christiane.

— Elle a agi de même quand le père d'Adam s'est alité à cause de la maladie qui devait l'emporter, puis de nouveau pour assister Rosemonde en mal d'enfant.

Sir Gérard but une longue gorgée de bière et reprit :

— C'est elle aussi qui a soigné Adam quand il est revenu de Falkirk où les maudits Ecossais avaient bien failli le dépecer.

Christiane ne sut que répondre. Ce n'était pas le trait contre les Ecossais qui la chagrinait, mais la notification des soins donnés par Sarah à Adam. Pourquoi ne s'en était-elle jamais doutée ? Elle eût dû deviner…

Elle se demanda alors si elle devrait, comme tant de nobles dames, partager son mari avec une maîtresse plus ou moins officielle. Sa mère l'avait avertie des usages en cours chez les grands d'Angleterre, pour l'y accoutumer et l'y préparer. Mais elle ne pourrait pas. Elle ne se sentait pas prête à ce sacrifice. L'omniprésence de Sarah la remplissait de jalousie et elle ne pensait pas que ce sentiment aigre cesserait peu à peu de lui ronger le cœur.

Dans ces conditions, mieux valait partir. Qui la regretterait, à part Meg ? D'ailleurs, ne l'avait-on pas épousée pour la qualité de ses relations avec la petite fille ? Méritait-elle seulement le qualificatif d'épouse ?

Sir Gérard se leva. Il vacilla. Il reprit son équilibre en posant les deux mains sur la table. Puis il s'empara de son pot de bière et de son gobelet et, à petits pas hésitants, il s'en vint près de Christiane.

— A ce qu'on me dit, reprit-il, la voix de plus en plus pâteuse, vous êtes une véritable héroïne.

Refusant de se laisser aiguillonner, elle choisit de ne pas répondre, mais dut se mordre la langue pour ne pas prononcer les mots piquants qui lui venaient à l'esprit. Aussi se leva-t-elle. Elle sortit de la grande salle, passa dans la cour et se dirigea vers les jardins, répondant aux salutations aimables de tous ceux qui croisaient son chemin.

L'attitude des gens de Désespérance était pour elle un grand sujet de réconfort. Peut-être certains éprouvaient-ils encore quelque réticence à son endroit, mais elle ne sentait plus, autour d'elle, cette atmosphère de haine compacte qui l'avait tant chagrinée au début de son séjour sur l'île.

Le ciel, de nouveau, s'était chargé de nuages gris et noirs. La pluie menaçait. Christiane poursuivit quand même son chemin, elle contourna l'étang et alla s'asseoir sur le banc que lui avait indiqué Adam. Elle se demanda s'il aurait l'idée de venir l'y retrouver ; sans doute. Il était son mari, il avait le devoir de veiller sur elle, même s'il trouvait plus agréable la compagnie de Sarah Cole.

Personne ne se trouvait dans la grande salle quand Adam vint y retrouver Christiane.

— Milord, elle était ici, il y a un instant, déclara un serviteur, en lui désignant une chaise devant la cheminée.

Adam se frotta la mâchoire avec la paume de sa main. Il savait le genre d'avanies que son oncle était capable d'infliger à sa jeune femme. Il se demanda si encore longtemps il permettrait à celui-ci de séjourner sur son île, si le temps de mettre à exécution ses menaces n'était pas venu.

— Peut-être milady est-elle remontée dans sa chambre ? proposa le serviteur.

Adam en doutait. Il commençait à bien connaître Christiane ; elle ne pouvait être que dehors. Sachant qu'elle n'était pas très vaillante, elle n'avait pas pu aller plus loin que l'étang. C'est donc ce chemin qu'il prit, emmenant les chiens avec lui.

Il éprouvait quelque plaisir à quitter, pour quelque temps,

la chambre de Charles Penyngton. Le pauvre homme se mourait, plus rien ne semblait devoir le sauver, les médecines de Sarah demeuraient inefficaces.

Adam avait l'impression que Sarah éprouvait pour Charles des sentiments plus profonds et plus vifs qu'il ne l'avait longtemps supposé et c'était là, lui semblait-il, qu'il fallait chercher l'origine de la tristesse qu'elle avait montrée le jour de son mariage avec Christiane. Elle s'occupait du moribond avec le tranquille désespoir de qui se prodigue inutilement et le sait. Peut-être aussi se reprochait-elle de ne pas se dévouer assez.

Adam avait lui aussi conscience de son inutilité. Il avait négligé Christiane pour pouvoir monter la garde dans la chambre de Charles, toute la nuit durant, afin de permettre à Sarah de prendre un peu de repos. Il avait assisté son ami que les toux de plus en plus violentes laissaient sans force après l'avoir tordu de douleur. Ayant maintes fois recueilli le sang que ces quintes faisaient remonter, il avait la certitude que la fin était proche.

Il arriva aux abords de l'étang et aperçut Christiane, assise sur le banc, de l'autre côté. En s'approchant, il constata la pâleur de son teint, ses traits tirés, ses gestes las. Il savait qu'elle recouvrerait la pleine santé mais, de la voir ainsi, il éprouva pour elle beaucoup de tendresse et de pitié.

Occupée avec les canards, elle ne le vit pas venir. Il l'entendit qui leur expliquait pourquoi elle n'avait pas pu venir les voir pendant si longtemps, puis promettait de revenir chaque jour avec beaucoup de pain.

Soudain, ils sortirent de l'eau, tous ensemble, pour l'entourer en piaillant avec force. Elle leur sourit.

— C'est vrai que je suis désolée, reprit-elle, mais je pense aussi que vous êtes assez grands, maintenant, pour trouver votre pitance. Vous n'avez plus besoin de Meg et de moi. Je…

Elle leva les yeux et s'écria :

— Adam !

— Que je suis content de te voir debout, lui dit-il en comblant à grands pas la distance qui les séparait.

Il lui prit la main, sur laquelle il posa un baiser appuyé.

Content ? plus que cela : soulagé, rassuré. Sur le ton de la plaisanterie, il ajouta :

— Je commençais à me demander si tu n'avais pas décidé de passer au lit tout le reste de ta vie.

— Non, répondit-elle en souriant, ses joues se colorant de rose. Il est vrai que je me sens mieux, beaucoup mieux.

— Je suis ravi de le constater. As-tu pris quelque nourriture ?

— Non.

— Pourquoi ?

— C'est que je n'ai pas faim.

Il s'assit, gardant prisonnière la main dont il s'était emparé et que Christiane ne songea pas à lui retirer. Il s'en réjouit, voulant y voir la preuve, une de plus, qu'elle s'habituait à sa présence. Déjà il s'était enchanté de la façon dont elle avait réagi, le soir de leurs noces, quand il l'avait aidée à se déshabiller. Elle ne l'avait pas repoussé, et bien mieux, quand il s'était glissé dans le lit près d'elle, elle s'était laissé enlacer.

Elle lui avait manqué, la nuit dernière ; beaucoup manqué.

— As-tu encore de la fièvre ? demanda-t-il en lui effleurant la joue puis le front, avec la paume de sa main.

Elle baissa les yeux. Il la sentit qui se penchait vers lui, comme s'il l'attirait au moyen de quelque force mystérieuse et invincible. Cette idée alluma son désir. Il voulut la prendre dans ses bras. Une fois encore, il se refusa ce plaisir prématuré.

Plus sagement, il se contenta de lui caresser la joue.

— Tu dois bien prendre soin de toi au cours des prochains jours, lui dit-il d'une voix pleine de sollicitude. Sarah m'a dit que tu te sentirais faible encore et que…

Elle se leva d'un coup.

— Non, proclama-t-elle avec force, je ne me sens pas faible ; du tout !

— Il n'y a pas de honte à être malade, objecta-t-il alors qu'il se levait à son tour ; surtout quand le mal qui vous prend est la rançon d'un acte aussi héroïque que le tien.

Elle haussa les épaules.

— Es-tu prête à retourner au château ?

— Oui, dit-elle en hochant la tête.

Adam ne comprenait pas pourquoi elle s'était soudain

rembrunie, pourquoi elle se montrait si froide et si distante avec lui. Avait-il prononcé des paroles imprudentes ? Avait-il commis quelque geste audacieux ? Il ne le pensait pas.

Prenant la main de sa femme pour la poser sur son bras, il l'entraîna vers le château en se disant que ce changement d'humeur était peut-être provoqué par la maladie. Dans ce cas, il n'avait pas à s'inquiéter.

— Meg a beaucoup joué dans ta chambre pendant que tu dormais, dit-il. Elle s'inquiétait pour toi.

— Meg ? s'étonna Christiane. Je pensais que pour toi, elle serait toujours Margaret.

— Je me suis pris à beaucoup aimer les diminutifs dont tu la gratifies, avoua-t-il en souriant. Je trouve qu'ils lui vont bien. De même que lui va très bien la façon dont tu la traites. A ton contact elle a retrouvé la santé et la joie de vivre, elle est redevenue une enfant comme les autres, gaie et vive.

— Il faudra que je revienne ici avec elle pour nourrir les canards.

— Ne t'y oblige pas si l'effort est trop grand pour toi, implora Adam en s'arrêtant pour la regarder dans les yeux.

— Ce n'est pas un effort et encore moins une corvée, répondit-elle. Le chemin n'est pas bien long et je veux que Meg constate que je vais bien, que tout rentre dans l'ordre.

La voyant aussi déterminée, Adam songea qu'il était inutile de présenter d'autres objections. Mais il se promit de veiller sur elle, de loin, afin d'intervenir si elle préjugeait de ses forces.

Christiane voyait qu'il la surveillait du coin de l'œil, qu'il s'inquiétait pour elle. Elle pensait savoir à quoi il pensait : il l'évaluait, il se demandait si elle serait bientôt sa femme, pour de bon.

Bien sûr, c'était agaçant pour lui d'avoir une épouse affaiblie au point de ne pouvoir remplir son devoir conjugal.

Ce soir, tout changerait. Tout rentrerait dans l'ordre.

Mais comment lui faire comprendre qu'elle était prête ? Elle n'avait reçu de lui qu'un baiser… deux si elle voulait compter l'effleurement de leurs lèvres, dans l'église, après que le père Beaupré les avait déclarés mari et femme.

Quand Adam, la nuit de leurs noces, avait couvert de baisers sa nuque, ses épaules, son oreille, il lui avait procuré d'infinis plaisirs, des plaisirs inattendus. Si elle lui prodiguait les mêmes attentions, il recueillerait les mêmes plaisirs, et il comprendrait…

Ce soir, donc, Christiane se montrerait audacieuse. Elle forma cette résolution et en conçut un petit frisson de plaisir anticipatif. Elle eut cette conviction que leur rapprochement physique renforcerait les liens de leur mariage. Voilà ce qu'elle voulait plus que tout au monde.

Adam serait son mari. Elle serait sa femme.

Et Sarah Cole serait toujours sa maîtresse.

— Milord ?

Un serviteur accourait, essoufflé.

— Oui, John ?

— Dame Cole a besoin de vous, milord. L'état de sir Charles s'est aggravé.

La main d'Adam se crispa sur celle de Christiane. D'une voix blanche, il lui dit :

— Excuse-moi, il faut que j'y aille.

— Je comprends, murmura-t-elle.

Il s'éloigna de quelques pas. Elle l'appela.

— Y a-t-il rien que je puisse faire ?

— Non, répondit-il en se retournant. Sarah pourvoira à tout.

Chapitre 23

Adam boitait mais il marchait vite pour regagner le château, tandis que Christiane prenait le bras que lui offrait le serviteur pour la soutenir. Elle accepta cette aide ave gratitude car elle se sentait fatiguée, même si elle ne l'admettrait jamais devant Adam et Sarah… surtout devant Sarah.

Elle s'affligeait de l'animosité qu'elle éprouvait pour celle-ci, elle se la reprochait même vivement. Sarah était une femme de bien, qui se dévouait sans compter pour les gens du village, ainsi que pour Charles. Mais, Dieu ! qu'il était difficile de se montrer bienveillante envers celle qui partageait avec vous les faveurs de votre mari ! ou plutôt, qui les accaparait.

Christiane se sentait délaissée, inutile. Alors que Sarah, appréciée de tous, avait sa place dans la petite société de Désespérance, Christiane restait une étrangère. On la détestait moins mais on ne lui demandait rien non plus. On l'avait même tenue éloignée de Charles, son cousin, de peur qu'elle ne lui communiquât la maladie qui l'avait tenue au lit pendant trois jours.

Elle n'avait pas la moindre idée de la conduite à adopter pour manifester son statut de châtelaine. Elle avait peur de se montrer importune.

Sarah saurait sûrement, elle, songea-t-elle avec amertume.

Entrant dans le château par la grande porte, elle vit s'approcher sir Gérard qui semblait d'humeur massacrante. Elle frémit sous le regard terrible qu'il lui lançait, mais fort heureusement, il ne lui adressa pas la parole. Elle remercia le ciel qui lui avait évité l'épreuve d'une nouvelle confrontation, tout en sachant que d'autres occasions se présenteraient et qu'elle ne les éviterait pas toutes.

Complètement épuisée quand elle parvint à la grande salle, elle décida de monter dans sa chambre pour s'y étendre pendant un moment. Elle devait recouvrer quelques forces afin de ne pas se montrer inerte, cette nuit, dans les bras d'Adam.

Du mouvement, dans la chambre, l'éveilla.

— Pardonnez-moi, milady, lui dit Béa en découvrant sa présence. La nuit promet d'être fraîche et je venais allumer le feu. Si j'avais su que vous vous reposiez…

— Ce n'est pas grave, répondit Christiane en prenant conscience que l'obscurité régnait dans la chambre éclairée seulement par le feu qui prenait aux bûches. Je crois d'ailleurs que j'ai déjà trop dormi.

— Avez-vous faim, milady ? Je pourrais vous monter un souper si…

— Je vous remercie, mais j'attendrai mon mari.

— C'est que, milady, milord a déjà dîné. Il m'a demandé de monter pour voir comment vous vous portiez, et puis de vous dire qu'il serait encore retenu toute la nuit auprès de sir Charles.

— Ah…, soupira Christiane, incapable de celer sa déception.

Son mari passerait encore la nuit en compagnie de Sarah ; une de plus !

Elle se morigéna. Qu'elle était mesquine, une fois de plus ! Le pauvre Charles avait besoin de Sarah et ce n'était pas à Christiane de juger l'aide qu'on lui apportait. Et n'était-il pas normal aussi qu'il eût près de lui Adam, son seigneur et son ami ? Elle avait constaté l'étroitesse des liens qui unissaient les deux hommes.

— La petite lady Margaret demande la permission de vous rendre visite, reprit la servante. Si vous êtes disposée à la recevoir, bien sûr.

— Certainement, répondit Christiane, heureuse de se voir offrir un dérivatif à ses pensées moroses.

— Je vais la chercher et ensuite je vous apporterai de quoi vous restaurer.

Quelques instants plus tard, Christiane et Meg étaient assises devant la flambée, de part et d'autre d'une petite table.

Meg parlait peu, comme autrefois elle gardait les yeux baissés, mais Christiane n'était pas décidée à la laisser se refermer une fois de plus. Un petit jeu amusant devrait suffire à réveiller ce jeune esprit.

— Quel dommage que la pluie soit tombée sur mon mariage, toute la journée, commença Christiane. La fête en a été gâchée.

La petite fille leva la tête. Elle fronçait les sourcils.

— La pluie ? fit-elle.

— Oui, la pluie. Il en est tombé de véritables baquets. Moi, j'aurais préféré le soleil.

— Le soleil ? dit Meg de plus en plus étonnée, en prenant le morceau de fromage qui lui était offert.

— Mais oui, reprit Christiane qui avait du mal à ne pas rire. Tous ces nuages noirs, au-dessus de l'île, le jour de mon mariage, m'ont agacée à un point que tu n'imagines pas.

— Mais il y avait du soleil ! protesta Meg. Il a fait beau toute la journée.

— Tu en es sûre ? Il me semble que ma robe était toute mouillée.

— Non ! expliqua Meg en se levant pour contourner la table et jeter ses bras autour du cou de Christiane. Ta robe était mouillée le jour que tu as sauté dans la rivière pour repêcher Gilbert.

— Ah, oui ! Je me souviens, maintenant que tu me le dis. Mais ce que j'aurais aimé, pour mon mariage, c'est de la musique. C'est toujours plus gai, un mariage, quand il y a de la musique.

— Il y avait des musiciens. Ils…

Soudain, Meg comprit la plaisanterie. Pouffant de rire, elle n'en continua pas moins à contester les inepties de Christiane, et s'essaya même à en ajouter une de son cru.

— Quel dommage que ces deux éléphants soient venus pour manger toute la nourriture ! Il ne restait rien pour les invités.

Christiane, enfin, put donner libre cours à son hilarité. Pressant la petite fille contre son cœur, elle lui dit :

— Meggie, Meggie... Tu sais que j'ai été malade, n'est-ce pas ? Trois jours, que trois jours... Je sais que tu as trouvé le temps long. Mais tu sais que je ne t'abandonnerai jamais. Tu le sais ? Je t'aime trop, ma petite fille.

Adam regardait Sarah qui tenait la main de Charles dans la sienne.

— Je reviendrai demain matin, dit-elle au malade. Vous savez que je ne vous quitterais pas si Margery Smyth n'était pas en mal d'enfant.

— Je le sais, murmura Penyngton. Allez mettre au monde cet enfant. Je sais que l'on a besoin de vous au village.

— Il fait déjà nuit, observa Adam après avoir jeté un coup d'œil par la fenêtre. Je vais demander à un de mes hommes de vous accompagner, mais je vous supplie de faire preuve de prudence tout le long du chemin. Vous savez comme il est dangereux.

— Certainement, milord. Je serai de retour demain matin.

Sarah donna ensuite ses recommandations, inutiles puisqu'Adam connaissait toutes les médecines qu'il fallait donner à Charles, il savait à quel rythme et selon quelle quantité les lui administrer. Il s'acquitterait de cette tâche tout au long de la nuit, tout en étant de plus en plus conscient de l'inutilité de ses efforts.

Sarah partie, il prit une chaise qu'il installa près du feu, et tournée de façon qu'il pût toujours avoir l'œil sur son ami. Celui-ci s'était endormi. Il ne toussait plus. Il respirait paisiblement.

Adam ferma les yeux pour imaginer Christiane, endormie elle aussi, dans une autre chambre. Il regrettait de ne pouvoir dormir avec elle, mais son devoir de seigneur et d'ami lui imposait de rester ici. Il n'avait pas le droit d'abandonner

Charles Penyngton, quelque grand que fût son désir de passer la nuit avec sa femme.

Hélas, le malade ne tarda pas à s'agiter. La fièvre remontait, il n'avait plus conscience du lieu où il se trouvait. Il délira avant de se perdre dans une toux qui le secouait comme un pantin désarticulé.

Adam s'approcha de lui pour le soulever et l'aider ainsi à reprendre son souffle. Il lui baigna le visage d'eau fraîche, il essuya le sang qui lui coulait sur le menton.

Charles se rendormit. Adam retourna s'asseoir jusqu'à une nouvelle alerte, quelques instants plus tard. La même scène terrible se produisit plusieurs fois au cours de la nuit.

— Adam…

L'appel, le souffle rauque, réveillèrent Adam. Ouvrant les yeux avec difficulté, il découvrit, à la lumière blafarde du petit matin, que Charles était éveillé. Il se leva pour s'approcher de lui.

La fièvre ne brûlait plus dans les yeux du malade. Adam lui prit la main, qu'il avait fraîche, il s'assit près de lui et demanda :

— Comment vous sentez-vous, ce matin ?

— Mieux, dit Charles, d'une voix encore rugueuse.

Adam hésitait à trouver, dans ses observations, des motifs à se réjouir. Oui, la fièvre était tombée et Charles ne délirait plus. Ce n'était pas la première fois. Fallait-il craindre une nouvelle rechute ?

— Buvez ceci, dit-il en approchant un gobelet.

Guettant d'autres signes encourageants, il décida qu'il serait sage d'attendre le retour de Sarah pour se forger une opinion. Elle seule saurait dire si Charles était sur le chemin de la guérison ou si l'on n'assistait là qu'à une rémission.

Tout de même, si Charles survivait… Quel bonheur ce serait !

— Je vous remercie de vos soins, Mathilde, mais j'emmène Meg avec moi aujourd'hui. Vous pouvez disposer de votre journée.

La gouvernante se rembrunit mais n'osa pas protester. Elle tourna les talons et s'en alla à grands pas.

— Viens, reprit Christiane, s'adressant cette fois à la petite fille. Nous allons nous promener. Mais il fait plutôt froid, aussi faut-il que tu te couvres avec ceci.

— Est-ce que papa viendra ? demanda Meg en acceptant la robe de grosse laine qui lui était tendue.

— Non, répondit Christiane, tâchant de prendre un ton léger tandis qu'elle ajustait la robe de dessus. Ton papa ne peut pas venir. Il est avec sir Charles, qui ne va pas bien du tout. Voilà… Maintenant, il nous faut une houppelande avec un capuchon.

Emportant avec elles un panier qui contenait leur repas de midi, elles sortirent du château sans attirer l'attention de quiconque. Christiane se félicitait surtout de n'avoir pas rencontré sir Gérard. Ce n'était qu'un répit, elle en avait conscience.

— Irons-nous à la cascade, Christy ? demanda Meg.

— Non, pas aujourd'hui. Je connais un joli endroit, sur la plage, et j'aimerais te le montrer.

— On ne peut pas aller au bord de la mer ! Il y a des falaises partout. C'est très dangereux. Papa me l'a dit.

— Ton papa a raison. C'est dangereux, mais en faisant bien attention, on peut descendre par certain sentier que je vais te montrer et que tu n'emprunteras que si tu es avec moi ou avec ton papa. Est-ce bien compris ?

Christiane retrouva sans difficulté le passage dans les rochers et elle le descendit avec précaution, en guidant les pas de la petite fille. La brise qui venait de la mer était glaciale, mais pas assez forte pour traverser les épais vêtements.

Christiane respirait avec grand plaisir cet air vivifiant. Qu'il était bon de vagabonder !

Elles s'en allèrent explorer la plage après avoir déposé leur panier sur un gros rocher plat. Christiane désignait et nommait les oiseaux, les macareux et les fulmars, le grand stercoraire qui volait si haut et soudain plongeait pour voler les poissons pêchés par les mouettes incapables de se défendre.

Assises au soleil, Christiane et Meg s'amusèrent beaucoup

aux évolutions et aux conflits de ces oiseaux. Des aboiements attirèrent leur attention, et c'est alors qu'elles virent s'approcher Adam.

— Je vous souhaite le bonjour, leur lança-t-il alors que ses chiens couraient vers la mer pour effrayer quelques canards.

Christiane se leva. Meg courut vers son père et lui jeta les bras autour du cou en criant :

— Papa !

Il la souleva pour la jeter en l'air et lui donner des frayeurs dont elle redemanda plusieurs fois. Puis il la reposa sur le sable et lui donna quelques baisers. Ensuite il prit la main de Christiane qui eut droit, elle aussi, à un baiser sur la joue.

Elle rougit. Son cœur cognait déjà dans sa poitrine.

— Comment va Charles ? demanda-t-elle.

— Beaucoup mieux, je suis heureux de le dire.

Ils se promenèrent sur la plage, Adam tenant Meg d'une main, son autre bras passé autour de la taille de Christiane.

Elle se sentait tout heureuse, tant à cause des nouvelles reçues que des attentions prodiguées par son mari. Peut-être viendrait-il à elle, cette nuit, si l'état de Charles continuait de s'améliorer ? Elle l'espérait. Si…

— Sarah pense que le plus dur est derrière nous, expliquait Adam. La fièvre est brusquement tombée ce matin, la toux est beaucoup moins violente.

— Ce sont de bonnes nouvelles, vraiment, murmura Christiane, en se disant qu'il n'était pas nécessaire de citer Sarah à tout propos.

— Venez, toutes les deux. Il y a quelque chose que je voudrais vous montrer.

Ils marchèrent pendant quelque temps, puis arrivèrent devant un tas de rochers sur lesquels il fallut monter, selon les instructions données par Adam. Et là, il dit, en tendant le bras vers la mer :

— Regardez ! Que voyez-vous, là-bas ?

— Une autre île ! s'exclama Meg. Et regarde, papa…

— Des phoques ! s'exclama Christiane, tout aussi enthousiaste que la petite fille. C'est merveilleux, ils se prélassent sur leur plage, ils prennent un bain de soleil, comme nous près de la cascade.

Ravies de leur découverte, elles observèrent pendant un long moment les gros animaux marins qui, par petits groupes, plongeaient dans la mer, évoluaient, jouaient avec leurs congénères et revenaient prendre leur place sur la plage.

Adam, qui se trouvait derrière Christiane, l'enlaça par la taille et il lui murmura à l'oreille :

— Tu m'as beaucoup manqué, la nuit dernière, ma chère femme.

— Tu m'as beaucoup manqué, répondit-elle en plaçant ses mains sur les siennes.

Elle s'adossa à lui qui était aussi solide qu'un mur. Elle aimait sa force.

— Ce soir…, reprit-il en la faisant tourner pour l'avoir face à lui.

Il n'en dit pas plus et, pour conclusion, donna à Christiane un baiser sur la bouche.

Elle soupira langoureusement. Oublieux de la réalité, oublieux même de Meg qui courait sur la plage, ils échangèrent un long regard amoureux. Puis, penchant la tête, Adam donna à Christiane un nouveau baiser, un long, un merveilleux baiser qu'il interrompit tout à coup pour reculer de quelques pas.

— Ce soir, répéta-t-il, avec un étrange sourire.

Puis il reprit la main de Christiane et la promenade continua comme si de rien n'était.

— Serrez plus, commanda Christiane, à Béa qui l'aidait à passer la robe de son mariage. Je veux que cette robe me mette à mon avantage.

— Certainement, milady, répondit la servante en tirant sur les lacets. C'est une très belle robe et la couleur vous va si bien. Agatha Williamson s'est surpassée.

— Les cuisines ont-elles préparé ce que j'ai demandé ?

— Oui, milady. Tout sera prêt dans un moment, il faudra simplement que…

— Et le vin ? Avez-vous trouvé du vin ?

— Le cuisinier en a encore une petite réserve, qui reste d'une cargaison achetée par milord avant son départ pour l'Ecosse.

— Est-il encore bon, ce vin ?

— Je ne sais pas. Je dirai au cuisinier de le goûter avant de vous le présenter.

— Merci, Béa, dit Christiane en se retournant pour prendre les mains de sa servante dans les siennes.

Elle se sentait nerveuse, au bord des larmes. Heureusement, Béa l'avait fidèlement secondée dans ses préparatifs.

— Je sais tout ce que je vous dois, ajouta-t-elle.

— C'est un plaisir que de travailler pour vous, répondit Béa dont les yeux brillaient du plaisir d'avoir satisfait sa maîtresse. Il est bien normal que vous ayez enfin votre nuit de noces. Et même, ce n'est pas trop tôt, je dirais. Où voulez-vous que nous servions ce dîner ?

— Ici, dans ma chambre.

Debout devant son grand miroir, Christiane vérifiait son apparence pour la millième fois au moins quand elle entendit, dans le corridor, un bruit de pas reconnaissable entre mille. Elle cessa donc de se tordre les mains et les mit dans son dos. Elle attendit. Au coup donné à la porte, elle dit, le plus calmement possible :

— Entre, mon mari.

Chapitre 24

Adam gardait les yeux fixés sur Christiane. S'il l'avait trouvée belle le jour de leur mariage, elle l'était plus encore, dans cette robe verte qui magnifiait la couleur de ses yeux et mettait en valeur son teint pâle. Ses cheveux dénoués retombaient en cascade mousseuse sur ses épaules et dans son dos.

Il avait envie de la caresser. Les doigts lui démangeaient. Il s'exhortait à la patience.

— J'ai fait préparer un petit dîner pour nous, lui dit-elle.

Elle parlait d'une voix saccadée et se conduisait nerveusement. Ayant déplacé, sans nécessité, quelques objets sur la table, elle reprit :

— As-tu faim ?

Il resta sans voix parce qu'il venait de comprendre que Christiane avait préparé là leur nuit de noces.

Hochant la tête, il s'approcha de la table qu'il examina avec une attention soutenue, destinée à masquer son propre trouble. Il y repéra une bouteille de vin et songea qu'ils feraient bien d'en boire, l'un et l'autre. Il savait, pour l'avoir expérimenté, que le vin avait de merveilleux effets sur les esprits nerveux ou inquiets.

Il toussota pour s'éclaircir la voix et, tout en débouchant la bouteille, il déclara :

— Tu es si belle, dans ta robe de mariage. Ai-je déjà eu l'occasion de te le dire ?

— Oui, murmura Christiane. Agatha Williamson a accompli un merveilleux travail.

— C'est sans doute vrai, mais c'est toi qui rends la robe belle, pas le contraire.

Adam remplit deux gobelets de vin, en tendit un à Christiane, puis leva le sien en disant :

— Je bois à ta santé, ma femme. Je bois aux longues années que nous passerons ensemble.

Christiane rougit et porta le gobelet à ses lèvres.

Ils s'assirent à table, l'un à côté de l'autre, mais ne firent pas honneur au repas. C'est tout juste s'ils picorèrent. Mais ils parlèrent d'abondance. Ils évoquèrent leur mariage, Meg, Désespérance, la vie que Christiane avait menée à Saint-Oln.

A mesure que Christiane se détendait, Adam se rapprochait d'elle, mais se refusait encore les caresses qu'il brûlait de prodiguer. Le temps ne lui semblait pas venu. Pour tromper son désir, il chercha un sujet de conversation anodin.

— Je pense que nos oiseaux sont à peu près les mêmes que ceux de Saint-Oln, non ?

— Certainement, répondit Christiane. Mais c'est la première fois aujourd'hui que je voyais des phoques.

— Meg n'en avait jamais vu non plus, dit alors Adam, en passant son bras derrière Christiane pour la prendre par la taille.

Elle frissonna. Sans le regarder, elle reprit :

— Il est heureux que Meg ait été avec nous sur la plage, aujourd'hui. Nous aurions pu…

Sa poitrine se souleva avec rapidité, de façon presque convulsive, tandis que la veine de son cou palpitait comme un petit oiseau.

Fasciné par ce charmant spectacle, Adam se sentit traversé par le désir, mais il lutta pour se maîtriser. Il comprenait que, même si Christiane ne se montrait pas insensible au contact de ses doigts, il ne devait rien brusquer, car c'était sur ces instants privilégiés qu'allait se construire la réussite de leur mariage pour les nombreuses années qu'il comptait passer avec elle.

Il lui effleura l'oreille, puis caressa sa joue. Elle frissonna. Les doigts d'Adam glissèrent ensuite jusqu'à ses lèvres, en suivirent le dessin.

— Adam..., murmura-t-elle.

Il pencha la tête pour poser un baiser sur la veine qui battait à la base de son cou. Bien que Christiane répondît par des gestes timides, hésitants, à ces caresses, Adam savait qu'elle s'en trouvait bien, qu'elle en souhaitait d'autres. Il approcha les lèvres de sa joue, près de l'oreille, respirant son odeur. Quand sa main se posa sur la naissance des seins, elle fit entendre un bruit léger qui lui rappela l'un des petits oiseaux de la plage.

— Un baiser, soupira-t-elle. Je t'en prie, donne-moi un baiser.

Croyant avoir mal entendu, il leva la tête et son regard rencontra des yeux où brillait le désir.

Christiane avait envie de lui.

Avec un grognement de plaisir, il l'enveloppa de ses bras, et saisissant ses lèvres, il lui donna un long baiser qui demandait autant qu'il donnait. La bouche de Christiane était douce ; son corps tremblait. Adam, qui se sentait invité à désirer plus, lui caressa les lèvres de sa langue et lui ouvrit la bouche pour approfondir leur baiser.

Elle répondait si audacieusement à ses sollicitations qu'il se sentit respirer plus vite. Sans qu'il en eût conscience, elle avait glissé sous lui et, les mains accrochées à son cou, elle pressait les formes souples de son corps contre les muscles puissants d'Adam.

Leurs têtes changèrent de position, comme pour donner plus d'intensité à leur baiser. Abandonnant les épaules de Christiane, les mains d'Adam descendirent jusqu'à sa gorge ; sous leur paume, il sentit palpiter les seins.

Brusquement, il se leva, prit la jeune femme dans ses bras et traversa la chambre pour la déposer près du lit. Debout, serrés l'un contre l'autre, ils s'embrassèrent de nouveau. Adam fit courir ses mains sur la nuque, les épaules, la poitrine de Christiane.

Il dénoua les lacets qui retenaient son corsage et lui dénuda les épaules et la poitrine. Elle frissonna sous ses doigts. Aussi promptement qu'il le put, il se déshabilla en faisant passer sa tunique par-dessus sa tête, mais il n'en fallut pas plus à Christiane pour se sentir embarrassée d'être ainsi à demi nue devant lui. Elle tenta de cacher ses seins de ses bras. Adam, alors, lui prenant doucement les mains, les posa sur son torse. Les doigts de Christiane s'attardèrent dans l'épaisse toison. Il ferma les yeux pour jouir du plaisir qu'il éprouvait à ce contact.

— Oui, murmura-t-il quand elle commença de caresser ses mamelons.

Il acheva de la débarrasser de sa robe, qui glissa au sol. Puis ses mains s'attardèrent sur les seins de la jeune femme, agaçant leur pointe durcie. Elle renversa la tête. Il posa un baiser sur cette gorge offerte, puis un autre, un autre encore et, tandis que ses lèvres s'y promenaient ainsi, ses mains glissaient le long du corps de Christiane pour saisir des hanches et les serrer plus étroitement contre lui.

C'était ce qu'elle voulait. Elle ne désirait plus que le contact des mains de cet homme sur sa peau, la chaleur de ses baisers. Rien, dans le passé, ne l'avait préparée à ces instants, mais elle savait, au plus profond d'elle-même, que c'est ainsi que cela devait être.

Sans cesser de couvrir de baisers la peau nue de Christiane, Adam desserra son étreinte, le temps de retirer ses chausses, qu'il jeta au loin d'un mouvement du pied. Puis il revint à elle, lui enlaçant la taille pour l'attirer contre lui. Sa main libre lui caressa le ventre, descendit lentement jusqu'à l'entrejambe, puis s'immobilisa, avant d'approfondir sa caresse ; Christiane gémit de plaisir. Elle n'aurait pu imaginer qu'un simple attouchement pût faire naître au fond de ses entrailles le feu qui lui dévorait le corps. Tremblante, incapable de se soutenir, elle s'accrocha à Adam en gémissant son nom.

Il la souleva de terre, la déposa sur le lit et s'étendit sur elle en glissant une jambe entre ses cuisses. Il était lourd, mais ce poids même était pour Christiane comme un avant-goût du plaisir à venir.

Elle le dévisagea.

La lumière du feu et des chandelles mettait des ombres

viriles sur son visage et des étincelles dans ses yeux. Puis elle ouvrit les jambes en murmurant une nouvelle fois son nom. Leurs lèvres se joignirent en un baiser profond.

Comme pour faire cesser le tremblement qui continuait de la parcourir, Christiane étreignit plus étroitement le corps d'Adam dont elle sentit la chair brûlante et dure se presser entre ses jambes.

Elle était prête à le recevoir. Il le constata de la main et poussa un gémissement où le désir semblait se mêler à l'incrédulité.

Quand il entra en elle, elle eut un bref sursaut. Puis, lentement, opiniâtrement, il commença de se mouvoir. Au lieu du plaisir qu'elle se promettait, Christiane se sentit incommodée par ce sexe exigeant qui la brûlait. Elle chercha à trouver une position plus favorable.

Adam comprit. Il s'immobilisa et attendit. Lorsqu'il la sentit prête, il reprit son mouvement. Christiane se laissa peu à peu emporter par d'étranges sensations qui se succédaient à une vitesse vertigineuse. Elle ne pouvait rien faire pour en régler le cours, et n'en avait aucune envie. L'impression était nouvelle de cette totale dépendance d'où naissait le sentiment d'une totale liberté.

Le mouvement que répétait Adam amena enfin Christiane au seuil d'un plaisir qui lui arc-bouta le corps. Elle s'y abandonna, sans comprendre de quoi pouvait être faite cette extase où paraissaient se concentrer toutes les émotions, toutes les sensations de son existence entière.

Les yeux d'Adam se fermèrent et, les muscles tendus, il renversa la tête. Christiane comprit qu'il atteignait le sommet qu'elle venait de gravir. Cette pensée était si excitante qu'elle sentit renaître son plaisir au moment où Adam atteignait le sien.

— Christy, dit-il d'une voix si étrange qu'elle se demanda s'il avait bien prononcé son nom.

Etendus, enlacés, ils attendirent que leur respiration se fût apaisée. Adam se souleva sur son coude et la regarda un instant. Quand il fit mine de s'éloigner d'elle, elle le retint et, les yeux hardiment plantés dans les siens, elle s'enquit :

— Es-tu donc si pressé, milord ?

Adam soutint son regard avant de se pencher pour lui prendre les lèvres. Il sentit renaître son désir et entra en elle de nouveau, plus vite. Cette fois, elle accompagna son mouvement, et leurs deux corps unis atteignirent, ensemble, la même extase.

Adam ne parvenait pas à trouver le sommeil. Pétri d'admiration, il regardait Christiane endormie et s'émerveillait des heures incroyables qu'il venait de passer avec elle.

Dans ses rêves les plus débridés, il n'avait jamais imaginé qu'une nuit d'amour pût être aussi passionnée, qu'elle pût donner lieu à un tel déchaînement des sens.

A la fin, épuisés tous les deux, ils s'étaient serrés l'un contre l'autre et Adam avait prodigué ses ultimes caresses à Christiane, pour l'endormir, songeait-il alors. Puis il s'était dit qu'elle consentirait encore une fois à se donner à lui, s'il en exprimait le désir.

Il avait ce désir, mais s'était refusé à l'exprimer, par délicatesse, par respect pour ce corps qu'il avait révélé à lui-même et qui méritait de se reposer.

Cette nuit, ils ne feraient donc plus l'amour, mais demain, peut-être…

Sûrement.

Maintenant, allongé près de sa femme, écoutant sa respiration, Adam se sentait envahi de bonheur et d'espoir. Pour la première fois de sa vie, il imaginait un avenir ici, à Désespérance, pour lui, pour Christiane, pour sa fille et pour son peuple tout entier.

Il était terminé, le temps des épreuves. Adam avait cette conviction. La récolte promettait d'être belle, les pêcheurs ramenaient dans leurs filets d'incroyables quantités de poissons, le bétail croissait et se multipliait.

Charles se portait de mieux en mieux.

La vie était belle, vraiment.

Chapitre 25

— Et les canards, ils savent se nourrir tout seuls ? demanda Meg, assise près de Christiane, sur le banc, au bord de l'étang.

— Mais oui. Ils sont assez grands pour se débrouiller, ce qui ne les empêche pas d'apprécier toujours les visites que nous leur rendons.

— Comme le renard de la cascade ?

— Exactement, dit Christiane, après avoir éclaté de rire.

Elle n'aurait pas pu se sentir plus heureuse. Ce matin, elle s'était éveillée dans les bras d'Adam, elle avait pu le regarder dormir.

Malgré sa barbe, malgré sa cicatrice, il lui avait paru juvénile, sans doute parce qu'il ne pensait pas à tous les soucis de toutes sortes qui l'accablaient à longueur de journée. Christiane eût aimé lui voir toujours cet air paisible et serein, mais elle savait que ce n'était pas possible, parce qu'il était seigneur de Désespérance et qu'il avait une haute conscience de ses devoirs envers son peuple.

Elle ressentait de petits tressaillements dans son ventre quand elle pensait à lui, aux baisers dont il l'avait accablée durant la nuit. Embarrassée parce qu'en s'éveillant, il l'avait vue qui le couvait d'un regard adorant, il avait su très vite la mettre à l'aise, au moyen de quelques caresses, quelques mots rassurants.

Il se souciait d'elle. Il avait pour elle de l'amour et aussi de la considération. Maintenant elle était sa femme, vraiment, et peu lui importaient les relations qu'il avait entretenues avec

Sarah Cole. Celle-ci appartenait au passé. Elle, Christiane, représentait l'avenir.

Adam ne s'était pas attardé dans la chambre, ce matin. Il s'en était allé très vite pour passer dans la sienne afin de se préparer pour la journée. Il devait passer voir sir Charles avant de filer vers le village où l'attendait quelque affaire à régler. Il n'avait pas dit quand il reviendrait, mais Christiane n'éprouvait aucune inquiétude. La nuit prochaine, elle serait de nouveau dans les bras d'Adam.

— Papa viendra-t-il nous voir ? demanda Meg.

— Je l'espère, mais il faut pour cela qu'il revienne du village assez tôt.

— Tu crois qu'il est allé voir Sarah ?

Cette question fit voler en éclats la belle confiance que Christiane avait crue inaltérable. Abasourdie, elle répondit à la petite fille, d'une voix blanche :

— Non, je ne le pense pas…

Meg s'aperçut du changement survenu en elle et le lui fit remarquer.

— Pourquoi tu n'es pas pareille ?

Christiane l'entendit à peine. Adam était-il allé au village pour voir Sarah ? Cette éventualité ne lui plaisait pas, mais comment ne pas la considérer ? Ne fallait-il pas faire preuve de naïveté pour croire qu'une seule nuit pouvait effacer le passé ?

La gorge serrée, les mains tremblantes, Christiane se demanda comment elle pourrait partager son mari et, surtout, si elle parviendrait à s'y résigner.

— Christy ! dit Meg. Tu es malade ?

— N… non, ma ch… chérie, bégaya Christiane. Je ne suis pas malade. C'est simplement… que je pensais à quelque chose.

— Nous allons à la cascade, alors ? Je voudrais voir le renard, moi !

Hébétée, Christiane se leva péniblement. Meg lui prit la main et c'est elle qui la conduisit vers la cascade. Elle marchait comme une somnambule, ne répondant pas ou à peine aux incessantes questions qui lui étaient posées.

Presque arrivée à destination, elle se reprit pourtant, elle se raisonna et combattit ses lugubres pensées.

Il n'était pas possible qu'Adam s'en fût allé vers une maîtresse après avoir passé une nuit merveilleuse avec son épouse. Meg avait dit… mais cela ne signifiait rien.

Ainsi Christiane réussit-elle à se convaincre qu'elle s'était torturée pour rien.

En revenant du village, Adam chercha sa femme, qui n'était pas dans sa chambre et nulle part dans le château. Meg restait, comme elle, introuvable. De deux choses l'une, elles s'en étaient retournées vers la plage ou vers la cascade. Mais comme la pluie menaçait et n'allait pas tarder à tomber, Adam pensa qu'elles ne tarderaient pas à rentrer, qu'il ne devait donc pas s'inquiéter. En conséquence de quoi, il décida de rendre visite à Charles.

Sarah l'accueillit avec discrétion. De plus en plus convaincu qu'elle éprouvait, pour son patient, des sentiments profonds, il se demanda, en la voyant s'affairer, comment il pourrait l'aider. Elle avait encore passé la journée auprès de Charles, en lui administrant ses préparations et en veillant sur lui avec la sollicitude d'une mère pour son enfant. Il était clair qu'elle refusait d'envisager une issue fatale à la maladie.

Charles avait aussi mauvaise mine que deux jours plus tôt. Il connaissait une rémission, mais il ne faisait aucun doute qu'une nouvelle crise se produirait, peut-être fatale celle-là. Il avait le teint gris et il éprouvait souvent de grandes difficultés pour respirer. Il toussait moins pour le moment, de façon moins violente, mais chaque quinte l'affaiblissait davantage.

Adam était heureux d'avoir Christiane auprès de lui pour surmonter cette épreuve. Quand viendrait le moment du deuil, il puiserait en elle le réconfort dont il aurait besoin. Peut-être profiterait-il de cette occasion pour s'épancher, pour lui dire qu'il savait les sentiments qu'elle éprouvait pour lui, et que la réciproque était vraie.

Il aurait dû faire ces doux aveux au cours de la nuit précédente, dans les emportements de la passion ou même après. Il y avait pensé, plusieurs fois, mais avait renoncé. Pourquoi ? il ne comprenait pas les raisons de cette réticence qu'il se reprochait maintenant. Il n'était pas trop tard pour rattraper le temps perdu.

— Sarah…, murmura-t-il alors que Charles avait une fois de plus sombré dans le sommeil.

Il lui fit signe de le suivre dans le corridor et là, refermant doucement la porte, il chuchota :

— Sarah, vous devez…

— Je vous en prie, milord, implora-t-elle. Ne dites rien.

Adam hésita, mais il devait parler.

— Il me coûte de vous le dire, mais vous devez vous préparer au pire. Certes la fièvre est tombée, mais vous savez, mieux que moi, que ces rémissions sont de courte durée. Il faut…

Posant la main sur ses lèvres pour le faire taire, Sarah éclata en sanglots. Adam l'attira contre lui pour la réconforter.

— Je ne lui survivrai pas, dit-elle entre deux hoquets. Je ne lui survivrai pas…

Adam souffrait de constater la détresse de sa demi-sœur, il souffrait aussi de savoir que, bientôt, il perdrait son ami le plus proche mais, incapable de trouver en lui les paroles susceptibles d'apaiser leurs chagrins mêlés, il referma les bras sur Sarah et la berça comme une enfant.

— Je l'aime depuis que je suis arrivée à Désespérance, dit-elle. Il a toujours été si gentil pour moi… mais il répétait qu'il était trop vieux pour épouser une jeune fille comme moi, trop vieux pour fonder une famille.

Adam se taisait. Les mots n'avaient plus d'importance, plus aucun pouvoir.

Les nuages noirs, lourds de menace, semblaient poursuivre Meg et Christiane qui couraient sur le chemin. Il s'agissait d'être à l'abri à l'intérieur du château quand la pluie commencerait à tomber.

Levant les yeux pour évaluer la distance restant à parcourir, Christiane aperçut les hautes murailles toutes blanches et elle se dit, non sans émotion, que c'était là sa maison, qu'elle n'en voulait pas d'autre.

Mais qu'était une maison sans amour ?

Elle aimait son mari d'un amour ardent mais lui, l'aimerait-il un jour ? Elle ne pouvait qu'espérer, quant à agir... Elle serait une bonne épouse, mais cela suffirait-il ? Si elle pouvait retenir Adam loin de Sarah, pendant un certain temps, peut-être le gagnerait-elle...

En entrant dans le château, elle vit sir Gérard qui marchait vers elle, portant un grand sac ainsi qu'une outre. Elle chercha autour d'elle un chemin d'esquive mais n'en trouva pas. Elle n'avait d'autre choix que de croiser le sinistre personnage.

— Encore avec la petite crétine ? siffla-t-il.

Christiane reçut l'insulte comme un coup de fouet. Frémissante de colère, elle décida qu'il était temps de ne plus supporter sans rien dire de telles avanies. Adam l'avait prise pour épouse, peut-être simplement parce qu'elle s'occupait bien de Meg, raison de plus pour considérer la petite comme sa fille et la défendre contre de tels malotrus.

— Veux-tu aller dans ta chambre et m'y attendre ? lui dit-elle.

Meggie partit en courant. Christiane se tourna vers l'homme qui la regardait, goguenard.

— Vous avez insulté ma fille une fois de plus et c'était une fois de trop. Je vous recommande de tenir désormais votre langue parce que, la prochaine fois...

Il s'esclaffa bruyamment.

— Quoi, la prochaine fois ? Que se passera-t-il, la prochaine fois ? Vous me dénoncerez à votre mari ? Quand vous serez dans ses bras, peut-être ? L'ennui, c'est que Sarah Cole est plus souvent dans ses bras que vous. Peut-être même y est-elle en ce moment.

Christiane eut l'impression de recevoir le poing de sir Gérard dans l'estomac. Elle chancela et elle connut la tentation de fuir pour ne plus rien entendre. A quoi bon lutter ? Mais elle se reprit et, la voix vibrante d'indignation, elle lança :

— Vous mentez !

Sir Gérard éclata de rire.

— Voyez vous-même, puisqu'ils ne prennent pas la peine de se cacher ! Ils se tiennent enlacés à tout propos, partout. En ce moment même, ils s'étreignent dans la grande salle, au vu et au su de tout le château. Allez ! Allez-y voir !

Christiane ne put en supporter davantage. Serrant sur elle les pans de son manteau, elle s'éloigna en se retenant de courir, et dut entendre encore longtemps le rire sardonique qui la poursuivait. Elle entra dans le donjon par la porte à côté de la chapelle et se dirigea vers la grande salle avec la certitude qu'elle n'y verrait rien de ce que sir Gérard avait annoncé, parce que c'était un vil menteur.

Sur le seuil de la grande salle elle s'arrêta. Elle eut l'impression que le sol se dérobait sous elle.

Sir Gérard n'avait pas menti.

Devant la cheminée, Adam enlaçait Sarah. Il la pressait contre lui.

Les yeux brûlant de larmes, Christiane recula lentement, emportant avec elle la terrible vision de son mari et de la maîtresse de celui-ci.

Elle se retrouva de nouveau, sans savoir comment, dans la cour du château, qu'elle traversa sans savoir où elle allait. Une force la poussait, à laquelle elle ne résistait pas. Elle franchit ainsi la grande porte du château et sur le chemin se mit à courir, sans plus se soucier des nuages noirs et du vent qui soufflait de plus en plus fort.

Elle trouva le passage dans les rochers, descendit vers la plage. Sur la plage, elle se remit à courir, avec cette obsession : partir loin, le plus loin possible du château. Ce n'était pas sa maison. Elle ne voulait plus y demeurer. Elle devait s'en éloigner afin de réfléchir.

Peut-être qu'à la longue elle finirait par s'habituer à partager son mari avec la femme qu'il aimait vraiment, mais ce jour n'était pas venu. Sa désillusion était trop atroce. Elle avait passé une nuit merveilleuse, merveilleuse pour elle et aussi pour Adam — du moins l'avait-elle cru — et voilà qu'elle découvrait que cette nuit ne signifiait rien pour lui. Dans ces conditions, quelle place pouvait-elle espérer occuper dans son cœur ?

Elle avait tout donné à Adam ; tout ! Son corps, son cœur et son âme. Elle s'était sentie désirée, elle avait cru être aimée.

Elle s'était trompée.

Elle marchait au bord de la mer. La pluie commença à tomber, en grosses gouttes qui creusaient de petits cratères dans le sable. Christiane se moquait de la pluie. Elle avait bien d'autres soucis. Elle marcherait donc encore, elle irait le plus loin possible et déjà elle avait atteint un point de la côte où elle ne s'était pas encore aventurée. Elle voulait se perdre, se perdre dans le vent et dans la pluie, se perdre dans les vagues qui l'emporteraient… L'orage se déchaînait. Christiane n'en avait cure, alors qu'elle était d'ores et déjà trempée jusqu'aux os. Elle trébucha et tomba, s'égratignant les mains sur un rocher qui affleurait. Peu lui importait.

Elle ne reprit conscience de la réalité que lorsque le vent souffla si fort qu'elle éprouva de grandes difficultés à respirer. Alors elle s'arrêta et regarda ce paysage qu'elle ne connaissait pas. Soudain elle eut froid. Elle comprit que le vent brutal la poussait vers la mer et qu'une rafale plus violente que les autres risquait de l'y précipiter.

Elle n'avait pas envie de mourir. Elle voulait vivre sa vie à Désespérance, avec Adam, avec Meg. Fallait-il qu'elle eût perdu la tête pour s'enfuir au lieu de lutter pour gagner le cœur de son mari, le disputer à Sarah Cole ! Celle-ci avait l'avantage, mais cela ne durerait peut-être pas toujours. Mais comment Christiane la vaincrait-elle si elle se déclarait vaincue par avance ?

Le cœur aussi plein d'espoir qu'il avait été rempli de chagrin, Christiane regarda autour d'elle. Il lui fallait trouver un abri où attendre la fin de l'orage.

La pluie battait aux fenêtres de la chambre vide.

Adam avait cherché partout dans le château. Nulle part, il n'avait trouvé Christiane. Se penchant sur sa fille dont les yeux brillaient de larmes, il lui demanda :

— Elle t'a bien dit qu'elle viendrait te retrouver, n'est-ce pas ?

— Dans… dans ma chambre, papa.

— Allons-y voir encore une fois, dit-il d'un ton décidé, bien qu'il n'eût aucun espoir de trouver Christiane dans une pièce qu'il avait déjà visitée.

Christiane avait disparu.

S'il ne la retrouvait pas, ce serait comme si sa vie se terminait.

Tenant Meg par la main, il retourna vers la chambre, vide bien sûr. Tous les deux, ils s'assirent sur le lit. Adam avait mille questions à poser à sa fille qui écoutait, avec angoisse, les coups de tonnerre de plus en plus terribles. Il ne fallait pas l'effrayer davantage en prenant un ton comminatoire.

— Dis-moi, murmura-t-il en tâchant de sourire. Peux-tu me répéter ce que Christy t'a dit ?

— Elle m'a dit que je devais aller dans ma chambre et l'attendre. Elle m'a dit qu'elle viendrait, mais après.

— Quand ? ce matin, après le petit déjeuner ou…

— Il n'y a pas longtemps, papa ! s'écria la petite fille, les yeux pleins de larmes dont certaines commençaient à couler sur ses joues. Nous étions au bord de l'étang. Nous avions donné du pain aux canards. Après, Christy a dit qu'il allait pleuvoir et que nous devions rentrer. Alors nous sommes rentrées.

— Mais tu dis qu'elle t'a ordonné d'aller devant. Elle est donc restée…

— C'est quand elle a rencontré l'oncle Gérard, papa.

Damnation ! Il aurait dû s'en douter.

— Qu'a dit l'oncle Gérard, ma petite fille ?

— Il a été très méchant, papa. Christy n'était pas contente après lui.

Adam se pencha davantage. Son visage tout près de celui de sa fille, il lui posa une ultime question :

— Vous avez rencontré l'oncle Gérard et après, tu n'as plus vu Christy. C'est bien cela ?

— Oui, papa.

Il sentit monter en lui une rage telle qu'il n'en avait jamais connue. Instantanément, sa décision fut prise. Si Gérard avait mis Christiane en danger, il lui infligerait une punition méritée et rien ne le ferait fléchir.

— Viens, dit-il en la prenant par la main pour l'aider à descendre du lit.

Pour aller plus vite, il la prit dans ses bras et descendit l'escalier pour regagner la grande salle.

Il y trouva Mathilde, à qui il confia sa fille, non sans fortement suggérer, au passage, qu'il n'était pas nécessaire de la mettre à genoux, mais qu'une séance de jeux, avec tous les enfants du château, serait plus indiquée.

Ensuite il s'empara du premier manteau huilé qu'il trouva, il siffla ses chiens et sortit dans la tourmente.

Chapitre 26

Christiane suivait avec inquiétude la progression de l'orage. Les éclairs fendaient le ciel avec une inquiétante régularité. Le vacarme du tonnerre l'assourdissait.

Elle avait trouvé, sous un surplomb de la falaise, un abri précaire qui se révélerait inopérant si, le vent ayant tourné, la pluie se mettait à fouetter la paroi. Et si la foudre frappait, elle aurait tout à craindre.

Qu'elle regrettait d'avoir fui le château pour se retrouver là, dans cette situation critique ! Mais la vision de son mari et de Sarah enlacés lui avait fait perdre la raison. Maintenant elle avait retrouvé ses esprits, mais sa douleur restait aussi vive. Elle se demandait comment elle pourrait vivre à Désespérance, en connaissant la vérité, en sachant qu'elle avait été épousée dans l'intérêt de Meg.

Au matin de leur nuit de noces, elle avait pensé, elle avait cru qu'il avait quelque considération pour elle et que, peut-être, il éprouvait pour elle un sentiment assez proche de celui qu'elle éprouvait pour lui…

Un éclair zébra le ciel et aussitôt le coup de tonnerre retentit, si fort que Christiane tomba à genoux. Pour la première fois, elle eut peur de l'orage. Elle s'interrogea. Fallait-il rester ici malgré le danger ou partir avant qu'il ne fût trop tard afin de trouver un abri plus approprié ? Elle hésita puis, se rappelant tout ce que son père lui avait dit à propos des orages, elle choisit de rester là.

Elle s'accroupit, plaqua son dos contre la paroi. Les coudes sur les genoux et la tête dans les mains, elle se demanda ce qui l'accablait le plus, de l'orage s'acharnant sur elle ou de la duplicité d'Adam. Il était ridicule, elle le savait très bien, d'être tellement affectée par les manigances de son mari. Sa mère ne l'avait-elle pas avertie que les Anglais prenaient des maîtresses et qu'une bonne épouse devait savoir partager ?

Mais lors de la cérémonie, Adam avait promis de l'aimer et de l'honorer, en oubliant toutes les autres femmes. Avait-il menti ? Les Anglais mentaient-ils tous quand ils se mariaient ?

Christiane ne savait plus que penser.

Après un long temps de méditations, elle reprit conscience de la réalité et s'aperçut que les éclairs s'espaçaient, que le tonnerre ne donnait plus l'impression de pouvoir fendre la terre en deux. Il continuait certes de pleuvoir et le vent soufflait avec une rage qui ne faiblissait pas.

Dans le lointain, Christiane entendit un son différent. Elle se redressa, prêta l'oreille.

Des aboiements, semblait-il…

Les chiens d'Adam couraient dans l'orage. Qui les avait lâchés dehors, par ce temps ? Il fallait les faire rentrer…

Soudain, les chiens se précipitèrent sur Christiane, et ils se mirent à aboyer de plus belle, comme s'ils venaient de trouver une délectable proie.

— Christiane !

Adam n'avait jamais vu spectacle plus lamentable que celui-là. Christiane, aussi trempée que le jour où il l'avait aidée à sortir de la rivière, avait l'air malheureuse et apeurée.

Il jeta un rapide coup d'œil autour de lui. L'oncle Gérard ne semblait pas hanter les parages.

— Vas-tu bien ? hurla-t-il pour couvrir le bruit du tonnerre et les aboiements de ses chiens.

Christiane ouvrit la bouche mais il parut qu'elle avait perdu la faculté de moduler des sons.

— Où est Gérard ?

Elle haussa les épaules. Adam l'attira contre lui. Elle tremblait de tous ses membres. Il fallait la mettre à l'abri avant qu'il ne fût trop tard. Une nouvelle maladie pourrait se révéler fatale.

— Viens, lui dit Adam en la prenant par la main pour l'inciter à marcher le long de la falaise. Il faut trouver un endroit plus commode. La pluie va durer des heures et des heures.

Il savait que Gérard avait une grotte non loin de là, un lieu dont il s'était réservé l'usage et où il aimait se cacher pour s'enivrer de façon abominable, tout en rêvant à ses faits d'armes glorieux, mais anciens, au service du roi Edouard.

Insensibles à la pluie, les chiens batifolaient en avant.

— Là-haut ! cria Adam en tendant la main.

Il ne restait plus qu'à monter pour s'abriter. Et, si Gérard est là, songea Adam, qu'il ne s'avise pas de nous interdire l'entrée de son antre, parce que je pourrais fort bien le précipiter en bas, et puis le mener, à grands coups de pieds dans les fesses, jusqu'à la mer où je le jetterais avec délectation !

L'ascension, difficile sur les rochers rendus glissants par la pluie, se déroula sans incident. Adam ouvrait la marche, il tirait Christiane par la main. Arrivé en vue de la grotte, il leva la tête pour regarder à l'intérieur. Apparemment, Gérard ne se trouvait pas là.

— Plus que quelques pas, dit-il à Christiane, pour l'encourager.

L'obscurité régnait à l'intérieur de la grotte, mais il se confirma qu'elle était vide. Adam n'y était plus revenu depuis le temps de son adolescence, et il en eût oublié l'existence si Gérard ne l'avait pas mentionnée plusieurs fois.

A propos de celui-là, Adam se demanda où il était passé.

— Allons plus au fond, proposa-t-il. Il y fera un peu moins froid. Viens, tu ne risques rien.

Il savait que Gérard, pour passer autant de temps en ce lieu, avait dû l'aménager pour le rendre un peu plus confortable. Effectivement, il décela, quand ses yeux furent habitués à l'obscurité, un rocher plat qui tenait lieu de table, et sur cette table une chandelle qu'il alluma.

— Je vais voir s'il est possible de faire du feu, annonça-t-il. Tu pourras faire sécher tes vêtements.

Comme Christiane ne lui répondait pas, il s'inquiéta. S'approchant d'elle, il lui demanda :

— Christy, que s'est-il passé ? Gérard t'a-t-il amenée ici ?

— Non, ton oncle n'y est pour rien.

— Alors quoi ? Pourquoi errer dans l'orage ?

— Je…

Christiane grimaça. Elle était décidément très perturbée.

— Explique-moi, insista Adam, avec douceur.

Elle garda le silence pendant encore un long moment. Finalement, elle secoua la tête et elle énonça :

— J'ai été ridicule, Adam. J'avais pensé… Je croyais…

Incapable, décidément, de s'expliquer, elle tourna le dos et s'en fut vers la sortie comme si elle s'apprêtait à repartir sous la pluie. Adam la retint par le bras, l'obligea à lui faire face. Sans doute, elle était perturbée. Peut-être le mal pouvait-il être réparé. Pour cela, il fallait savoir.

— Qu'as-tu pensé ou cru ? Explique-moi, je t'en prie.

— C'était stupide, je le sais, maintenant.

— Christy, je t'en prie…

Christiane battit des paupières. Elle cherchait à refouler ses larmes. Dans ses yeux, Adam lut une grande détresse devant laquelle il se sentit tout aussi impuissant que devant celle de Sarah. Il voulut, elle aussi, la prendre dans ses bras, mais elle se refusa à lui.

— Dis-moi, murmura-t-il.

— C'est bien comme Gérard me l'avait dit.

— Qu'a-t-il dit ?

— Toi et Sarah… Je vous ai vus. Alors, j'ai tout compris. C'est elle que tu aimes, et moi, tu ne m'as épousée que pour…

— Christy ! s'écria Adam en l'attirant, de force, dans ses bras. Il ne faut jamais écouter ce que raconte Gérard. C'est, au fond, un pauvre homme qui se venge de ses échecs en semant le trouble autour de lui.

— Mais je t'ai vu avec Sarah !

— Tu m'as vu en train de réconforter ma sœur, ma demi-sœur, plutôt. Sarah et moi, en effet, avons le même père. Je m'aperçois que j'aurais pu te le dire plus tôt, mais avec tous les événements actuels, la maladie de Charles, la tienne… je dois dire que j'avais oublié.

En proie à la confusion, Christiane se mordilla longuement la lèvre, puis elle baissa la tête pour dissimuler le rouge qui lui montait aux joues.

— Sarah aime Charles, poursuivit Adam. Elle souffre de le voir si malade. Elle craint de le perdre.

— Pauvre Sarah ! s'écria Christiane. Je n'avais jamais imaginé… Comme je la plains. Oh, Adam, j'ai tellement honte. Gérard ne cesse de me persécuter à propos de Sarah. Il n'a pas cessé de me dire qu'elle serait une épouse plus convenable pour toi, parce que je ne suis qu'une Ecossaise. J'ai essayé de l'éviter autant que j'ai pu, mais je ne cesse de le rencontrer, et chaque fois, il y va de sa méchanceté. Il me fait l'effet d'être un animal féroce qui guette sa proie et sa proie, c'est moi.

— Christy ! dit Adam en la serrant plus fort contre lui et cette fois, elle ne se refusa pas. Il n'y a pas d'autre femme dans ma vie. Il n'y a que toi.

Il baissa la tête pour lui donner un baiser. Puis il but les larmes qui coulaient sur ses joues, avant de poursuivre :

— Il ne faut plus pleurer, Christy chérie. Gérard ne t'a raconté que de vilains mensonges.

Christiane hocha la tête, elle prit une longue inspiration, essaya de sourire.

Adam ouvrit les bras, à regret, mais il avait à faire.

— J'allume le feu, annonça-t-il, et après, tu pourras te sécher.

Pelotonnée contre Adam, toute nue, Christiane regardait ses vêtements qui fumaient devant le feu alimenté par le bois d'échouage que Gérard avait amassé.

Les chiens montaient la garde devant l'entrée.

Christiane se sentait heureuse, au chaud, protégée par les bras d'Adam qui la serrait contre lui. Elle avait un peu honte d'avoir douté de lui, mais c'était si bon de se dire que tous ses soupçons se révélaient faux, que tous ses doutes n'avaient plus qu'à s'effacer.

— Pourquoi ne m'as-tu pas parlé de Sarah ? lui demanda Adam.

— J'étais embarrassée, je n'osais pas, avoua-t-elle en baissant les yeux. Je pensais que si je… que si tu…

Elle secoua la tête. Les mots avaient encore du mal à sortir.

— Je me demandais si j'avais le droit de te poser des questions à propos de ta maîtresse, jeta-t-elle.

— Christy ! murmura-t-il en lui prenant le menton pour l'obliger à le regarder. Je t'aime.

Il le prouva par un long baiser tandis que ses mains s'égaraient.

— Il ne peut pas y en avoir une autre que toi, ajouta-t-il, après.

— Oh, Adam, répondit-elle d'une voix cassée par l'émotion. Moi aussi, je t'aime. Je ne pouvais pas supporter de savoir que tu préférais Sarah et je ne savais pas quoi faire pour remédier à cette situation. Quand j'ai fui le château, je ne pensais plus à rien. J'étais comme folle.

— Promets-moi que tu ne partiras plus ainsi.

— C'est promis.

— Et si quoi que ce soit t'inquiète, promets-moi de venir m'en parler aussitôt.

— C'est promis aussi.

Les mains d'Adam cessèrent un moment de caresser Christiane. Une pensée lui était venue. Il l'exprima.

— Je me demande si Gérard n'a pas conduit Rosemonde au suicide, avec ses insinuations.

— Que veux-tu dire ?

— C'est vrai que Rosemonde s'est suicidée, murmura Adam. Elle a sauté du haut d'une tour.

Christiane frissonna, non de froid mais d'horreur.

— C'est terrible, dit-elle. J'étais loin d'imaginer les épreuves que tu avais traversées.

— Rosemonde est morte pendant que je guerroyais pour le compte du roi d'Angleterre. Quand je suis revenu à Désespérance, après la bataille de Falkirk, j'ai appris la terrible nouvelle.

Après un court moment de silence, Adam ajouta :

— Si j'apprends que Gérard a causé ce malheur, si j'ai seulement quelques soupçons, il aura affaire à moi.

Christiane, le cœur au bord des lèvres, porta sa main à ses lèvres. Gérard l'avait presque acculée au désespoir. Il n'était pas difficile d'imaginer qu'il avait réussi avec Rosemonde.

— Gérard n'a plus rien à faire sur mon île, déclara Adam. Je n'ai plus besoin de régent puisque je n'ai plus l'intention de partir encore. Il n'a donc qu'à retourner à la cour du roi d'Angleterre ou essayer de se faire un nom comme chevalier errant. Qu'il fasse ce qu'il veut, mais il n'a plus sa place à Désespérance. Je ne veux pas qu'il s'acharne contre ma famille.

— Meg ! s'écria Christiane en sursautant. Je lui avais dit de m'attendre dans sa chambre.

— Ne t'inquiète pas pour elle, répondit Adam en plongeant son visage dans les longs cheveux rendus plus bouclés par la pluie. A l'heure qu'il est, elle joue avec tous les enfants du château.

Rassurée, Christiane ferma les yeux. Sa respiration s'accéléra parce que son mari, après lui avoir longuement mordillé le cou, se penchait sur elle pour lui agacer les mamelons. Ses mains, assagies depuis un moment, restaient posées sur ses hanches.

D'un seul coup, il ouvrit le manteau. Christiane s'offrit à son regard et à ses mains, en lui disant d'une voix rauque :

— Apprends-moi, Adam.

— Ce n'est pas difficile, lui expliqua-t-il. Il te suffit de m'aimer et de me désirer.

— Je t'aime, murmura-t-elle. Je te désire.

Pour le prouver, elle lui déboucla sa ceinture.

Épilogue

Château de Désespérance, automne 1303

Les deux cygnes se déplaçaient avec majesté sur la surface lisse de l'étang et derrière eux nageaient leurs petits. Comment étaient-ils arrivés à Désespérance ? C'était un mystère que personne, sur l'île, ne cherchait vraiment à élucider. Pour tous, les magnifiques oiseaux étaient le symbole de la prospérité retrouvée.

Tous les habitants du village étaient montés au château pour célébrer la fête des moissons ainsi que le nouveau nom donné à l'île. Les musiciens jouaient sans discontinuer. On avait beaucoup dansé et on dansait encore, en attendant l'heure du festin.

Adam se tenait derrière Christiane qui, assise sur un banc, tenait dans ses bras leur fils dernier-né, le petit Thomas, pour lors endormi. Adam massait les épaules de sa femme. Elle penchait la tête, tantôt d'un côté et tantôt de l'autre, pour s'offrir mieux à l'action des mains qu'elle avait appris à tant apprécier.

— C'est si bon, Adam, murmura-t-elle.

Il se pencha, lui effleura l'oreille de ses lèvres.

— Ce n'est rien en comparaison de ce que je te prépare pour ce soir, souffla-t-il.

A cette annonce, Christiane se sentit parcourue par un délicieux frisson.

— De quoi parles-tu ? murmura-t-elle.

— Maman ! cria Meg. Charles veut aller au bord de l'étang, mais il ne veut pas que je le tienne par la main.

— Je m'en occupe, soupira Adam. On peut dire que ton fils n'est pas facile à élever.

— *Mon* fils ? protesta-t-elle.

Adam s'éloigna en riant pour aller expliquer au petit Charles, une fois de plus, qu'il était dangereux de se promener tout seul au bord de l'eau. Charles n'en faisait qu'à sa tête, il était difficile de lui faire entendre raison.

Naturellement, les enfants avaient une gouvernante, à qui Christiane ne voulait pas abandonner entièrement l'éducation de ses enfants. L'exemple donné par la médiocre Mathilde lui avait servi de leçon.

— Ce garçon sait ce qu'il veut, milady, déclara sir Raynauld en s'approchant.

Il était devenu sénéchal peu de temps après la mort de Charles Penyngton et avait montré de grandes aptitudes dans l'exercice de cette charge.

Christiane savait que Charles manquait à Adam, comme lui manquait Sarah. Celle-ci avait quitté Désespérance, plus d'un an auparavant.

Désespérance… un nom qui appartenait au passé.

La vie était devenue douce sur l'île. Aussi Adam avait-il décidé qu'il était temps d'en changer le nom.

Le cœur de Christiane se mit à battre plus vite quand elle vit le petit Charles juché sur les épaules de son père, qui courait de-ci, de-là… L'enfant brinquebalé riait aux éclats. S'il tombait… Adam le tenait, mais un accident était si vite arrivé…

— C'est vrai qu'il est têtu comme une mule, déclara Meg assez fâchée. Il ne veut jamais obéir. Un jour, c'est sûr, il tombera dans l'étang. Je me demande ce que nous ferons alors.

— Tu pourrais peut-être sauter dans l'eau et le ramener sur la rive, suggéra Christiane.

Meg haussa les épaules. Elle ne semblait pas convaincue.

— Pourquoi hésiter ? questionna sir Raynauld. Tu ne risques rien, ma petite. Personne ne nage mieux que toi.

Meg fit une moue qui en disait long sur ce qu'elle pensait

du garnement qui ne voulait pas lui obéir. Le menton haut, elle s'éloigna avec une grande dignité, mais, apercevant une bande de fillettes qui couraient en riant, elle oublia ses prétentions et s'élança à leur poursuite.

Adam revenait, le petit Charles toujours sur ses épaules.

— Milord, lui dit sir Raynauld, je crois qu'on vous attend pour donner le signal du festin.

La foule commençait à se diriger vers la cour du château où avaient été dressées d'immenses tables. Adam n'avait plus qu'à suivre.

— Prononcerez-vous votre discours au début ou à la fin du repas ? questionna sir Raynauld.

— Au début. Si j'attends la fin, les gens n'auront peut-être plus l'esprit assez clair pour saisir toute la finesse de mes remarques.

La gouvernante des enfants attendait au pied du donjon. Elle prit le bébé dans ses bras et invita le petit Thomas à la suivre.

Assis avec Christiane, à la place d'honneur, sous le dais, Adam attendit que le silence s'établît pour prononcer son discours. Il décrivit les exceptionnelles moissons ainsi que les remarquables succès des pêcheurs. Il parla avec fierté de sa famille qui s'agrandissait. Il évoqua ses espérances pour l'avenir de l'île.

— Et c'est pourquoi, enchaîna-t-il, j'ai demandé à notre roi la permission de changer le nom de notre île. Ce nouveau nom, je vais vous l'apprendre... Que chacun lève son gobelet...

Tous les regards étant tournés vers lui, il prit son propre gobelet et prononça d'une voix forte :

— Buvez à l'île de Bonne Espérance, notre île !

Les gobelets se vidèrent en silence, puis se posèrent avec bruit sur les tables et alors retentit un tonnerre d'applaudissements et d'acclamations.

Le festin pouvait commencer, tandis que les musiciens se remettaient à jouer.

Adam tourna son regard vers Christiane. Elle lui avait apporté l'amour, mais aussi la confiance dans la vie et dans l'avenir. C'est elle qui lui avait donné l'espérance qui habitait désormais son cœur.

Elle leva vers lui ses yeux qui brillaient de bonheur et de fierté.

— Te voilà reine de Bonne Espérance, lui dit-il en la prenant dans ses bras.

— Seulement si tu en es le roi.

— Je veux bien être le roi, mais à condition que ce cher Edouard n'en sache rien.

Ils se penchèrent l'un vers l'autre pour échanger un baiser qu'ils avaient sans doute voulu léger, furtif. Mais après un moment, Adam enlaça Christiane, il l'attira à lui et le baiser dura, dura, sous le regard attendri du peuple de Bonne Espérance.

Les Historiques

La mystérieuse invitée du bal, de Bronwyn Scott - N°879

SÉRIE : DENTELLES & TRAHISONS - TOME 3

Angleterre, 1 855

Fille d'un acteur sans-le-sou, Elidh désespère de la situation financière de son foyer quand son père lui annonce triomphalement qu'il a monté une mascarade en les faisant passer pour les membres d'une famille princière italienne à l'occasion d'un bal. C'est donc sous la fausse identité de la principessa Chiara Balare di Fossano qu'Elidh a pour mission de trouver un mécène pour son père. Une mission qui prend bien vite un tour périlleux lorsqu'un lord du nom de Sutton Keynes s'intéresse d'un peu trop près à elle, intrigué par l'aura de mystère qui l'entoure et qu'elle s'efforce de dissimuler…

L'épouse du chevalier, de Margaret Moore - N°880

Angleterre, XIIIe siècle

Face à sa sœur, qui s'inquiète pour elle, Lady Mavis a bien du mal à défendre le choix de son fiancé. Évidemment, il s'agit d'un mariage arrangé ; mais n'est-ce pas toujours le cas pour des demoiselles de leur rang ? Et, s'il est vrai que Sir Roland vient d'une famille où les hommes se comportent comme des brutes, Mavis a cependant l'intime conviction qu'il vaut mieux que tous les siens : son attitude, que certains considèrent comme de la froideur, masque une grande sensibilité, elle en est persuadée. Du moins l'espère-t-elle de tout son cœur…

L'étoile des Highlands, de Juliette Miller - N°881

Écosse, XIIIe siècle

La rage au cœur, Stella peine à faire bonne figure. Comment son père, le chef du clan Morrison, a-t-il pu offrir sa main à Kade Mackenzie, un guerrier froid et insensible ? Pourtant, en tant que fille de chef, Stella n'a d'autre choix que de se soumettre, car une alliance avec les Mackenzie renforcerait la puissance du clan. Et, à sa grande surprise, la nuit de noces qu'elle craignait tant n'a pas lieu. Plutôt que de la contraindre, son nouvel époux lui propose un étrange marché : elle aura un mois pour s'habituer à lui. Passé ce délai, il la fera sienne…

HARLEQUIN

Réveillez la lady
qui est en vous !

HARLEQUIN
www.harlequin.fr